Katharina Gerwens

Katzenpfötchen im Schnee

PIPER

Zu diesem Buch

Im Tierheim fühlt Irene sich seit Langem mal wieder glücklich. Bereits bei ihrer ersten Begegnung mit den Katzen spürt sie: Hier wird sie gebraucht. Mit den Tieren kommt die alleinstehende Rentnerin besser klar als mit Menschen. Vor allem den alten, getigerten Kater Bruno schließt sie in ihr Herz. Deshalb kann sie es auch nicht fassen, als der verschrobene Maler Lorenz ausgerechnet ihren Lieblingskater adoptiert. Doch bei ihrem ersten Kontrollbesuch in Brunos neuem Zuhause merkt Irene, dass Lorenz ein gutes Herz hat und verantwortungsvoll mit dem Tier umgeht. Vielleicht ist er ja doch der richtige Mensch für Bruno – und ein neuer Freund für sie?

Katharina Gerwens arbeitete nach ihrer Ausbildung zur Journalistin in verschiedenen Verlagen und ist heute als freie Autorin tätig. Gemeinsam mit Herbert Schröger verfasste sie mehrere Niederbayern-Krimis, die im fiktiven Ort Kleinöd spielen. Allein veröffentlichte sie die Reihe um Ermittlerin Franziska Hausmann, die im Bayerischen Wald Kriminalfälle löst. Sie lebt mit ihrem Mann in Niederbayern. Nach »Auf Samtpfoten zum Glück« ist »Katzenpfötchen im Schnee« ihr zweiter Roman, zu dem ihre eigenen Katzen sie inspiriert haben.

Katharina Gerwens

Katzen-Pfötchen im Schnee

Roman

PIPER

Mehr über unsere Autorinnen, Autoren und Bücher:
www.piper.de

Wenn Ihnen dieser Roman gefallen hat, schreiben Sie uns unter Nennung des Titels »Katzenpfötchen im Schnee« an *empfehlungen@piper.de*, und wir empfehlen Ihnen gerne vergleichbare Bücher.

Von Katharina Gerwens liegen im Piper Verlag vor:

Kleinöd-Krimis (mit Herbert Schröger):
Band 1: Stille Post in Kleinöd
Band 2: Die Gurkenflieger von Kleinöd
Band 3: Anpfiff in Kleinöd
Band 4: Rufmord in Kleinöd
Band 5: Selig in Kleinöd

Westfalen-Krimis:
Band 1: Schürzenjäger
Band 2: Westfälische Affären

Bayerischer-Wald-Krimis:
Band 1: Die letzte Brezn
Band 2: Die letzte Ölung
Band 3: Der letzte Tropfen
Band 4: Der letzte Schrei
Band 5: Der letzte Streich

Auf Samtpfoten zum Glück
Katzenpfötchen im Schnee

Unser Versprechen für mehr Nachhaltigkeit
• Klimaneutrales Produkt
• FSC®-zertifiziertes Papier
• Hergestellt in Europa

FSC www.fsc.org
MIX
Papier | Fördert gute Waldnutzung
FSC® C021394

Originalausgabe
ISBN 978-3-492-31803-7
1. Auflage Oktober 2021
3. Auflage Oktober 2023

Redaktion: Friedel Wahren
Umschlaggestaltung: zero-media.net, München
Umschlagabbildung: Stocksy / © MELANIE DEFAZIO;
Garfield by FinePic®, München
Satz: Uhl + Massopust, Aalen
Gesetzt aus der Adobe Devanagari
Gedruckt von ScandBook in Litauen
Printed in the EU

1. KAPITEL

Sie war es nicht gewohnt, dass ihr entgegengefiebert wurde, möglicherweise sogar sehnsüchtig. Und dass Bruno sie auch heute wieder erwartete, erfüllte sie mit Freude. Allein dafür hatte es sich gelohnt, die Wohnung zu verlassen. Und das war gut, denn sie konnte ja nicht tage-, wochen- oder gar jahrelang allein in ihren vier Wänden hocken. Da würde man ja seltsam mit der Zeit. Und sie kannte wahrlich viele seltsame Menschen. Darüber hätte sie mal ein Forschungsprojekt anleiern sollen, über die zunehmende Verschratung allein lebender Personen. Was hätten die Kollegen im Institut die Augen verdreht, wenn sie das vorgeschlagen hätte!

Zu spät. Sie, Irene, wurde natürlich nicht komisch. Sie hatte eine Aufgabe; sie wurde erwartet. Von Bruno.

Früher, als sie noch in der Forschung tätig gewesen war, hatte niemand auf sie gewartet. Allenfalls ihr penibel aufgeräumter Schreibtisch im Institut ihres Arbeitgebers und möglicherweise auch der Abteilungsleiter, der – auf der Türschwelle stehend, quasi im Vorübergehen – wichtigtuerisch eine Abhandlung oder ein Statement anmahnte. Aber mit einem Lächeln oder mit Blumen in der Hand war sie dort kein einziges Mal empfangen worden, nicht einmal an ihren Geburtstagen und auch nicht in ihren eigenen vier Wänden. Der Mann, mit dem sie kurzzeitig verheiratet gewesen war, hatte dort nie sehnsuchtsvoll auf sie gewartet.

Zugegeben, das mit den Blumen hatte Bruno bisher auch noch nicht geschafft, aber das verzieh sie ihm.

Sie freute sich auf Bruno ebenso, wie er sich auf sie zu freuen schien. War nicht allein dies schon eine Form von Glück? Über Glück und vor allem darüber, wie man es halten und behalten konnte, wurde auch viel zu wenig geforscht. Dabei war Glück doch eigentlich ein großes Wunder, und ihr war es widerfahren.

Irene Thannberg fragte sich oft, warum sie nicht schon früher diesen Weg gegangen war, wenigstens an den Wochenenden oder im Urlaub. Ihr Leben wäre um einiges erfüllter gewesen. Sinnvoller auf jeden Fall als alle diese Expertisen und Broschüren, die sie im Lauf der Jahre publiziert hatte. Selbst in ihrer freien Zeit hatte sie daran geschrieben und Erkenntnisse zu Papier gebracht, die dann doch so gut wie niemand las. Welche Lebenszeitverschwendung!

Während ihrer Arbeit im Forschungsinstitut hatte sie als sogenannte Expertin soziologische Untersuchungen begleitet und deren Ergebnisse in Punktetabellen, wissenschaftlichen Gutachten und Anregungen festhalten müssen, aber kein einziges Mal hatte sie das befriedigende Gefühl gehabt, ihre Vorschläge würden ernst genommen oder auch nur ansatzweise berücksichtigt.

Eins ihrer Projekte beispielsweise hatte sich mit dem bedingungslosen Grundeinkommen befasst und in einem zweiten Schritt das Kaufverhalten von Menschen erforscht, die viel beziehungsweise wenig Geld besaßen. Diejenigen mit weniger Geld hatten sich als weitaus großzügiger erwiesen als die Wohlhabenden, was möglicherweise auch daran lag, dass die Einkommensschwachen so wenig zu verlieren hatten.

Bruno besaß gar kein Geld. Und er war besonders großzügig.

Mit ihren Filzpantoffeln betrat sie den Flur zu seinem Aufenthaltsraum und ging vor dessen Tür in die Hocke. Er schoss auf sie zu und begrüßte sie mit einem lautstarken »Miau«!

»Da bin ich«, erklärte sie, kroch auf allen vieren in sein Zimmer und lehnte sich im Schneidersitz an die Wand. Der getigerte Kater rieb den Kopf an ihrem Knie, drehte sich auf den Rücken, streckte alle Pfoten von sich und schnurrte. Sie atmete tief durch. Draußen im Freigehege rekelten sich Brunos Mitbewohner in der Oktobersonne. Irene lächelte und sonnte sich in ihrem Glück. Hoffentlich blieb er ihr noch lange.

Das war das einzig Traurige am Quellenhof. Wer hier wohnte, befand sich auf einer Durchgangsstation in ein hoffentlich besseres Leben und sollte so bald wie möglich vermittelt werden. Aber Bruno war nicht mehr der Jüngste, ebenso wie Irene nicht mehr die Jüngste war. Das Alter war in diesem Fall ihrer beider Glück. Familien wollten vor allem niedliche kleine Katzenbabys, die bei ihnen aufwuchsen und mit ihnen groß wurden, keine ausgewachsenen Kater mit festen Gewohnheiten und katzentypischen Macken. Bruno hatte durchaus seine Macken. Er biss ihr in den kleinen Finger, wenn er Futter wollte, und wehe, sie spurte nicht. Und wenn er unter dem Kinn gekrault werden wollte, stupste er mit dem Kinn an ihre Hand oder kratzte sie an der Wade. Aber sie, Irene, hatte ja auch so ihre Marotten. Und Bruno war nun mal Bruno. Sie verzieh ihm alles. Sogar Laufmaschen.

Wie gut, dass er schon mindestens elf Jahre alt war.

»Warum nimmst du ihn nicht zu dir?«, hatte Edda, die Leiterin des Tierheims, neulich wieder gefragt.

»Ich habe nur drei Zimmer und einen winzigen Balkon. Bruno braucht Auslauf. Er will sich austoben.«

»Er ist doch schon ein älterer Herr. Was er wirklich braucht, sind Ruhe und Gesellschaft.«

Irene hatte den Kopf geschüttelt. »Ich bin doch nur noch sehr selten daheim. An zwei Tagen in der Woche bin ich für euch unterwegs, und an den anderen Tagen besuche ich ihn. Ihn und meine anderen Lieblinge.«

Edda Kallmayer verstand. »Da ist was dran. Denn wenn er tatsächlich zu dir zieht, geht ihr womöglich beide nicht mehr vor die Tür. Und du würdest uns hier fehlen. Übrigens konnten wir gestern Lucy und Felix vermitteln.«

Irene hob den Kopf. »Als Paar?«

»Ja, zum Glück. Sie wohnen jetzt auf einem alten Bauernhof, der von den neuen Besitzern renoviert wird. Dort gibt es einen großen Garten, in dem sie nach Lust und Laune herumspringen und Mäuse jagen können. Zudem ein paar baufällige Scheunen und eine Katzenklappe an der Tür zum Wintergarten.«

»Wie lange waren sie eigentlich hier? Schon immer, oder?«

»Fast ein ganzes Jahr.«

Irene hob die Brauen. »Hoffentlich finden sie sich noch zurecht. Hier war ihr Lebensraum ja überschaubar.«

Edda schüttelte den Kopf. »Meine Güte, was du immer denkst! Glaub mir, Tiere sind schlau. Sie finden ihren Weg. Und gerade Katzen kommen mit so gut wie jeder Situation klar, auch wenn sie eigentlich keine Veränderungen mögen. Wäre es bei den Menschen doch nur auch so!«

Irene schluckte. War etwa sie damit gemeint? Dabei empfand sie sich selbst – im Vergleich zu früher – als inzwischen extrem wandlungsfähig. Kaum wiederzuerkennen.

»Kannst du sie in etwa zwei Wochen mal besuchen?«

»Wen?«

»Lucy und Felix natürlich. Oder ist dein Terminplan schon voll?«

Was hätte Irene darauf antworten sollen? Dass sie für Katzen jeden anderen Termin hintanstellte? Dass es keine anderen Termine in ihrem Leben gab? Edda Kallmayer verfügte über ein großes und geräumiges Herz. Zusätzlich zu Mann und Kindern hätte eine Fünfzimmerwohnung darin Platz gefunden, ach was, ein ganzes Schloss. Manchmal schien sie Irene für reichlich verschroben zu halten.

Was nicht verwunderlich war, bestätigte sich Irene insgeheim. Schließlich hatte sie ihr Leben lang nur am Schreibtisch gesessen und das Verhalten anderer Menschen und deren Reaktionen katalogisiert und beschrieben. Aus ihrer Soziologinnenperspektive waren die zweibeinigen und aufrecht gehenden Erdbewohner Lebewesen mit der Fähigkeit, zu sprechen und zu schreiben, und somit interessante Untersuchungsobjekte. Mit ihr selbst allerdings hatten diese Menschen so gut wie nichts zu tun. Erst jetzt kam sie näher mit ihnen in Kontakt. Das fand sie hochinteressant, gelegentlich aber auch aufregend und gefährlich.

Kollegen hatten ihr seinerzeit, als sie noch im Institut gearbeitet hatte, einen Mangel an Zugewandtheit unterstellt. »Du bist doch gar nicht in der Lage, dich in andere hineinzuversetzen«, hatten sie ihr an den Kopf geworfen. Da war was dran, aber, ehrlich gesagt, wollte sie sich gar nicht in andere hineinversetzen. Wie sonst hätte sie ihre distanzierte Beobachtungsgabe und ihren untrüglichen Blick für sachliche Unstimmigkeiten entwickeln können? Inzwischen kam ihr diese Fähigkeit sogar zugute. Ihr wurde das beste Gespür für Kontrollbesuche bei den vermittelten Tieren bescheinigt. Gnadenlos brachte sie die Faktoren auf den Punkt, die in der neuen Lebenssituation ihrer Schützlinge den Regeln widersprachen. Dadurch gewann sie allerdings nicht nur Freunde.

Auch deswegen suchte Edda immer wieder Irenes Rat. Als sei diese allein aufgrund ihres Studiums und ihres Doktorgrads eine Expertin für alles und jedes. Das tat gut, obwohl sie sich eingestehen musste, dass sie von den Jugendlichen, die ihre Sozialstunden im Quellenhof ableisteten, nicht die geringste Ahnung hatte. Oftmals schüttelte sie den Kopf über deren Sprache. Vor Kurzem hatte sie zwei Jungen beim Stallausmisten belauscht und so gut wie kein Wort verstanden. »Okay, in der Bude gibt's schon manchmal den Screenitus, aber hier draußen krieg ich echt Ameisentitten.« »Mein Mietmaul hat echt volle Kanne versagt. Der hätte mich rauspauken müssen.«

Aufklärung kam von Edda. Screenitus: Computerkoller; Ameisentitten: Gänsehaut; Mietmaul: Rechtsanwalt. Da musste man erst mal draufkommen.

Noch immer fragte sie sich, wer von ihren Ex-Kollegen den Einfall gehabt hatte, ihr dieses eigenwillige Abschiedsgeschenk zu überreichen. Entweder hatte man sich in der Kaffeepause darauf geeinigt, sie zu ärgern, oder man hatte ihr durch die Blume sagen wollen, dass man gar nichts von ihr und über sie wusste und auch nichts wissen wollte. Vielleicht war es einfach nur Gedankenlosigkeit gewesen.

Letzteres hätte am ehesten gepasst.

Das *Geschenk* war nicht nur an eine Topfblume geheftet gewesen, sondern die edlen Spender und soziologisch geschulten Kollegen hatten sich erkennbar auch von ihrem Geiz leiten lassen. An einem Blatt der Anthurie – es hätte auch ein Kaktus sein können, aber der machte vielleicht nicht so viel her und hatte keine Blätter – hing ein Umschlag mit Gutschein: »Zehnmal Gassigehen mit einem Hund aus dem Tierheim Quellenhof«.

»Damit du mal an die frische Luft kommst«, war der Kommentar der etwas zu laut lachenden Kollegen, und sie hatte einen nach dem anderen verständnislos gemustert und leise »Super« gemurmelt. Damit waren wohl alle quitt.

An diesem Tag hatte Irene zum letzten Mal ihr Arbeitszimmer betreten, und zwar, um es leer zu räumen. Erstaunlich, wie wenig doch von gut achtunddreißig Jahren übrig blieb. Eigentlich nichts … ein brummender Computer mit abgegriffener Tastatur, eine angeschlagene Teekanne und zwei Tassen, Bücher, die in die hauseigene Bibliothek zurückgetragen werden mussten, sowie ein Berg grauer Materialien. Auf dem Titelblatt dieser Broschüren prangte ihr Name. Seit Jahren schon hatte niemand mehr nach diesen Publikationen gefragt. Also hätte sie sich das Schreiben der Texte ersparen können.

Eigenartigerweise stieß genau das ihr bitter auf. So viel Zeit, Geduld, Ausdauer und Ehrgeiz steckten in diesen Expertisen und Monografien. Nächtelang hatte sie sich die Haare gerauft, um sperrige Erkenntnisse elegant zu formulieren und auf den Punkt zu bringen. Was nun von ihrer Arbeit übrig blieb, war – ganz nüchtern betrachtet – lediglich ein Haufen Altpapier.

Mit dem bitteren Geschmack der Enttäuschung im Mund und der Anthurie im linken Arm hatte sie an jenem Spätnachmittag im September diesem Teil ihres Lebens für immer den Rücken gekehrt und begriffen, dass sie sich eigentlich auf nichts freuen konnte. Das schmerzte am meisten.

Anfangs hatte sie es mit Ausschlafen, Lesen und Musikhören probiert, war gelegentlich in ein Museum, ins Kino oder ins Theater gegangen. Nach einem halben Jahr jedoch wusste sie: Das konnte nicht alles sein!

Doch dann trat Bruno in ihr Leben, und mit ihm eröffneten sich neue Horizonte.

2. KAPITEL

An einem Frühlingstag, wie er verheißungsvoller nicht sein konnte, fuhr sie dann tatsächlich zum Tierheim, um den lächerlichen Gutschein mit den Unterschriften ihrer sieben Kolleginnen und Kollegen einzulösen. Aber dort wusste niemand etwas damit anzufangen. Sie schob das Büttenpapier mit der Karikatur eines grinsenden Hundes und einer tanzenden Katze über die Theke und sah sich erwartungsvoll um.

»Sie sind doch keine Jugendliche, die Sozialstunden ableisten muss. Wer hat Ihnen denn das gegeben? So was habe ich noch nie gesehen.«

Das war der erste Satz, den Edda an Irene richtete. »Da steckt doch sicher was anderes dahinter. Vielleicht nur ein schlechter Scherz?«

Verständnislos starrte Irene Thannberg die Leiterin des Tierheims an. »Sie meinen, jemand hat sich einen Scherz mit mir erlaubt?«

»Exakt.«

»Und jetzt?« Ihre Stimme bebte vor Empörung. Wie konnte man es wagen, sie zum Narren zu halten?

»Jetzt sind Sie hier, und das hat sicher einen Sinn. Mal

sehen, welchen.« Resolut strich Edda Kallmayer ihr dichtes dunkles Haar zurück und nahm die Besucherin erwartungsvoll in Augenschein.

Schulterzuckend griff Irene nach ihrer Tasche und wandte sich dem Ausgang zu. »Dann war das wohl ein Missverständnis.«

»Nein, bleiben Sie! Das wäre ja noch schöner. Jetzt haben Sie schon den langen Weg hierher auf sich genommen.« Die Leiterin des Tierheims lächelte, und es hatte den Anschein, als strahle allein deshalb die Sonne gleich ein bisschen heller. »Wissen Sie, was? Ich zeige Ihnen unser Haus und unsere Gäste. Haben Sie überhaupt schon jemals etwas mit einem Hund zu tun gehabt? Kennen Sie sich mit Hunden aus?«

»Nein«, gestand Irene. »Und, ehrlich gesagt, fürchte ich mich auch ein bisschen vor großen Hunden.«

Edda Kallmayer lachte. »Wenn ich das heute Abend am Familientisch erzähle… Na gut, dann stelle ich Ihnen erst einmal die Katzen vor. Die sind ja nicht so groß.«

Und so nahm Irenes große Liebe ihren Lauf. Bereits beim ersten Blickkontakt mit den Samtpfoten schmolz ihr Herz, bei jedem weiteren Tier noch mehr. Bei Bruno hatte sie es dann ganz verloren.

»Unser Problemkind«, erklärte Edda und ging vor dem Kater in die Hocke. »Er ist ein bisschen schwierig. Wer weiß schon, was er in seiner Jugend alles erlebt hat? Auf Menschen lässt er sich nicht so ohne Weiteres ein. Allerdings auch nicht auf andere Katzen. Wenn die etwas von ihm wollen, zieht er sich zurück.«

Schwierig bin ich auch, dachte Irene und betrachtete den

getigerten Kater, der zusammengerollt in einer Ecke lag, ein Ohr aufrichtete und die Besucherin mit schläfrigen Augen anlinste. Von ihm fühlte sie sich verstanden.

»Wenn Sie wollen, können Sie sich ein bisschen neben ihn setzen«, flüsterte die Leiterin des Tierheims und schob ein dickes Kissen in Brunos Nähe.

»Ich will ihn ja nicht gleich überfallen«, wehrte Irene ab, rückte das Kissen ein Stück vom Kater weg, nahm vorsichtig Platz und gurrte in seine Richtung. »Hallo, Bruno …«

Der Vierbeiner hob den Kopf und gähnte ausgiebig.

»Soll ich dich morgen wieder besuchen?«

Bruno reckte sich.

»Na bitte«, diagnostizierte die Soziologin und fügte ihre Wunschdeutung hinzu. »Er will mich also wiedersehen.«

»So deute ich das auch.« Edda Kallmayer nickte und schien sich zu freuen. »Alles wird gut.«

»Meinen Sie?« Irene wusste nicht, ob sie eher über diesen Satz oder darüber staunte, dass sie seit vielen Wochen mal wieder einen festen Termin hatte. Hier gab es jemanden, der sich über ihren Besuch freute. Ein wunderbares Gefühl.

Seitdem kam sie an mindestens drei Tagen in der Woche und besuchte ihn, Lilly und Charlie, die mittlerweile auch ihr Herz erobert hatten.

Inzwischen war sie seit über einem halben Jahr feste freie sowie ehrenamtliche Mitarbeiterin des Quellenhofs und konnte sich ein Leben ohne Katzen und ohne Edda sowie deren Team gar nicht mehr vorstellen. Überhaupt verblasste ihr früheres Bürodasein angesichts der nun ausgefüllten Tage. Gelegentlich hegte sie den Verdacht, dass sie sich in einen recht glücklichen Menschen verwandelt hatte. Ihr Leben war sinnvoll. Aber so richtig darüber nachzudenken, traute sie sich doch noch nicht.

Aber ihr Leben war erfüllt.

Sie wurde erwartet.

Sie kam mit Katzen ins Gespräch und bildete sich ein, ihnen die Wünsche von den Augen ablesen zu können. Zumindest gaben ihre drei Lieblinge Bruno, Charlie und Lilly ihr dieses Gefühl.

Abends saß sie manchmal mit dem Team des Tierheims zusammen, und es ging um praktische Fragen. Wer macht nächste Woche den Empfang? Wer teilt Putz- und Futterdienste ein? Wer vereinbart Termine für Tiervermittlungsgespräche? Wer übernimmt die anstehenden Platzkontrollen?

Diese Aufgabe blieb immer häufiger an Irene hängen. Darin war sie die Beste, und darauf war sie stolz. Und sie hatte mittlerweile gelernt, ganz unverkrampft mit anderen zu reden.

Das war fürwahr ein schwieriger Prozess gewesen, und Bruno hatte sie darin unterstützt, aber so würde sie das natürlich niemals weitersagen. Nicht einmal die für alle Themen des Lebens offene und verständnisvolle Edda weihte sie in dieses Geheimnis ein.

Brunos Art, einfach da zu sein, abzuwarten, zu nicken und zu schnurren, half ihr, ihren Mitmenschen zu begegnen. So nickte auch sie, hielt sich zurück, wartete ab, suchte aufmerksam den Blick ihres Gegenübers, konzentrierte sich auf dessen Hier und Jetzt.

All das hätte sie viel früher wissen müssen. Es war doch

eigentlich so einfach, mit anderen Kontakt aufzunehmen. Aber sie hatte es von einer Katze lernen müssen.

Kurz nach Erlangung ihrer Doktorwürde, zu einer Zeit, als sie sich selbst für die aufgeklärteste, wissendste und abgeklärteste Soziologin der Welt hielt, hatte sie gelegentlich auch ihre eigene Person wie ein Forschungsobjekt belauert und war erstaunt gewesen, dass sie sich in Gegenwart anderer unbeholfen fühlte und überall aneckte.

Sie war gern allein und lebte gern allein vor sich hin, selbst als sie noch mit Arend verheiratet gewesen war, einem überschaubaren soziologischen Fall, der sich nie beklagt hatte und für den das alles einigermaßen stimmig gewesen zu sein schien.

Umso mehr hatte es sie verwundert und überrascht, als er nach nur wenigen Jahren des Nebeneinanderherlebens von Scheidung gesprochen und ihre Ehe mit zwei Billardkugeln verglichen hatte, die zwar eine Zeit lang auf dem grünen Filz des Tischs nebeneinanderher rollten, ohne sich zu behindern, aber auch ohne sich gegenseitig Anstöße zu geben. Von positiven Anstößen hatte er erst gar nicht reden wollen. Außerdem hatte er in ihrer emotionalen Kälte gefroren. Und jetzt waren sie beide mit ihren symbolischen Kugeln an die Bande gestoßen und änderten ihren Lauf.

Statt auf seinen Vorschlag zur Scheidung einzugehen, hatte sie ihn erstaunt angesehen. »Seit wann spielst du denn Billard?«

Kurz nach diesem Gespräch verließ Arend die gemeinsame Wohnung und suchte sich eine rundliche rosafarbene Frau mit warmem Lächeln, gegen die Irene sich innerlich nur zur Wehr setzen konnte, indem sie sie Miss Piggy nannte. Einmal war ihr dieser Name in deren Gegenwart herausgerutscht, und die Neue an Arends Seite hatte großherzig darüber hinweggelächelt. Tierisch nett, wie sie nun mal war. Miss Piggy kannte sich aus mit freundlichem Miteinander. Sie fiel nirgends unangenehm auf, eckte niemals an. Wie denn auch? Alles an ihr war schließlich weich und rund und warm. Neben dieser Frau fror man nicht.

Irene dagegen war groß, dünn, schwarzhaarig und eckig sowohl in ihren Worten als auch in ihren Taten. Mit Fremden kam sie gut zurecht. Da gab es nicht das Gespenst einer herzustellenden Nähe. Fremde waren und blieben Studienobjekte, und sie hatte nicht umsonst achtunddreißig Jahre lang menschliches Verhalten erforscht.

Inzwischen wusste sie auf Anhieb, was sie zu beachten hatte. In ihrer Eigenschaft als Katzenplatzkontrolleurin entkam ihr keiner. Wer Katzen bei sich aufnahm, sollte nach Irenes Kriterien ohne Fehl und Tadel sein. Alle Miss Piggys dieser Welt beäugte sie mit besonderer Wachsamkeit.

Auch an diesem Tag stand ein Hausbesuch an. Den hatte sie gestern Abend mit ihrer toughen und zupackenden Forscherinnenstimme vereinbart und sich über das fast verschreckt klingende Geraune am anderen Ende der Leitung gewundert. »Wieso müssen Sie denn kommen? Es geht ihr doch gut. Luna bekommt alles, was sie braucht.«

»Sie haben vertraglich zugestimmt, dass ein Mitarbeiter des Tierheims vorbeischauen kann. Es ist ein Erstbesuch.« Irene war sachlich geblieben, wie sie immer sachlich blieb. »Ich komme nur kurz rein, werfe einen Blick auf Luna und bin schon wieder weg … wenn alles in Ordnung ist.«

»Es mangelt ihr an nichts«, hatte die neue Katzenmama geflüstert, und das klang fast ein bisschen biblisch, wie Irene fand.

»Wunderbar. Dann haken wir alle Punkte ab, und schon bin ich wieder verschwunden. Morgen um sieben?«

»Wollen Sie dann auch mit Luna sprechen?« Die Angerufene klang ängstlich.

Irene verdrehte die Augen. »Logisch. Sie hat mir sicher viel zu erzählen.« Dann legte sie kopfschüttelnd auf. Als könnten Katzen hinter dem Rücken ihrer Frauchen und Herrchen Beschwerden vorbringen! Na, das würde ja lustig werden bei Frau Schlössl.

An diesem Mittwoch goss es wie aus Kübeln, und es wurde während des ganzen Tages nicht hell. Es war der 24. November. Irene trug ihren gelben Friesennerz, einen Regenhut und Gummistiefel. Sie hätte den Termin verschieben sollen. An solchen Tagen jagte man keinen Hund vor die Tür, aber sie funktionierte und hielt diszipliniert ihre Termine ein. Ob die Gassigeher im Quellenhof auch heute angetreten waren?

Katzen brauchten niemanden, der sie spazieren führte und ihren Kot aufsammelte. Katzen gingen selbstständig auf ihr eigenes Klo und verscharrten danach verschämt ihre Losung. Warum hatte noch niemand einen Hund in diese Richtung erzogen? Die waren angeblich doch so schlau!

Sie würde mit Edda Kallmayer darüber sprechen. Edda wusste alles über Tiere … und auch so einiges über Menschen.

Frau Schlössl wohnte in keinem Schloss, auch wenn ihr Gartenhäuschen wasserschlossähnlich von tiefen Pfützen umgeben war. Irene war dankbar, dass sie Gummistiefel trug. Mit anderen Schuhen wäre sie knöcheltief eingesunken, und garantiert hätte sie sich dann mit den nassen und kalten Füßen eine Erkältung geholt. Sie läutete an einem Klingelschild, das mit »Regina Schlössl« beschriftet war.

Das Auftreten der robusten Mittvierzigerin, die die Tür aufriss und verbindlich lächelte, entsprach so gar nicht dem Bild einer Schlossherrin, eher wirkte sie wie eine ganz normale Hausfrau.

Die Abgeordnete des Tierheims zückte ihre Visitenkarte. Dr. Irene Thannberg, das Logo sowie die Kontaktdaten des Quellenhofs standen darauf, das machte doch immer etwas her. Mit zusammengekniffenen Augen beugte sich Frau Schlössl vor, um den Namen auf dem Kärtchen zu lesen. »Kommen Sie doch bitte herein!«

Es gab Tee und Lebkuchen. Auf der Badezimmermatte tropften Irenes Gummistiefel vor sich hin, Regina Schlössl hatte ihr dunkelblaue Filzpantoffeln hingeschoben. »Damit Sie keine kalten Füße bekommen.« Sie war ungewöhnlich fürsorglich, und Strähnen ihres langen und unordentlich hochgesteckten dunkelblonden Haars fielen ihr immer wieder ins Gesicht. Mit fahrigen Bewegungen strich sie sie dann zurück. Vielleicht hatte sie in einer Frauenzeitschrift gelesen, dass das sexy wirkte, schoss es Irene durch den Kopf.

Jetzt schenkte die Gastgeberin grünen Tee ein und entschuldigte sich mit Blick auf das Gebäck. »Klar, bis Weihnachten sind es noch vier Wochen, aber ich bringe mich gern rechtzeitig in Stimmung. Kaum ist es so weit, ist es vorbei und wieder zwölf Monate weit weg. Leider!« Ihre Finger zitterten leicht, als sie eine Kerze anzündete. »Deshalb beginne ich immer schon Mitte November mit dem Backen.

Sonst kriege ich ja nicht genug zusammen für den Weihnachtsbasar im Quellenhof. Schauen Sie, da kommt Luna!«

Mit gespitzten Ohren und aufmerksamen Blicken stolzierte die schwarz-weiße Luna in das kleine Wohnzimmer und verbreitete augenblicklich eine hochherrschaftliche Atmosphäre. Irene hatte sich auf der Fahrt gefragt, ob Luna sie überhaupt wahrnehmen würde. Sie selbst erkannte die Kleine sofort. Schließlich war sie es gewesen, die ihr den Namen gegeben hatte. Sie erinnerte sich noch genau. Es musste ihr zweiter oder dritter Besuch im Quellenhof gewesen sein, als das Tier von der Feuerwehr gebracht worden war. »Die haben wir am Straßenrand aufgelesen. Sie scheint verletzt zu sein.«

Tatsächlich war die rechte Hinterpfote gebrochen gewesen und musste geschient werden. Die damals noch namenlose Luna hatte laut gefaucht und war mit ausgefahrenen Krallen auf ihre Retter losgegangen. »Halten Sie sie fest!«, hatte die Tierärztin einen der Helfer gebeten, und während Luna sich in den dicken Handschuh eines Feuerwehrpraktikanten verbissen hatte, hatte sie eine Betäubungsspritze aufgezogen, die das verletzte Tier in tiefen Schlaf versetzte.

»Sieht so aus, als sei sie mit einem Fahrrad kollidiert«, hatte Edda Kallmayer gemutmaßt. »Manche machen sich einen Spaß aus der Jagd auf Tiere.«

Irene, die wie bestellt und nicht abgeholt inmitten des Behandlungsraums gestanden hatte, war von einer Welle der Empörung überrollt worden. »Verklagen muss man die! Ins Gefängnis stecken.«

»Erst mal finden«, gab Edda ihr pragmatisch recht. »Bleibst du bei ihr, bis sie wieder aufwacht?«

Was für eine Frage.

Das Foto der Fundkatze wurde einen Tag später ins Internet gestellt und auch in den lokalen Zeitungen veröffentlicht. Aber niemand meldete sich.

»Sie wird also vorerst bei uns bleiben. Aber wie sollen wir sie nennen?«, hatte Edda Kallmayer zehn Tage später Irene gefragt. »Gib du ihr einen Namen!«

Und so war aus Luna Luna geworden, denn die Katze hatte an der Brust einen hübschen Fellfleck in Form eines Halbmondes. Irene war davon überzeugt, dass nur sie das bemerkt hatte.

Jetzt würdigte Luna sie keines Blickes, ließ aber auch ihr neues Frauchen links liegen und wanderte schnurstracks auf einen Schuhkarton voller Papierkügelchen zu. Die fegte sie auseinander, warf sie in die Luft und legte Irene schließlich ein aus grauem Garn gehäkeltes Spielzeug in Mäuseform vor die Füße. Ein Geschenk. Eine Abendgabe.

»Das habe ich ihr gebastelt und mit Baldriantropfen getränkt«, gestand Frau Schlössl. »Sie ist ganz verrückt danach. Aber dass sie es Ihnen bringt? Damit hätte ich nie gerechnet. Sie ist sonst sehr vorsichtig bei Fremden. Na ja, Sie sind sich ja nicht wirklich fremd.«

Irene nickte. »Klar, ich gehöre schließlich zum Team des Tierheims.« Sie setzte ihre Teetasse ab und erkundigte sich inquisitorisch nach Lunas Stuhlgang und dem Standort des Katzenklos. Beides war in Ordnung. Ein leichtes Beben ihrer inzwischen geschulten Nasenflügel genügte, und schon wusste sie, dass das Katzenklo regelmäßig gereinigt wurde.

Außerdem war es Luna anzusehen, dass sie sich wohlfühlte und sich jeden Wunsch erfüllen ließ. Ihr Fell glänzte, und inzwischen saß sie auf den Hinterpfoten, hielt die Vorderpfötchen brav zusammen und hatte den Schwanz um den Körper geringelt. Mit aufgerichteten Ohren beobachtete sie die Besucherin. Mir geht es bestens, schien sie zu sagen. Danke der Nachfrage. Ich habe meinen Platz gefunden.

»Luna gefällt es bei Ihnen«, bestätigte Irene. »Das sehe ich ihr an.«

»Wenigstens das«, murmelte Frau Schlössl und schluckte. »Wissen Sie…«, begann sie und verstummte. Irene hatte ganz kurz die Befürchtung, dass sie ihr etwas sehr Persönliches anvertrauen wollte. Bloß nicht!, dachte sie. Keine Intimitäten! Ich will nichts wissen. Schließlich bin ich nur wegen Luna hier.

»Ja, das war's dann wohl schon«, stellte sie in munterem Ton klar. »Vielen Dank für die Einblicke in Ihre Zweisamkeit. Meine Stiefel sind inzwischen bestimmt auch wieder trocken.«

Ungefragt ging sie ins Bad, schlüpfte aus den Filzpantoffeln und stieg in die Gummistiefel. Sie griff nach ihrem Friesennerz an der Garderobe.

»Warten Sie!«, murmelte Frau Schlössl. »Wollen Sie Luna nicht bald mal wieder besuchen?«

Irene schwieg. Wozu?, hätte sie früher brüsk gefragt und streng geguckt. Jetzt gab sie sich abwartend. Das war eindeutig Brunos Schulung.

Regina Schlössl griff sich ins Haar, löste die Spange und flocht es nachlässig zu einem Zopf. »Ich… ich habe doch gesehen, wie sehr sie sich freut.«

Die auf der Türschwelle hockende Katze erhob sich majestätisch, reckte sich und strich mit erhobenem Schwanz um Irenes Füße. Was sollte sie da noch sagen? »Ja, also, wenn Sie meinen, dann komme ich gern wieder mal vorbei«, hörte sie sich sagen und staunte über sich selbst.

»Vielleicht noch vor Weihnachten? Dann backe ich uns Plätzchen, noch viele weitere Sorten.« Frau Schlössl klang glücklich.

Luna sah zu den beiden Frauen auf und schnurrte.

»Ja, ich komme gern wieder vorbei«, log Irene und wandte sich demonstrativ an die Katze. »Bald schon bin ich wieder hier.«

»Können wir gleich einen Termin ausmachen?« Frau Schlössl aktivierte ihr Smartphone und rief den Kalender auf.

Halbherzig wühlte Irene in ihrer riesigen Handtasche nach dem elektronischen Terminplaner. Sollte sie so tun, als hätte sie ihn vergessen? Damit war das Problem nicht gelöst, möglicherweise würde die Schlössl dann nach ihrer privaten Telefonnummer fragen. Und das wäre noch fataler gewesen.

Man einigte sich auf die nächste Woche, gleiche Zeit, gleicher Ort. Dass das aber bloß nicht zur Gewohnheit wird, hätte Irene um ein Haar verlauten lassen.

3. KAPITEL

Kaum saß Irene wieder hinter dem Steuer ihres Wagens, ärgerte sie sich. Sie hätte nicht zusagen sollen. Worauf ließ sie sich da ein? Termine mit wildfremden Leuten! Das ging eindeutig zu weit. Außerdem verwirrte sie das Ganze. Bis auf Arend vor gefühlten hundert Jahren hatte noch niemand freiwillig ihre Nähe gesucht, und bis heute fragte sie sich, wie das mit Arend und ihr überhaupt hatte geschehen können. War sie lediglich eine Zwischenstation auf seinem Weg zu seiner warmen, weichen Miss Piggy gewesen? Erst die kluge Frau Doktor mit Promotionsurkunde und dann die stets gut gelaunte rosafarbene Schmusefrau?

Die Scheibenwischer liefen auf Hochtouren und verscheuchten den Regen, nicht aber Irenes Ärger über sich selbst.

Vermutlich war es purer Trotz gewesen, sich auf Arend einzulassen. Sie wollte sich, ihrer ungläubigen und kopfschüttelnden Mutter, der Welt und vielleicht auch diesem viel zu schönen Mann beweisen, dass sie beziehungsfähig war. Und er? Was hatte er in ihr gesehen? Eine Vorzeigefrau? »Meine Frau ist Wissenschaftlerin«, hatte sie ihn oft sagen hören. Und tatsächlich hatte in diesem Satz so etwas wie Stolz mitgeklungen. Vielleicht hatte er in ihr jedoch ein Objekt gesehen, das er umwandeln konnte. Hatte er mit ihr so etwas wie bei *My Fair Lady* im Sinn gehabt? War sie seine Eliza Doolittle, der er in diesem Fall statt Gossenslangs und schlechten Benehmens ihre kantige Unbeholfenheit abtrainieren wollte, um sie in einen Ausbund an Charme zu verwandeln? Sozusagen in eine Miss Piggy für Intellektuelle?

Nein, so dumm konnte nicht einmal er gewesen sein. Und überhaupt… sollte Arend tatsächlich etwas Ähnliches im Sinn gehabt haben, dann hatte er auf ganzer Linie versagt. Der Regen ließ etwas nach, nicht aber ihr Ärger.

Als wäre es in ihrem Leben jemals um Charme gegangen. Vielmehr hatte sie sich ganz und gar der Wissenschaft verschrieben. Allein ihre Kompetenz, ihre Expertise und ihre Vorträge waren gefragt gewesen… nicht aber ihre Person. Kein einziges Mal. Als wäre sie unsichtbar oder trüge eine Tarnkappe. Niemand hatte sich nach ihren Vorlesungen mit Fragen an sie gewandt. Sie wurde vergessen und übersehen. »Ich habe die gleiche Wichtigkeit wie ein Overheadprojektor«, hatte sie einst anlässlich einer Geburtstagsfeier von Arend behauptet, als jemand von ihr wissen wollte, welche Rolle sie in diesem Institut spielte. Die Freunde und Kollegen ihres Mannes hatten sie komisch angesehen und nicht einmal gelacht. Arend hingegen hatte sie in die Seite gestoßen. »Du musst dich wichtig nehmen und wichtig machen!« Was für ein Ratschlag! Tatsächlich nämlich empfand sie sich während all der Jahre ihres Arbeitslebens wie ein Gegenstand, der für geraume Zeit in Anspruch genommen wurde und Aufmerksamkeit erhielt, dann aber wieder abgeschaltet wurde und um den sich anschließend niemand mehr kümmerte. Es ging lediglich ums Funktionieren. Sie lächelte, als sie an diese Szene zurückdachte, und war sich sicher, dass sie inzwischen – rein kommunikationstechnisch gesehen – durch einen Beamer ersetzt worden wäre.

»In spätestens zwei Stunden ist alles vorbei.« Mit genau dieser distanzierten Haltung hatte sie sich auf andere Menschen einlassen können. Denn was waren schon zwei Stunden?

Und jetzt das! Ein freiwilliger Besuch in Lunas Pfützenschloss in der Falkenstraße am Stadtrand. Und zudem wünschte sich die Schlössl offensichtlich lediglich ihre Gegenwart, nichts sonst, keine quantitative oder qualitative Forschung, keine Expertise und vermutlich erst recht keine Evaluation der aktuellen Situation. Was erwartete Regina Schlössl bloß von ihr? Würde sie sie etwa um ihre Meinung zu einer neuen Frisur bitten? Irene schaltete in den fünften Gang.

Wenigstens hatte sie in ihren Kalender nur »Luna« als Terminanlass vermerkt. Und sie würde Luna besuchen, weil sie es versprochen hatte, aber nur noch ein einziges Mal. Luna ging es gut, und sie, Irene, hatte wirklich genug anderes zu tun, als schlecht frisierte Frauchen und zufriedene Katzen zu besuchen.

Mit dieser Entscheidung fuhr sie ihr Auto in die Tiefgarage und fühlte sich schon etwas besser.

Sie ließ ihre Stiefel zum Abtropfen vor der Wohnungstür stehen. Eigenartig verloren wirkten die dort. Zwei solitäre gelbe Säulen. Vor den anderen Wohnungstüren in dem Sechsparteienhaus standen jeweils große und kleine Paare, mindestens drei, nur die Leute über ihr brachten es auf fünf. Wie einsam ihre zwei Gummistiefel dagegen vor sich hin trockneten! Für den Bruchteil einer Sekunde überlegte sie, ganz schnell noch ihr einziges Paar Stöckelschuhe danebenzustellen, damit die gelben Stiefel sich nicht so verloren fühlten und Vorübergehende denken sollten: Oh, die Thannberg hat Besuch! »Jetzt reicht's aber«, ermahnte sie sich, schloss rigoros die Tür hinter sich und drehte den Schlüssel zweimal um.

Aus dem Wohnzimmer blinkte es regelmäßig. Sie betrat den Raum und schob die Gardine am Fenster beiseite. War draußen auf der Straße ein Unfall passiert? Aber so sah es nicht aus. Vor dem Haus war alles ruhig. Keine Passanten, keine Autos und erst recht keine Polizeiwagen. Doch woher kam das Blinken?

Es dauerte einige Augenblicke, bevor ihr bewusst wurde, dass es ihr Anrufbeantworter war, der da leuchtete.

Seit gefühlten hundert Jahren war das nicht mehr passiert. Nicht umsonst hatte die Wissenschaftlerin Irene Thannberg die Leute rechtzeitig dazu erzogen, Anfragen zu Vorträgen ausschließlich über das Institut oder ihre Website zu richten. Auch als Rentnerin wurde sie immer wieder zu Expertenrunden geladen, ließ sich aber schon lange nicht mehr darauf ein. Sie hasste Telefonate und Auseinandersetzungen mit körperlosen Stimmen. Nicht zu wissen, was der andere gerade machte, während sie mit ihr oder ihm über Inhalte und Honorare verhandelte, war ihr nicht geheuer. Vielleicht verdrehten ihre Gesprächspartner gelangweilt die Augen, starrten an die Decke, legten am Computer eine Patience, bohrten in der Nase oder feilten sich die Finger- oder gar die

Zehennägel. Körperlose Stimmen am Telefon waren nicht einschätzbar, und was sich nicht einschätzen ließ, entzog sich jeglicher Kontrolle.

Ärgerlich drückte sie auf die Wiedergabetaste. Da hatte sich sicher ein Depp verwählt. Hauptsache, das lästige Blinken verschwand. Es störte die Harmonie ihres Wohnzimmers.

Schon hörte sie Edda Kallmayers Stimme, die nicht ganz so forsch und tough klang wie sonst, eher so, als sei sie mit einem »Verzeih mir bitte!« unterlegt. »Irene« (Räuspern), »wir haben ja schon öfter darüber gesprochen. Jetzt ist es so weit. Wir haben einen Platz für Bruno.«

Irene schluckte und ließ sich aufs Sofa fallen. Ihre Beine zitterten. Na gut, sagte sie sich, nun ist es also tatsächlich so weit. Leben hieß Abschiednehmen, Fortgehen und Ankommen. Daran führte kein Weg vorbei. Sie wunderte sich über ihre äußere Ruhe, während in ihrem Innern gleichzeitig ein Protest aufwallte, gefolgt von unbändiger Wut. »Nein«, hörte sie sich krächzen. »Nein, das ist unmöglich! Das darf nicht sein!«

Und dann griff sie selbst zum Telefon. Aber um diese Zeit, halb neun am Abend, war im Quellenhof natürlich niemand mehr erreichbar. Alle Tiere schliefen oder sollten schlafen, sämtliche Lichter waren gelöscht, und das Personal war nach Hause zurückgekehrt. Dennoch beschwor sie den Anrufbeantworter, als wäre er ein lebendiges Gegenüber. »Ihr könnt ihn doch nicht weggeben, ohne mich zu fragen. Er gehört doch zu mir. Ich nehme ihn auch zu mir. Ja, Bruno kommt zu mir. Basta. Und macht das bitte augenblicklich rückgängig!«

Lorenz Erlenburg erklomm die dreiundneunzig Stufen zu seiner Atelierwohnung. Der Kater wog nur dreieinhalb Kilo, dennoch fühlte sich die Tasche mit dem Inhalt namens Bruno an, als beherberge sie Hanteln mit einem Gewicht von mindestens einem halben Zentner. Dieses Tier machte sich ganz schön schwer.

Es war allein der Blickkontakt gewesen, weswegen Lorenz sich für den getigerten Vierbeiner entschieden hatte. Ich weiß, wie du dich fühlst, schien der Kater ihm zu signalisieren. Wir haben beide schwere Zeiten hinter uns. Das verbindet.

»Den oder keinen«, hatte Lorenz spontan zu der Frau gesagt, die mit ihm durch das Katzenhaus gegangen war. Er wollte das Geschäft so schnell wie möglich hinter sich bringen und dann wieder nach Hause zu seinen Leinwänden.

Die Mitarbeiterin des Tierheims, die sich ihm als Edda Kallmayer vorgestellt hatte und hier eindeutig das Kommando führte, hatte kurz gezögert, sich das dunkle Haar zurückgestrichen und laut gedacht. »Bruno ist ja nicht mehr der Jüngste. Und sollten wir da nicht erst Frau Thannberg informieren?«

»Wieso denn? Sie sagten doch, dass in diesem Trakt nur Katzen wohnen, die auch vermittelt werden. Warum soll da noch jemand befragt werden?«

»Das stimmt.«

»Na bitte, wo liegt dann das Problem? Der oder keiner. Wir haben doch schon einen Draht zueinander.« Lorenz war in die Hocke gegangen, und Bruno schnurrte tatsächlich.

»Eine unserer ehrenamtlichen Mitarbeiterinnen hat ihn besonders ins Herz geschlossen.«

»Na gut, dann soll die ihn eben nehmen.« Lorenz erhob sich und wandte sich zum Gehen.

Eine untersetzte Tierpflegerin in einer engen weißen Hose und einem noch engeren weißen T-Shirt kam dazu. Sie trug ihr dunkles Haar straff zurückgebunden, was ihren Gesichtszügen etwas Maskenhaftes verlieh. »Irene nimmt ihn nicht. Das haben wir doch oft genug besprochen.«

»Gut, dann nehme ich ihn.« Lorenz zückte seinen Geldbeutel. »Was kostet er? Und kann ich bei Ihnen auch so was wie eine Reisetasche für ihn kaufen? Wie heißt er noch mal?«

»Bruno.«

»Ach ja.«

Kurz darauf packte Lorenz die Katzentasche nebst schweigendem Inhalt auf den Beifahrersitz seines Citroën. Jetzt habe ich endlich Ruhe, dachte er erleichtert.

Wochenlang hatten seine wenigen Freunde ihn beschworen, sich ein Tier zuzulegen. Gleichgültig, ob Hund oder Katze. »Du führst zu viele Selbstgespräche und drehst dich dabei in immer verrückteren Kreisen. Wenn du mit einem Vierbeiner sprichst, bleibst du hoffentlich mit deinen Gedanken auf dem Boden der Tatsachen. Zumindest holen Hund oder Katze dich immer wieder ins Hier und Jetzt zurück. Außerdem wirken Haustiere inspirierend.«

Pah! Wenn Lorenz eins nicht brauchte, so war es Inspiration. Sein Kopf war voll mit Bildern.

Daran dachte er, während er die Treppen hinaufstieg. Die Tasche in seiner rechten Hand war vor allem eins … schwer. Darin bewegte sich gar nichts.

Auf dem Absatz des dritten Stockwerks setzte er Bruno

mitsamt der Transportbox ab und spähte durch die durchsichtige Plastikscheibe ins Innere.

Da saß das Tigerchen mit eng angelegten Ohren, fletschte die Zähne und fauchte ihn an. Oje!

Konnte es sein, dass der Kater über die Reise hierher nicht glücklich war? Andererseits … wer wurde schon gern verschleppt?!

»Das wird schon«, hatte Edda Kallmayer ihm versichert. »Bruno ist nicht mehr der Jüngste und braucht etwas Anlaufzeit. Dafür aber kommt er selbst mit den schwierigsten Zeitgenossen klar.«

»Selbst mit Irene«, hatte die Tierpflegerin hinzugefügt und ihm ihre Karte gegeben. »Ich heiße Cindy Plödereder. Falls mal was ist.«

Jetzt allerdings fragte sich Lorenz, ob ausgerechnet das eine Aussage gewesen war, die ihn hätte warnen müssen. Hatte die Leiterin des Tierheims etwa auch ihn als komplizierten Menschen eingestuft, der ein Tier an seiner Seite brauchte, um den Boden unter den Füßen nicht ganz zu verlieren? Ausgerechnet ihn, den – leider – noch nicht berühmten Maler. Lorenz Erlenburg brauchte keinen Therapiekater. Er brauchte lediglich ein Lebewesen in seiner Nähe.

Mit Frauen hatte er es auch schon versucht, aber die, die er kennengelernt hatte, redeten so viel, mischten sich in sein Leben ein, wollten ständig aufräumen und wissen, was er dachte.

Als er vor der Wohnungstür in seinem Dachgeschoss stand, setzte er die Tasche mit dem Kater ab und schob den Schlüssel ins Schloss.

»Willkommen in meinem Reich, Bruno, alter Knabe!«,

murmelte er und schritt mit seinem neuen Mitbewohner in die Küche. Frau Kallmayer hatte die kompakte Cindy mit dem lustigen Nachnamen Plödereder damit beauftragt, einige Dosen von Brunos Lieblingsfutter auszugeben, auch als Muster, damit er genau das weiterhin kaufte. Lorenz öffnete eine Dose, füllte einen Napf, stellte ein Schälchen mit Wasser in gebührendem Abstand daneben, ging in die Knie und zog den Reißverschluss zu Brunos Transportbox auf. »Nun komm heraus, und sieh dich um!«

Bruno fauchte, musterte ihn aus zusammengekniffenen Augen und streckte sich im Anschluss an die beeindruckende Demonstration seines Unwillens. Dann gähnte er. Lorenz sah die vier scharfen und spitzen Fangzähne seines neuen Mitbewohners. Der machte nicht gerade den Eindruck, als wolle er freiwillig seine geschützte Höhle verlassen. »Dann eben nicht«, brummte der Maler. »Ich hätte dir gern alles gezeigt. Aber du tust ja so, als wäre ich ein Monster. Bin ich aber nicht.«

Im Bad wusch er sich die Hände und betrachtete sehr lange sein Spiegelbild. Er sah doch wirklich nicht so aus, als müsse sich irgendjemand vor ihm fürchten, schon gar nicht ein kleiner Kater. Völlig normal sah er aus, wie nun mal ein Mann mit Ende fünfzig aussah. Sein graues Haar war schon recht schütter, auf dem Hinterkopf schien es sich bereits einer Tonsur anzunähern. Sein Friseur riet ihm immer mal wieder, sich doch den Schädel zu rasieren. Aber so lief zurzeit ja fast jeder herum. Lorenz wollte keinesfalls zu diesen modischen Gecken gehören. Dann lieber ein mäuschengrauer Haarkranz, wie auch Mönche ihn trugen.

Über seine randlose schmale Lesebrille hinweg beäugte

er sich weiterhin kritisch. Der inzwischen auch schon graue Schnurrbart passte zu seinem ovalen Gesicht, und als er sein Spiegelbild anlächelte, fand er sich sogar richtig sympathisch. Das war ihm sonst immer nur nach der Fertigstellung eines guten Bilds aufgefallen. Und jetzt einfach so. Dicht vor dem Spiegel.

Na gut, der kleine Bruno sollte erst mal sein neues Zuhause erkunden. So viel Aufregung an einem ganz normalen Nachmittag, dachte Lorenz liebevoll und staunte über sein Verantwortungsgefühl. Er betrat sein lausig kaltes Atelier mit der Fensterfront gen Norden, schaltete den Radiator ein, der gerade mal als Frostwächter durchgehen konnte, und befasste sich mit der Vorstufe zu einem neuen Werk. Draußen prasselte der Regen gegen die Scheiben.

Etwa zwei Stunden später, er hatte lange vor der leeren Leinwand meditiert und dann mit Kohlestift die ersten Linien gezogen, kehrte er in die Küche zurück, um sich aufzuwärmen und Tee zu kochen. Seine Finger waren rot und fühlten sich klamm an. Damit wollte er den Kater lieber nicht anfassen, auch wenn Bruno einen Pelz trug.

Auf dem Boden stand die inzwischen leere Katzentasche, und der Fressnapf war bis aufs letzte Krümelchen leer gefressen. Beim Wassertrinken hatte Bruno geschlabbert.

Der Kater selbst aber war verschwunden, und augenblicklich ärgerte sich Lorenz, denn er hatte die Küchentür offen gelassen. Seine Dachwohnung war groß. Der Kater konnte überall sein, und das, obwohl er noch nicht einmal gezeigt bekommen hatte, wo demnächst sein Klo stehen würde und wo bisher nur eine Kiste mit zerknüllten

Zeitungsschnipseln stand. Ob er so klug war, das richtig zu deuten?

»Hallo, Bruno, wo bist du?« Natürlich blieb es still. Hatte Lorenz Erlenburg wirklich eine Antwort erwartet? Wenn er ehrlich war… nein. Er schüttelte über sich selbst den Kopf und füllte den Napf neu. Wo es etwas zu essen gab, hatte sich sein neuer Wohngenosse garantiert gemerkt. Er war ja nicht dumm.

»Wo, um Himmels willen, ist er jetzt?« Irene hatte schon vor acht Uhr in der Früh, noch vor der ersten Tasse Kaffee, beim Tierheim angerufen. Es meldete sich eine der ganz neuen und ganz jungen Tierpflegerinnen, die offensichtlich zum ersten Mal Telefondienst hatte. »Er? Wen meinen Sie damit?«

»Bruno!«

»Hier arbeitet kein Bruno«, gab die Fremde kurz darauf mit einer sehr jungen Stimme zurück, und Irene konnte nur den Kopf schütteln. Als ginge es ihr um einen Menschen. Es ging um Bruno, den Kater.

»Ist denn niemand in der Nähe, der oder die ein bisschen besser Bescheid weiß als Sie? Wissen Sie, ich bin…« Und nun wiederholte sie ungeduldig ihren Namen samt Doktortitel, als wäre allein das schon Respekt einflößend. »Ich arbeite ehrenamtlich für das Tierheim.«

Sie ahnte, dass das ziemlich arrogant klang. Weder das eine noch das andere schien die Neue sonderlich zu beeindrucken. »Da kommt gerade Frau Kallmayer«, sagte sie stattdessen. »Wollen Sie mit ihr sprechen?«

»Unbedingt!«

»Edda, wie konnte das geschehen? Warum habt ihr mir nicht rechtzeitig Bescheid gesagt?«

»Du meinst, dass Bruno nun einen Platz gefunden hat?«

»Klar meine ich das, was denn sonst? Wo ist er?«

»Bei einem Künstler. Ende fünfzig, jemand, der zu Hause arbeitet, ein großes Atelier hat und sich Zeit für ihn nehmen kann.«

»Künstler«, wiederholte Irene verächtlich. »Wenn das mal kein Hungerkünstler ist. Und dann vergisst er bestimmt, ihn zu füttern. Außerdem hören Maler bei der Arbeit immer laute Musik, Opernarien oder Punkrock, wenn man Pech hat. Da wird dem armen Bruno das Trommelfell platzen.«

»So sah der nicht aus, eher seriös, fast wie ein Beamter. Und woher willst du das alles wissen?«

Edda Kallmayer jetzt zu erklären, dass Irene auch mal über den Zusammenhang von Kunst und Musik sowie den Einfluss bestimmter Arien auf die Dynamik der Linienführung eines Malers geforscht hatte, wäre zu weit gegangen. Stattdessen räusperte sie sich. »Ihr hättet ihn nicht weggeben dürfen, ohne mich zu fragen«, warf sie Edda vor.

»Irene, wir haben dich oft genug gefragt. Und du weißt, dass es nicht gut ist, sein Herz zu sehr an diese Tiere zu hängen. Sie alle sollen vermittelt werden. Und zwar gut.«

Das stimmte auch wieder. Irene schwieg.

»Außerdem warten hier immer noch Lilly und Charlie auf dich.«

Sollte das etwa ein Trost sein? Neben ihrem Telefon richtete sich Irene kerzengerade auf. »Gut, aber die laufen mir ja hoffentlich nicht auch noch weg. Also, wo finde ich diesen Künstler?«

»Du willst doch nicht etwa heute schon eine Platzkontrolle machen! Wir haben bisher immer mindestens zehn Tage, wenn nicht gar zwei Wochen gewartet.« Edda Kallmayer schien den Kopf zu schütteln. Ihre großen Ohrringe klimperten gegen das Telefon.

»Dies ist eine Notsituation«, behauptete Irene. »Ich will ihn zumindest anrufen und mir einen Eindruck von seiner Stimme machen. Gib mir also seine Telefonnummer!«

»Ungern.« Edda schwieg, und Irene wusste, dass Edda lange schweigen konnte.

»Bitte, ich bin auch nett zu ihm.« Ihre Stimme klang wie die eines kleinen Mädchens.

Am anderen Ende der Leitung raschelte ein Papier. »Hast du etwas zum Schreiben? Hier ist die Nummer.«

»Ja bitte?«

Wie konnte man sich am Telefon nur so melden? Unglaublich! Typisch Künstler. Dem fehlte offenbar jegliches Gefühl für Anstand und Benehmen. »Wie geht es Bruno?«, fragte sie daher augenblicklich, ohne sich selbst vorzustellen.

Der Mann schwieg. Irene stellte sich vor, dass er Blickkontakt mit seinem neuen Hausgenossen suchte, um ihn nach seinem Befinden zu fragen. Glücklicherweise lief im Hintergrund der fremden Wohnung weder Opernmusik noch Rock oder Punk. Brunos Ohren waren also noch in Ordnung.

»Ich weiß es nicht, er ist verschwunden«, gestand der Maler, der Lorenz Erlenburg hieß, wie sie wusste. Einmal, das hatte sie im Internet recherchiert, war er sogar auf der Biennale in Venedig vertreten gewesen. Und so einer konnte nicht einmal auf eine kleine Katze achtgeben? Was war das nur für ein Mensch?

»Verschwunden?« Sie schluckte. »Was wollen Sie damit sagen?«

»Er ist weg. Ich habe die Küchentür nicht fest verschlossen, und er ist sicher in den Flur gelaufen und versteckt sich in einem anderen Zimmer. Aber ich sehe ihn nicht.«

Wie das klang! Als bewohne der Typ einen ganzen Palast. Wer aber einen Palast besaß, der sollte auch über Personal verfügen, das auf einen gerade erst eingezogenen Kater aufpasste.

»Wie viele Zimmer?«, fragte sie deshalb streng.

»Nur drei, dazu Küche, Bad und Flur.« Bereitwillig gab er Auskunft, und ihm war sein schlechtes Gewissen anzuhören.

»Aha.« Sie dachte nach. »Und seit wann ist er weg?«

»Schätzungsweise gestern Nachmittag.«

»Wie konnte das passieren?«

Der Maler nuschelte fast, als er sein Versagen eingestand. »In der Küche habe ich seine Tasche auf den Boden gesetzt und den Reißverschluss geöffnet. Aber er wollte noch nicht raus. Also habe ich eine Schale mit Futter und einen Napf mit Wasser gefüllt.«

»Und dann?« Irene merkte selbst, dass ihr Tonfall immer ungeduldiger und vorwurfsvoller wurde. Sie riss sich zusammen. Schließlich rief sie nicht als Dr. Irene Thannberg an, sondern als Mitarbeiterin des Tierheims.

»Dann ging ich in mein Atelier wie immer um diese Tageszeit, und als ich zurückkam, war das Katzenfutter weg, der Kater aber auch.« Er schwieg.

Schweigen konnte sie auch. Und so verkniff sie sich die

Frage, ob er denn über Nacht Besuch gehabt habe und ob dieser die Tür nicht richtig hinter sich verschlossen hatte. Man hörte ja so einiges über Künstler. Schlampig waren die alle. Und inmitten dieses Chaos ihr Bruno, der kleine ordentliche und sehnsüchtige Bruno … Ihn in die Hände eines Künstlers zu geben, hatte in Irenes Augen in etwa die gleiche Bedeutung, als hätte man ihn in eine Löwengrube geschickt.

»Und in der Nacht? Katzen sind ja nachtaktiv. Haben Sie ihn da gehört oder gesehen?« Sie bemühte sich um Sachlichkeit.

»Natürlich nicht. Außerdem schlafe ich nachts. Aber er muss hier gewesen sein. Sein Napf war heute Morgen wieder leer.«

An seinem Tonfall merkte sie, dass er in die Verteidigung ging. Vorsicht, Vorsicht!, ermahnte sie sich und beschloss, diesen Herrn Lorenz zu beruhigen, obwohl sie wusste, dass sie diesbezüglich kein Genie war.

»Versprechen Sie mir eins! Halten Sie die Wohnungstür geschlossen. Sonst entwischt er Ihnen noch ins Treppenhaus. Und füllen Sie seinen Napf gleich nach!«

»Mach ich«, versprach er.

»Kann ich Sie später noch mal anrufen?«, fragte sie und bemühte sich um einen geschäftsmäßigen Ton. »Nur um zu wissen, wie es Bruno geht und wo er sich versteckt hat. Sie finden ihn garantiert bald.«

Selbst in ihren Ohren klang das falsch und aufgesetzt. Vermutlich ahnte er, dass sie am liebsten zu ihm gefahren wäre und ihm die Leviten gelesen hätte. Was tat er dem Kater bloß an! Ließ ihn ganz allein in einer fremden Küche sitzen.

Wie unsensibel. Sie wollte gar nicht genauer wissen, wie die Werke des Herrn Erlenburg aussahen. Obwohl das von der Biennale gar nicht *so* schlecht gewesen war.

»Ja, tun Sie das bitte! Dann können wir hoffentlich beide erleichtert aufatmen. Und Sie sind sich ganz sicher, dass er bald wieder auftaucht?«

»Klar, irgendwo in Ihren vielen Zimmern muss er doch sein«, log Irene.

»Ich mache mir solche Sorgen«, gestand Lorenz.

4. KAPITEL

Donnerstag war eigentlich nicht ihr Tierheimtag, aber sie machte sich mit der absurden Hoffnung auf den Weg, Bruno könne zurückgekehrt sein. Warum eigentlich nicht? Sicher hatte er sich eine Stärkung zum Frühstück geholt. Schließlich hatte dieser Lorenz ja bestätigt, dass der Napf vollkommen leer gefressen war. Dann hatte Bruno in weiser Voraussicht ausreichend Wasser geschlabbert und so, gestärkt und voller Elan, nicht nur nach einem Schlupfloch gesucht, sondern es auch gefunden. Und dann war er bei Nacht und Nebel in Richtung Passbrunn und zum Quellenhof aufgebrochen, ohne den schlafenden Künstler auch nur einmal anzusehen.

Nur so konnte es gewesen sein.

Irene parkte auf dem Platz unter den Buchen, die immer noch ihre bronzefarbenen Blätter trugen. Als sie im Frühjahr zum ersten Mal hier gestanden hatte, war an genau diesen Bäumen das erste Grün erschienen. An den Buchen war zu erkennen, wie schnell die Zeit verging.

Dass sie keinen eigenen Schlüssel zum Tierheim hatte, ärgerte sie heute zum ersten Mal, ausgerechnet jetzt, da doch alles so wichtig war. Sie klingelte Sturm und stürzte Augenblicke später in die Empfangs- und Aufenthaltshalle. »Er ist also wieder hier!«, rief sie laut.

»Wer?« Edda Kallmayer saß hinter der lang gestreckten Theke und hob den Kopf von ihrem Laptop.

»Bruno!« Irene klang triumphierend.

»Nein, wir haben ihn doch gestern vermittelt.« Edda fuhr sich mit den Fingern durch die dunklen Locken und seufzte.

»Da ist er aber nicht mehr. Er ist garantiert zurückgekommen. Wetten?«

»Das will ich nicht hoffen. Dieser Herr Erlenburg wohnt mehr als dreißig Kilometer von hier entfernt. Meine Güte, du bist ja ganz aufgelöst! Setz dich! Tessa zieht uns sicher einen Kaffee. Hast du so viel Zeit?«

»Klar.« Irene ließ sich in einen der Besuchersessel fallen. »Später schau ich dann auch noch mal nach Lilly und Charlie. Sicher taucht Bruno in der Zwischenzeit wieder auf.«

Edda fasste sich an eine ihrer goldenen Kreolen. Sie klang besorgt. »Es ist nicht gut, wenn du dein Herz zu sehr an ausgerechnet die Tiere hängst, die jeden Tag vermittelt werden können.«

»Ich weiß, aber andere sind nun mal nicht hier.« Irene nickte. »Unserer kleinen Luna geht es übrigens gut. Gestern war ich bei ihr.«

Tessa, eine junge Tierpflegerin mit Echsentattoo auf der linken Schulter, schob zwei Tassen unter den Kaffeeautomaten und sah hoch. »Espresso oder Cappuccino?«, wollte sie wissen. Das Tattoo schien zu nicken.

Irene fragte sich, wie lange diese Tessa es wohl durchhielt, täglich mit so großen T-Shirt- und Pulloverausschnitten zu erscheinen, dass ihre Echse immer sichtbar war.

Tessa stellte zwei Cappuccini auf das Beistelltischchen, legte einige Cantuccini in ein gläsernes Schälchen, und Irene hatte den Eindruck, als zwinkere der grüngelbe und ungewöhnlich fein gestochene Gecko auf Tessas linker Schulter ausgerechnet ihr heftig zu. Sie kniff beide Augen zusammen. Vorsicht, cool bleiben! Das konnte ja nur eine Halluzination sein. Sie hatte in der letzten Nacht eindeutig zu wenig geschlafen.

Hinter ihnen öffnete sich die Tür. Edda, die auf dem Weg zu Irene und ihrem Cappuccino war, hielt inne und begutachtete die frühe Besucherin mit Besorgnis und Interesse. Es war eine junge Frau in weißer Arztkleidung und mit weißen Clogs. »Mein Chef schickt mich. Uns ist eine Katze zugelaufen, dabei sind wir eine HNO-Praxis.« Sie klang so vorwurfsvoll, als hätte sich das Fundtier mit allen vier Pfoten geweigert, einen Hörtest zu absolvieren.

»Na, dann zeigen Sie mal!«

Die Transportbox samt lebendigem Inhalt landete auf der Empfangstheke, und Edda öffnete gekonnt die Reisetasche mit den vielen Luftlöchern. Eine sehr schlanke Siamkatze mit großen blauen Augen richtete sich auf, rieb den schmalen Kopf an Eddas Hand und schnurrte wie wild.

»Na, Misia, hast dich daheim wohl mal wieder gelangweilt. Nun haben wir dich ja auch schon fast ein ganzes Jahr nicht mehr hiergehabt. Dein Frauchen wird sich freuen, dass du wieder bei uns gelandet bist.«

»Sie kennen die Katze?«, fragte die weiße Frau, die sich als Arzthelferin vorgestellt hatte, und staunte.

»Sie wird uns nicht zum ersten Mal gebracht, gell, Misia?« Edda beugte sich zu der Siamkatze hinunter. Das Schnurren wurde lauter.

»Sie gehört also Ihnen?«

»Nein, einer guten Bekannten von uns. Mindestens einmal im Jahr geht Misia ihre eigenen Wege. Aber sie kommt immer zu uns zurück. Das heißt, sie wird uns immer wieder gebracht. So wie heute.«

»Ist sie gechipt oder tätowiert? Und wieso trägt sie kein Halsband?«

»Dazu ist sie zu eitel.« Edda lachte. »Sie hat eben ihren eigenen Kopf.«

Die Katzendame sprang auf Eddas Schulter und legte ihr den leicht geknickten dunklen Schwanz um den Hals. Edda löste sich sacht von ihr und setzte sie auf Irenes Schoß. »Halt sie mal kurz!«

Mit großen blauen Augen blickte Misia zu der Unbekannten auf, schien zufrieden zu sein und schnurrte.

Währenddessen erledigte Edda Kallmayer die Formalitäten und notierte Namen und Adresse der Finderin. »Was?«, fragte sie plötzlich ein wenig zu laut und lachte. »Sie haben ihr tatsächlich Gänseleberpastete gegeben?«

»Es war nichts anderes da. Hat ihr aber gut geschmeckt. Und überhaupt, die war halb verhungert, als sie zu uns kam. Schauen Sie sie sich doch mal an! Vermutlich kriegt sie viel zu wenig zu essen.«

»Nein, das ist die Siamrasse. Die Tiere sind nun mal extrem schlank«, widersprach Edda mit Kennermiene. »Zufällig weiß ich, dass Vera Misia sehr verantwortungsvoll ernährt und regelmäßig untersuchen lässt.«

»Und was ist mit dem abgeknickten Schwanz? War der mal gebrochen? Den hätte man richtig behandeln müssen.«

Die Arzthelferin führte sich auf, als wäre sie die oberste

Tierschützerin der Nation, und es war Echsentattoo-Tessa, die sich an dieser Stelle mit ihrer ungewöhnlich dunklen Stimme einmischte. »Was, das wissen Sie nicht? Alle Siamkatzen haben diesen Knick im Schwanz. Das ist eine ganz alte Geschichte.« Dann dozierte sie mit strengem Blick. »Die Prinzessinnen aus Siam hatten diese Katzen auch deshalb bei sich, weil sie ihre kostbaren Ringe über deren Schwanz schieben konnten und wussten, dass sie auf diese Weise nicht verloren gingen. So entstand im Lauf der Evolution genau diese typische Abknickvariante. Die Tiere haben sich den Bedürfnissen der Prinzessinnen angepasst.«

»Echt?«

Tessa hob die Schultern. »Es könnte auch eine Sage oder ein Gerücht sein. Aber mir gefällt die Geschichte.«

Die weiß Gekleidete schüttelte den Kopf. »Also Fake News, wenn ich das richtig sehe, und den Quatsch erzähle ich besser nicht meinem Chef.« Sie wandte sich an Edda. »Dann vermutlich bis zum nächsten Mal, falls die Katze das öfter macht. Vorsichtshalber nehme ich die Tasche mit und lasse sie gleich in unserer Praxis stehen.«

»Misia wurde noch nie zweimal an der gleichen Stelle aufgegriffen. Aber vielleicht hat es ihr bei Ihnen schon allein wegen der Leberpastete so gut gefallen. Falls es einen Finderlohn gibt, setze ich mich mit Ihnen in Verbindung.«

Der Kaffee war in der Zwischenzeit abgekühlt. Irene streichelte die schnurrende Katzendame auf ihrem Schoß. Genüsslich rieb das Tier den Kopf in ihrer Ellbogenbeuge.

Bruno hätte sich nie so schnell einem Menschen hingegeben. Irene wusste nicht recht, was sie von Misia halten sollte. Fühlte die sich bei allen so schnell wohl? Schmuste sie mit jedem so hingebungsvoll? Dann wäre sie, Irene, ja austauschbar. Um mit Bruno vertraut zu werden, hatte sie ihn über Wochen mit vorsichtigen Gesten und sanften Worten erobern müssen. Danach hatte sein Schnurren in ihrer Nähe umso mehr Bedeutung bekommen. Dies hier ging alles irgendwie zu schnell.

Edda setzte sich an ihre Seite und betrachtete das schnurrende Fellbündel in Irenes Schoß. »Na, Misia, hast es also wieder mal geschafft.«

Misia streckte die Vorderpfoten.

»Die büxt also öfter aus?«

»Etwa einmal im Jahr. Und ihr ist offensichtlich noch nie etwas Böses widerfahren. Sonst wäre sie nicht weiterhin so zutraulich. Die Leute bringen sie zu uns, denn wir sind ja eine Anlaufstelle für Fundkatzen, und dann sagen wir Vera Bescheid. Ich habe ihr Misias glückliche Rückkehr schon per Whatsapp mitgeteilt. Das letzte Mal wurde unsere Streunerin in einer Bibliothek aufgegriffen. Dort hatte sie es sich hinter den gesammelten Werken von Kurt Tucholsky gemütlich gemacht.«

»Besser als Rosamunde Pilcher«, murmelte Irene und blickte in Misias blaue Augen. »Sie hat also ganz klar ein Gefühl für Qualität«, stellte sie fest.

»Gefällt sie dir?« Edda nippte an ihrem Cappuccino.

»Ja, sie ist sehr hübsch und wirklich ungewöhnlich schlank. Sie wirkt tatsächlich etwas verhungert. Da würde ich mir auch Sorgen machen.«

»Wie gesagt, das ist die Rasse.« Edda tunkte einen Cantuccino in ihren Cappuccino.

»Ist es auch eine Eigenart der Rasse, gleich so vertraulich zu sein?«

»Ging dir zu schnell, wie?«

»Ja, man möchte doch erobert werden.« Irene seufzte. »Egal, ob von einem Menschen oder einem Tier.« Dabei dachte sie an Regina Schlössl, die ausgerechnet ihre Nähe zu suchen schien.

»Was machst du denn nun?« Eddas Ohrringe klimperten, als sie sich vorbeugte.

Irene betrachtete die Siamkatze. »Mit ihr? Was kann ich da schon groß machen?«

»Nein, ich dachte eher an Bruno. Misia wird schließlich noch heute heimkehren.«

»Wenn Bruno sich heute Nachmittag immer noch versteckt hält, fahre ich dorthin und rufe nach ihm. Wenn ich ihn locke, kommt er doch immer.«

»Nun ja, er ist nun in einer Wohnung und ohne Gefährten, auch wenn er denen nicht gerade innig verbunden war. Das ist eine völlig neue Situation. Und Bruno ist vorsichtig. Hast du deinen Besuch mit Herrn Erlenburg abgesprochen?«

»Wir sind so verblieben, dass ich später noch mal bei ihm anrufe.«

Edda musterte ihre ehrenamtliche Mitarbeiterin mit besorgtem Blick. »Lass ihn los, den Bruno!«

Irene schwieg. Edda Kallmayer mit ihrem riesigen Herzen konnte es vermutlich nicht nachvollziehen, dass Bruno der Erste war, der Irenes Herz ganz und gar erobert hatte. Sie hatte es quasi in seine Obhut gegeben, und nun war er mitsamt ihrem Herzen verschwunden und kam nicht zurück.

Kaum auszuhalten. Als würde sie tatsächlich mit seiner Heimkehr rechnen, linste sie verstohlen zur Tür.

»Der kommt nicht zurück«, meinte Edda, die Irenes Blick bemerkt hatte. »Und du weißt, es gehört nun mal zu diesem Geschäft, die Tiere wieder loszulassen.«

Und was ist mit meinem Herzen?, dachte Irene. Ich habe doch nur eins, und das gehört Bruno.

Eine dumpfe, nie zuvor gefühlte Leere breitete sich in ihr aus. Sie seufzte. »Ach, Bruno!«

Edda Kallmayer runzelte nachdenklich die Stirn. So eine gebildete Frau und offensichtlich sehr einsam. Wie oft sie wohl zu Festen eingeladen wurde oder selbst ein Essen gab? Sehr selten wahrscheinlich. Ob sie überhaupt Freunde hatte? War sie nicht ein bisschen auffällig oft im Quellenhof und dann auch noch abends als Platzkontrolleurin unterwegs? Was fing sie mit der restlichen Zeit an?

»Schau mal!«, meinte sie. »Hier sind doch noch Lilly und Charlie, die freuen sich über deinen Besuch.«

»Würdest du das deinen Kindern auch raten? Einfach das eine durch das andere zu ersetzen?«

»Nein.« Edda biss sich auf die Lippen und legte Irene eine Hand auf den Unterarm. »Bleib doch noch ein bisschen hier! Dann rufst du bei dem Maler an. Bruno ist sicher inzwischen aufgetaucht und macht sich nach und nach mit Herrn Erlenburg vertraut.« Sie stand auf. »Ich muss los. Jemand will sein Pferd bei uns unterstellen. So wie der herumdruckst, werden das schwierige Verhandlungen.«

Irene dachte an ihre Untersuchung zum bedingungslosen Grundeinkommen. »Es ist also jemand mit Geld. Oder?«

»Exakt. Und die feilschen bekanntermaßen um jeden

Cent.« »Um jedes nette Wort sogar«, fügte Irene ungefragt hinzu. »Ich kenne das. Aber du hast doch eine Preisliste.«

»Ja, doch dann verlangen sie Rabatt und zusätzlich irgendwelche Vergünstigungen. Nicht alle Zeitgenossen sind einfach im Umgang.«

Kurz darauf räumte Tessa das Geschirr vom Tisch. »Alles klar?«

Irene nickte. »Geht schon.«

»Ja, irgendwie geht alles weiter«, murmelte das schlanke Echsenmädchen, und so, wie sie es sagte, schien sie sich trotz ihrer höchstens zwanzig Jahre mit allen Höhen und Tiefen des Lebens auszukennen.

Irene sah ihr nach, und als sie dachte, das könnte ja meine Enkelin sein, fühlte sie sich unendlich alt und traurig. Hoffentlich lebte wenigstens diese Tessa genau das Leben, das zu ihr passte und das ihren Fähigkeiten entsprach.

Mit steifen Bewegungen trat Irene an die Theke und griff zum Telefon. So würde der Angerufene gleich erkennen, dass das Tierheim in der Leitung war.

»Ja bitte?«, meldete er sich wie beim ersten Mal.

Also verzichtete auch sie auf die Nennung ihres Namens und legte gleich mit ihrer Frage los. »Bruno ist also inzwischen wieder aufgetaucht?«

Lorenz Erlenburg am anderen Ende der Leitung schwieg.

Sie konnte sich vorstellen, was los war, und bemühte sich, Empathie in ihre Stimme zu legen. »Er hat sich also noch nicht wieder sehen lassen.«

»Nein.«

»Soll ich vorbeikommen und nach ihm rufen?«

»Wenn Sie Zeit haben, gern. Ja. Das würde mich beruhigen.« Seine Stimme klang auf freundliche Weise ebenso hilflos wie erschöpft.

»Gut, dann mache ich mich gleich auf den Weg. Oder passt es Ihnen jetzt noch nicht?«

»Natürlich, es ist doch Ihre Zeit. Da richte ich mich natürlich nach Ihnen. Ach, es wäre so gut, wenn ich den Kater mal wiedersehen könnte! Sonst vergesse ich möglicherweise, dass er seit gestern bei mir wohnt.« Dazu versuchte er ein Lachen. Doch das verrutschte hörbar zu einem flauen Krächzen. Da wusste Irene, dass er Bruno nicht einfach wieder zurückgeben würde. Und sie ahnte, dass schon jetzt zwischen ihm und dem schüchternen Tier eine besondere Bindung bestand.

Zu seiner Dachwohnung in dem etwa einhundert Jahre alten und blassgelb gestrichenen Gründerzeithaus mit kleinen Erkern führten genau dreiundneunzig Stufen. Irene, die den Tick hatte, immer und überall Stufen zu zählen, verglich sie mit ihrer Wohnung. Zu der waren es lediglich dreiundzwanzig.

Welchen Blick mochte man von dort oben aus haben? Fast in gleicher Höhe mit dem Kirchturm aus rotem Klinker. Vielleicht konnte sie von dort aus sogar ihr Auto sehen, das auf dem Parkplatz für Messe- und Andachtsbesucher stand. Die Soziologin in ihr diagnostizierte allerdings, dass jemand, der so hoch oben wohnte, schnell in Versuchung geriet, sich abgehoben zu fühlen. Nun gut, aber das war ja nicht ihr Problem.

In ihrer Jackentasche knisterte die Cellophanverpackung von Brunos Lieblingsknabberröllchen. Wie schön wäre es, wenn er schon bald voller Behagen eins davon verzehren würde! Natürlich bekäme er es nicht von ihr, sondern von seinem neuen Besitzer. Endlich war sie im letzten Stockwerk angekommen und rang nach Luft. Dann läutete sie.

Ein Mann in grauer Cordhose und schwarzem Sweatshirt öffnete. Dabei wurde ihr bewusst, dass sie tatsächlich gedacht hatte, Maler würden grundsätzlich in einem weißen und mit Farbklecksen übersäten Kittel herumlaufen und einen etwas verrückten Blick haben. Insgeheim schalt sie sich wegen dieser Naivität.

Lorenz Erlenburg mit schmalem Gesicht, grauem Haar und grauem Schnurrbart nickte ihr zu. »Er ist immer noch nicht aufgetaucht. Vielleicht haben Sie mehr Glück. Sie sind doch Frau Thannberg, oder?«

Irene zückte ihren Ausweis mit dem Quellenhof-Logo. Es musste ja alles seine Richtigkeit haben. Und schon stand sie in der Wohnung. Er nahm ihr den Mantel ab, und dabei spürte sie seine Hand an der Schulter. Wann war ihr zuletzt ein Mann so nahe gekommen?

Von dem langen Flur, in dem sich aufgespannte und grundierte Leinwände stapelten, gingen zwei Türen nach links und drei nach rechts ab. Eine Tür führte in das große Wohnzimmer, und als sie an den Erker trat, entdeckte sie tatsächlich ihren hellblauen Wagen. Reichlich einsam stand er dort auf dem großen Kirchplatz.

Sollte sie dort in genau dieser Kirche eine Kerze anzünden, wenn Bruno gleich wieder auftauchte? Eigentlich zweifelte sie nicht daran. Ja, das mache ich, dachte sie dennoch, und dabei wurde ihr bewusst, dass sie seit Ewigkeiten kein Gotteshaus mehr betreten hatte.

Lorenz lehnte abwartend im Türrahmen und musterte sie über seine schmale Lesebrille hinweg. An den mit Bücherregalen gepflasterten Wänden seines Wohnzimmers war kein Platz für Bilder. Auch nicht für Fotos oder Plakate. Es waren hohe Altbauwände, die über den Regalen in unterschiedlichen Pastellfarben gestrichen waren. »Wo sind denn Ihre Bilder?«, fragte sie einfach nur, um etwas zu sagen.

Er hob die Schultern. »Im Atelier natürlich.«

Sie wandte den Blick von den vielen Bücherreihen ab. Viele der Sachbücher und Romane hatte sie auch gelesen. Da stand also ein Mensch vor ihr, mit dem sie sich hätte unterhalten können. Aber er gibt natürlich Antworten und widerspricht vielleicht sogar, warnte eine innere Stimme. Bruno hatte sich immer alles angehört, selbst ihre Gedanken, und niemals Antworten gegeben oder gar Einspruch erhoben. Sachlich besann sie sich auf den eigentlichen Grund ihres Besuchs. »Könnte Bruno im Atelier sein?«

Lorenz Erlenburg schüttelte den Kopf. »Nein, ich halte die Wohnungstür grundsätzlich geschlossen, und das Atelier befindet sich nebenan.«

»Ich rufe mal nach ihm.«

Er nickte.

»Bruno, Bruno, Schätzchen, wo steckst du denn?« Ihre Stimme klang weicher als sonst, und das erstaunte sie selbst.

»Möglicherweise hätte ich auch ›Bruno, Schätzchen!‹ rufen sollen«, gab er zu bedenken, machte aber keinen eigenen Versuch.

Sie sah sich in dem Wohnzimmer des Malers um, das etwas von einem Salon hatte, ging in die Hocke und warf einen Blick unter das Ledersofa. Nichts. Nur einige Staubmäuse. »Und hinter den Büchern? Ich habe gerade heute von einer Katze gehört, die sich gern hinter Tucholsky versteckt.«

»Dann schauen wir mal! Aber vielleicht versteckt sich ein Kater lieber hinter einer Autorin.« Er lachte, und seine braunen Augen blitzten. Dann nahm er die Brille ab und spähte seitlich in den Hohlraum zwischen Büchern und Wand. »Hier ist nichts.«

Irene zählte die Buchreihen. »Sie müssten das Ganze siebenmal wiederholen. Am besten mit einer Taschenlampe.«

»Erst prüfe ich meine Autorinnentheorie«, stellte er klar, griff nach einem Schuber mit den gesammelten Werken von Ingeborg Bachmann und drückte ihn seiner Besucherin in die Hände.

»Nichts. Leider. Er kann natürlich auch in der Küche, im Bad, im Schlafzimmer oder in meinem kleinen Büro sein.«

»Dann schauen wir überall nach«, schlug Irene vor und stellte zu ihrem eigenen Erstaunen fest, dass sie neugierig auf die Wohnung war.

So viele Bücher, dachte sie. Mehr sogar, als ich selbst besitze. In ihrer Wohnung standen in allen Räumen, sogar im Flur, volle Bücherregale.

»Ich hatte mal eine erfolgreiche Phase, und viele Museen waren an meinen Bildern interessiert«, erklärte er fast beschämt und als müsse er sich entschuldigen. »Damals konnte ich mir diese Wohnung kaufen. Aber das ist lange her. Jetzt suche ich nach einem neuen Stil, und wer weiß, ob der Furore macht. Wie alles im Leben ist auch das ein Vabanquespiel.«

Sie nickte und schwieg. Künstler waren eigenartige Wesen.

Nie zuvor war ihr einer begegnet, aber die Biografien, die sie über Picasso, Corinth, Liebermann, Dalí und viele andere gelesen hatte, ließen auf schwierige Zeitgenossen schließen.

Auch im Arbeitszimmer des Malers sowie im Schlafzimmer waren die Wände quasi mit Büchern gepflastert.

Systematisch nahm er einen Stapel nach dem anderen aus den Regalen, drückte sie Irene in die Hände und streckte den Kopf in die so entstandenen Lücken, um die Hohlräume von rechts nach links zu überprüfen. Von Bruno keine Spur.

»Wollen wir uns in die Küche setzen und einen Kaffee trinken?«, fragte er nach einer Stunde. »Wenn Sie von dort aus nach ihm rufen, kommt er vielleicht. Den Weg zum Napf müsste er inzwischen ja kennen. Haben Sie noch so viel Zeit?«

Sie nickte verhalten. »Kann ich mir vorher noch die Hände waschen?«

Er lächelte verlegen. »Oje, die Bücher waren ganz schön staubig! Ihr Pullover hat auch was abgekriegt. Das Bad ist übrigens dort drüben. Und nehmen Sie sich bitte ein Handtuch aus dem Regal! Später muss ich mir auch die Haare waschen. Schließlich habe ich den Kopf zwischen jedes Regalbrett gesteckt.« Er lächelte, und sie nahm die Fältchen in seinen Augenwinkeln wahr. Ein Mann mit Humor. Warum hatte sie über so etwas nicht geforscht?

»Können Katzen sich eigentlich unsichtbar machen?«, fragte er nun und gab sich gleich selbst die Antwort. »Sollte das der Fall sein, können Bruno und ich ja im Zirkus auftreten.«

Sie stand vor dem Badezimmerspiegel und betrachtete sich lange. Es gefiel ihr hier, in dieser fremden Wohnung. Auch wenn sie sich gegen das Gefühl wehrte, es war nicht unangenehm.

Inzwischen hatten sie in allen Räumen nach Bruno gesucht, ebenso im Innern sämtlicher Küchen- und Badezimmerschränke. Wo, um Himmels willen, hatte er sich versteckt? Dabei hätte er hier, bei diesem Herrn Erlenburg, tatsächlich ein kleines Paradies finden können. Das spürte sie.

Vorsichtig versuchte sie ein Lächeln. Nicht ganz so offen, wie es Bruno gebührte, aber durchaus sichtbar. Sie würde es dem Maler schenken. Und mit genau diesem Lächeln fuhr sie sich durchs Haar, suchte tatsächlich in ihrer Handtasche nach einem Lippenstift. Wenn sie sich recht erinnerte, war sie zuletzt zu Arends Zeiten mit Lippenstift aus dem Haus gegangen. Was war nur mit ihr los? Besser, sie wusch sich gründlich die Hände und kam wieder zur Vernunft.

Dann griff sie in das hinter ihr stehende Regal und vernahm ein vertrautes Geräusch. Es schnurrte. Ganz oben, fast unter der hohen Decke, hockte Bruno und reckte sich bei ihrem Anblick. Weich und kuschelig hatte er es sich dort auf einem grau-weiß gestreiften Handtuch gemacht, das sich perfekt seinem Fell anpasste.

Mit pochendem Herzen ging sie zur Tür. »Herr Erlenburg, schauen Sie mal, was ich gefunden habe!«

»Doch nicht etwa Bruno?« Seine Stimme klang ungläubig.

»Genau. Warten Sie!« Sie reichte ihm die Knabberröllchen aus ihrer Jeanstasche. »Geben Sie ihm eins davon! Die liebt er.«

»Meine Güte, meinen Sie, der lag hier die ganze Zeit im Bad? Und gab tatsächlich keinen Mucks von sich?«

»Das weiß ich auch nicht. Hätten Sie ihn im Spiegel sehen können?«

»Möglicherweise.« Er sah genau nach. »Nein, der Spiegel ist zu weit nach vorn gekippt. Also habe ich das oberste Regalbrett nicht im Blick gehabt. Wirklich ein raffinierter Bursche, unser Bruno.«

Unser. Sie blieb ganz still stehen und spürte, wie das Wort sie durchflutete. *Unser* ... ewig hatte sie das Wort im Zusammenhang mit sich selbst nicht mehr gehört.

Der Kater knabberte sein Röllchen und schnurrte. Als Irene auf einen Stuhl stieg und nach ihm griff, ließ er sich bereitwillig auf den Arm nehmen. Doch als sie ihn an Lorenz weiterreichen wollte, fuhr er die Krallen aus und fauchte. Sie betrachtete den Mann und das Tier. »Er muss sich erst an Sie gewöhnen.«

»So sehe ich das auch«, meinte er verständnisvoll und schlug vor, nun in der Küche den Kaffee zu trinken. »Der müsste inzwischen durch sein. Zum Schluss röchelt die Maschine immer ... fast so laut, wie Bruno gerade schnurrt. Hören Sie?«

»Ein Wunder«, stellte sie klar, als sie sich auf den Küchenstuhl setzte. »Das ist ja fast wie Weihnachten.« Natürlich war ihr klar gewesen, dass Bruno eigentlich gar nicht hätte verschwinden können. Dennoch, er war wieder aufgetaucht, und alles schien gut zu werden. Sie würde später in der Kirche eine Dankeskerze für Brunos Wiederkehr anzünden. Der Kater auf ihrem Schoß schnurrte und nahm mit fast gnädigem Miauen aus Lorenz Erlenburgs Hand ein weiteres Leckerli entgegen.

»Wollen Sie ihn wieder mitnehmen? Man hat mir gestern schon gesagt, dass es jemanden gibt, mit dem er sehr vertraut ist.« Lorenz betrachtete den Kater, und sie ahnte, dass er Angst hatte. »Ich meine, wenn er hierbleibt, können Sie ihn natürlich jederzeit besuchen.« Auch sie ließ den Kater nicht aus den Augen und wich dem Blick des Malers aus.

»Das würde mich natürlich auch freuen«, fügte er hinzu. »Und das sage ich nicht nur so.«

5. KAPITEL

Sie brauchte den ganzen Nachmittag, um sich wieder zu beruhigen. Tatsächlich fühlte sie sich so, als befände sich ein Teil von ihr im freien Fall. Ohne Fallschirm, ohne Netz, und an einen doppelten Boden hatte sie sowieso noch nie geglaubt. Irgendetwas in den letzten Tagen hatte sie völlig durcheinandergebracht. Möglicherweise spielten die Hormone mal wieder verrückt. In ihrem Alter? Nein, das konnte ja wohl nicht sein. Aber was sonst? Sie hatte das Empfinden, als wäre ihre Haut dünner geworden, als schiene das Licht heller und als fiele ihr das Reden ungewöhnlich leicht. So leicht, dass sie sich, wenn sie nicht achtgab, um Kopf und Kragen plappern würde. In ihrer Seele breitete sich der Frühling aus. Völlig unzeitgemäß. Denn schon in wenigen Tagen begann der Dezember und damit der schwierigste aller Monate. Schon allein wegen der vielen Feiertage. Wurde sie verrückt?

Diese Achterbahnfahrt der Gefühle musste etwas mit Bruno zu tun haben. Wie er sie angesehen hatte, und mit welchem Wohlbehagen er sich in ihren Schoß gekuschelt hatte. Mit seinem Schnurren öffnete er immer wieder ihr Herz, und wer wusste schon, wozu er sonst noch so seine Schlüssel hatte? Nun gut. Jetzt lebte er in dieser schönen Altbauwohnung bei einem Maler. Da hatte er es eindeutig besser und geräumiger als im Quellenhof oder gar in ihren vier Wänden.

Was würde Lorenz Erlenburg sagen, wenn er Irenes Wohnung sähe? Zu klein, zu eng und zu vollgepackt. Und mit allem hätte er recht. Ohne Vorwarnung erinnerte sie sich an sein Lächeln und seine braunen Augen. Doch ganz schnell wischte sie diese inneren Bilder wieder weg. Sie hatten sich unterhalten, als wäre es das Leichteste der Welt. Sonst hatte sie bei Fremden oft das Empfinden, ihre eigenen Worte wären Steine, die sie mühevoll heranschleppen und aufeinanderschichten musste. Gespräche mussten aufgebaut werden. Wie Mauern. Dieses Bild hatte sich in ihrem Kopf festgesetzt. Aber heute früh, in Brunos Gegenwart, war das Gespräch tatsächlich geflossen, wie man so schön sagte. Und er hatte sie berührt. Fürsorglich und behutsam. Daran zu denken … nein, das führte zu weit. Dieser Mann ging sie nichts an.

Alltagsdinge waren zu erledigen. Und zwar sofort!

Dennoch, in ihrem Hinterkopf blieb der Gedanke – oder war es eine Hoffnung? –, dass es da tatsächlich jemanden gab, mit dem sie reden konnte. Dabei hatte sie immer gedacht, sie brauche das nicht und sei nur unter großen Anstrengungen dazu imstande. Und überhaupt … worüber hätte sie denn mit anderen reden können oder wollen? Sie hatte kein Interesse an anderen Menschen, und umgekehrt war es genauso.

Nun aber das! Dieser Lorenz hatte erkennbar die gleichen Romane gelesen wie sie, und es wäre einfach schön gewesen, sich mit ihm darüber auszutauschen. Mit ihm wäre es anders als in jenem Literaturkreis, den sie vor Jahren besucht hatte. Dort war weniger über Bücher, dafür aber umso mehr über das eigene Befinden geredet worden. Ihr Befinden ging niemanden etwas an! Niemanden!

Lorenz dagegen konnte ihr sicher einiges über Malerei, Perspektiven, Farben und Horizonte erzählen. Im Gegenzug dazu würde sie ihm ihre soziologische Schatztruhe öffnen. Sie atmete tief durch und lauschte dem sehnsuchtsvollen Unterton in ihrem Seufzen nach. In Gedanken sah sie sich in seiner Küche sitzen, Tee trinken und Bruno beobachten, der auf seinen Kontrollrunden durch die Altbauwohnung immer wieder mal nach den zwei Menschen schaute.

Was waren das für Fantasien! Sie musste krank sein.

Also rasch zurück zur Normalität! Und das ging am besten mit Hausarbeit. Also wusch sie ihre Strumpfhosen von Hand, putzte Schuhe und beschloss, abends mal wieder für sich zu kochen, anstatt, wie sie es seit Monaten handhabte, im Stehen nur eine Scheibe Brot und ein Stück Käse zu essen.

Alles an diesem Tag war wie unter einem anderen Vorzeichen. Als hätte jemand die Eckpunkte ihres Seins verschoben, nur ganz leicht, kaum wahrnehmbar, aber fühlbar in vielen Kleinigkeiten. Selbst die Anthurie auf der Fensterbank schien das zu spüren und zeigte den winzigen Ansatz einer Blüte.

So wuselte sie den ganzen Nachmittag durch ihre Wohnung, entstaubte Bücher, setzte den Akkuroller in Gang und putzte sogar die Fenster. Als erwartete sie hohen Besuch. Dabei war seit Monaten niemand mehr gekommen. Nicht einmal die Nachbarn.

Zum Abendessen setzte sie sich ordentlich an ihren

Küchentisch, entzündete sogar eine Kerze und öffnete eine Flasche Wein. All das war irgendwie neu, fast ein bisschen unheimlich, aber irgendwie auch schön. Etwas in ihr schwang in wunderbarem Einklang.

Du bist eine dumme Kuh, schalt sie sich selbst, als sie später das Geschirr in die Spülmaschine räumte und mit dem Weinglas ins Wohnzimmer ging. Der Anrufbeantworter blinkte nicht. Dabei hatte sie ihm ihre Privatnummer gegeben. Warum sollte er auch eine Frau wie sie anrufen?

An diesem Abend handelten alle Spielfilme im Fernsehen entweder von Liebe oder von Mord. Vielleicht war es immer so, und sie hatte es bisher nur nicht so deutlich wahrgenommen. Besser, sie zog sich zurück. Zurück ins Bett und zurück zur Vernunft. Auf ihrem Nachttisch lag ein Gedichtband von Rainer Maria Rilke. In dessen vollkommenen Reimen ruhte sie sich aus.

Umso unvollkommener erschien ihr die Wohnung am nächsten Vormittag, und ihr wurde klar, dass sie ihr Zuhause seit gestern insgeheim mit einer anderen Wohnung verglich, nämlich mit jener großzügigen Mansarde nebst Erkertürmchen und angrenzendem Atelier, in der nun Bruno lebte und einem Mann Gesellschaft leistete.

Das Einzige, was heute noch anstand, war ein Nachmittagstermin im Tierheim, den sie auch gut hätte streichen können. Edda hätte sich vielleicht gewundert, falls Irene nicht kam. Aber hätte sie sie vermisst? Nein, wirklich vermisst hätte sie niemand. Zumindest nicht so, dass man sich Sorgen machte. Sie war nun mal nicht der Typ, um den andere sich kümmerten. Aber sie ahnte auch, dass dieser

Tag ohne einen festen Termin aus dem Ruder laufen oder gar über die Ufer treten könnte … was immer das für sie persönlich zur Folge hatte. Möglicherweise würde ihr Leben dann noch mehr aus dem Gleichgewicht geraten. Ihr war ja an diesem Vormittag schon manchmal schwindelig geworden.

Nicht umsonst achtete sie seit Monaten peinlich genau darauf, an mindestens drei Tagen in der Woche etwas vorzuhaben. Und alle diese nach wichtigen Meetings klingenden Unternehmungen hatten etwas mit dem Quellenhof zu tun. Das Tierheim gab ihrem Leben Struktur. Aber das wusste nur sie, und es ging auch sonst niemanden etwas an.

Am Sonntag wäre schon der erste Advent. Als Kind hatte sie sich den Winter wie einen Mann vorgestellt, der allabendlich um die Häuser schlurfte und so riesig war, dass er von oben herab in die Straßenlaternen hineinsehen konnte. Dann dimmte er das Licht herunter, so wie ihr Vater das manchmal mit der Stehlampe hinter seinem Fernsehsessel tat. Es hatte ihr gefallen, wie die Konturen verschwanden, alles in eine graue Wolke tauchte und die Schatten ihr Eigenleben begannen. Ein wenig unheimlich war das schon, andererseits aber wusste sie, dass spätestens mit dem ersten Advent die Lichter umso strahlender zurückkehren würden. Als Kind hatte sie sich alles vorstellen können und immer nur mit dem Besten gerechnet. Wo war diese Fähigkeit geblieben? Inzwischen rechnete sie fast nur noch mit dem Schlimmsten.

Trotz des immer noch dunklen Himmels und des Nieselregens schien Irene die Welt heute ein wenig heller als sonst. Konnte auch das eine Auswirkung des Klimawandels sein?

Edda hatte ihr gestern noch auf dem Weg zu ihrem Gespräch mit den Pferdebesitzern zugerufen, dass heute Nachmittag zwei Experten antreten würden. »Schaust du dir die bitte auch an?« Experten, so nannte sie die Jugendlichen, die zu Sozialstunden verdonnert worden waren und diese im Tierheim ableisten mussten. Es waren nicht immer die umgänglichsten Zeitgenossen.

Der zuständige Richter beim Jugendgericht jedoch schien davon auszugehen, dass die Arbeit mit Tieren grundsätzlich eine therapeutische Wirkung auf die Übeltäter hatte, und schickte daher regelmäßig einige seiner Klienten vorbei.

Wie sie Edda kannte, würde sie die heute vorstellig werdenden Experten gleich für halbe Tage einplanen. Wenn jemand dreißig Sozialstunden abzuleisten hatte, aber pro Woche nur zwei davon erledigen konnte, dann war er fast vier Monate lang Stammgast im Quellenhof. In der Tat kamen einige der früheren Delinquenten auch weiterhin vorbei, und einige von ihnen zählten inzwischen sogar zu den zuverlässigsten Hundebetreuern und Gassigehern.

Als Irene kurz vor fünfzehn Uhr den Quellenhof betrat, sah Edda von ihrer Theke auf und begrüßte sie mit einem Nicken.

»Gleich kommen zwei junge Männer. Eigentlich sind es ja so gut wie immer Jungs. Entweder lassen sich Mädchen nicht so leicht erwischen oder agieren auf anderen Ebenen. Was meinst du?«

Irene hob die Schultern. Besser, sie sagte nichts, sonst klang sie noch altklug und besserwisserisch. Natürlich waren ihr die subtilen Praktiken bekannt, mit denen Frauen andere

Frauen verletzten und von denen Edda mit ihrem großen Herzen keine Ahnung hatte. Kleine Andeutungen, Sätze wie »Der oder die hat das über dich gesagt« … »Man munkelt nun mal so« … »Weißt du eigentlich, was über dich erzählt wird« … »Der oder die halten dich für völlig überschätzt« … Viele kleine Nadelstiche, bei denen sich die Betroffenen wie während eines Spießrutenlaufs fühlten. Und als Krönung von allem das Mobbing im Netz, darin waren Mädels besonders tückisch. Vermutlich verfügten sie über spezielle Sensoren für die Schwachstellen anderer. Frauen konnten auf raffinierte und tückische Art und Weise grausam sein. Jungen dagegen warfen einen Stein durchs Fenster, zerkratzten ein Auto, wurden handgreiflich, prügelten sich öffentlich oder nahmen anderen etwas weg. Wahrnehmbare Handlungen eben.

Nein, besser sie behielt diese Überlegungen für sich. »Hast du schon eine Vorstellung, wo du sie einsetzen willst?«

»Schau'n wir mal.«

Es war genau eine Minute vor drei.

»Und wie heißen die beiden?«

»Torben Niessing und Nelson Bode.«

Irene lachte und schüttelte ungläubig den Kopf. »Als ich jung war, hießen die Kerle Heinz, Hans und Joachim, und wenn es ganz exotisch wurde, Jan oder Jens. Oder wie mein Ex Arend. Herr, lass es Arend werden!« Das hatte wie ein Witz klingen sollen, aber Edda zog die Stirn kraus. »Was willst du damit sagen?«

»Nichts.« Irene begriff, dass sie nicht geschaffen war für Scherze. Besonders sorgfältig hängte sie nun ihren Mantel an die Garderobe und zupfte ihn sogar noch ein wenig zurecht.

»Torben … das bedeutet doch so viel wie Donnergott. Und Nelson? Kommt das nicht aus dem Portugiesischen?« Dabei ärgerte sie sich über sich selbst. Was wollte sie mit dieser bildungsbürgerlichen Besserwisserei erreichen?

Edda blieb unbeeindruckt. »Keine Ahnung, aber bei Nelson haben die Eltern sicher an Nelson Mandela gedacht. Also uns wäre es so gegangen. Meinem Mann und mir. Schließlich war der ja eine Symbolfigur für Freiheit und Gerechtigkeit … und dann auch noch Friedensnobelpreisträger.«

»Na ja, an diese Vorgaben hat sich sein Namensvetter ja offensichtlich nicht gehalten.« Irene gab sich betont aufgekratzt. Ihre gute Laune fühlte sich unvertraut und gewöhnungsbedürftig an. Sie erlebte sich als verändert und aufgesetzt. War vielleicht die ganze Welt oder nur ihr ganz persönlicher Kosmos aus den Fugen geraten und verrückt geworden?

Edda betrachtete ihre ehrenamtliche Mitarbeiterin mit leichter Sorge. »Und, habt ihr Bruno gestern gefunden?«

Irene wandte sich wieder zu ihrem Mantel um, damit die Kallmayer die plötzliche Röte in ihrem Gesicht nicht bemerkte.

»Ja, ja«, murmelte sie wie nebenher. »Das war überhaupt kein Problem. Der Kater freute sich übrigens sehr, mich zu sehen. Aber er sollte bei dem Maler bleiben. Dort geht es ihm gut.«

»Ja, das dachte ich auch, als ich Herrn Erlenburg vorgestern kennenlernte. Da hatte ich sofort ein gutes Gefühl. Und wie fandest du ihn?«

»Nett.« Irene wich der Frage aus und war heilfroh, als sich die Tür öffnete und zwei schlaksige Jungen in den Empfangsraum des Tierheims hereinstiefelten. Beide hatten sich die Kapuzenpullis so über den Kopf gezogen, dass ihre Gesichter kaum zu erkennen waren. Ihre viel zu weiten Jeans hingen ihnen auf den Hüften, und die Schnürsenkel ihrer Sneaker schleiften über den Boden. »Zieht euch erst mal die Schuhe aus!«, rief Edda freundlich. »Danach können wir uns in aller Ruhe begrüßen.«

Die beiden sahen sich kurz an, als gelte es, einen Widerspruch auszuloten, bückten sich dann aber, schoben die Sportschuhe auf eine Fußmatte und näherten sich in Socken der Empfangstheke.

Die Art und Weise, wie sie sich bewegten, kam Irene bekannt vor. Genauso gab sie sich, wenn sie besonders souverän erscheinen wollte und darum bemüht war, ihre Unsicherheit um jeden Preis zu verbergen. Videoaufzeichnungen ihrer Vorträge sprachen Bände. Und genau durch diese absichtlich unauffälligen Bewegungen wurde ihre Furchtsamkeit besonders sichtbar, offenbarten sich ihre Angriffsflächen.

Mit eckigen Bewegungen durchquerten die Jugendlichen den Raum und stützten daraufhin betont selbstbewusst die Ellbogen auf die Theke. Aus einem der Kapuzenpullis heraus brummte es. »Also, was steht an? Was is Sache?«

»Ich bin Edda. Edda Kallmayer.« Die Leiterin des Tierheims kam hinter der Theke hervor und reichte den beiden die Hand. »Darf ich bitte auch eure Gesichter sehen? Hier drinnen regnet es ja nicht. Ihr könnt die Kapuzen also abnehmen.«

Mit lässigen Bewegungen schoben Torben und Nelson ihre Kopfbedeckungen in den Nacken.

»Also, wer von euch ist wer?«

Der etwas Größere trug den Namen des Donnergottes, der andere stellte sich als Nelson vor.

Betont locker lehnte sich Irene an die Türfüllung zu Eddas kleinem Büro und beobachtete die Experten mit geschultem Blick. Auf sie wirkten die beiden Jungen wie zwei zu schnell in die Höhe geschossene Ministranten, die zum einen nicht wussten, wohin mit Händen, Füßen und Blicken, und die zum anderen bei diesem haltlosen Wachstum eines ihnen fremd gewordenen Körpers den Glauben an sich selbst und vielleicht sogar an den größten Teil der Welt verloren hatten.

Wie vertraut ihr das war! Je länger sie die beiden beobachtete, umso mehr fand sie zu ihrem alten Gleichgewicht zurück. Das war nicht unbedingt zum Wohlfühlen, aber wenigstens nicht mehr so fremd und neu wie alle bisherigen Empfindungen dieses Tages.

Edda dagegen hatte ihr Herz schon wieder ganz weit geöffnet, und Irene fragte sich, woher sie nur immer diese Wärme und ein so großes Maß an Zuneigung nahm, dass sie andere damit ansteckte. Die Woge des Wohlwollens wirkte. Torben und Nelson standen nicht mehr ganz so angespannt vor ihr.

»Kann ich bitte eure Ausweise sehen?«, fragte Edda nun und überflog schnell die vom Jugendrichter geschickten Papiere. »Es muss ja schließlich alles seine Ordnung haben. Also, jeder von euch hat zwanzig Sozialstunden abzuleisten. Und zwar hier.« Sie hob den Kopf, und in ihrem Blick lag so viel Zuneigung, Bewunderung und Anerkennung für die zwei frisch eingetroffenen Klienten, als handele es sich bei ihnen um zwei hochbegabte und unglaublich berühmte Künstler, die dem Quellenhof ihre Aufwartung machten.

»Das ist gut«, legte sie nach und bedachte die Halbwüchsigen mit zustimmenden Blicken. »Denn so junge und starke Kerle, wie ihr es seid, fehlen uns hier an allen Ecken und Enden.«

»Ja, aber was sollen wir tun?« Es war Nelson, der diese Frage stellte.

Edda betrachtete ihn voller Sympathie. »Da muss ich erst mal schauen, wo eure Fähigkeiten und Stärken liegen.«

»Nirgends«, zischte Torben mit zusammengepressten Lippen und schnaufte. Eddas Charmeoffensive schien an ihm abzuprallen, doch sie ließ sich nicht aus der Fassung bringen. »Wir finden schon was. Da bin ich mir ganz sicher.«

Irene, immer noch an den Türstock gelehnt, fragte sich, was die beiden wohl angestellt haben mochten. Zwanzig Stunden Strafarbeit waren ganz schön viel. Aber solche Fragen stellten weder die Leiterin des Tierheims noch die Angestellten. Hier ging es darum, nach vorn und in die Zukunft zu schauen.

»Also aktuell muss der Pferdestall ausgemistet und frisch eingestreut werden. Die Tiere selbst sind tagsüber auf der Weide. Ihr braucht also keine Angst zu haben. Futter und Wasser übernimmt unser Stallmeister, der zeigt euch auch, was genau ihr zu tun habt.«

»Wer fürchtet sich denn schon vor einem Pferd?« Torben gab sich weltmännisch und richtete sich zu voller Größe auf. »Können wir die Gäule dann wenigstens am Abend wieder in den Stall holen?«

Edda ließ sich von der despektierlichen Formulierung nicht ins Bockshorn jagen.

»Habt ihr das denn schon mal gemacht?«

»Nöö.« Beide schüttelten den Kopf, ohne sich dabei anzusehen.

»Na, dann warten wir mal, was der Stallmeister dazu sagt.«

»Müssen die Pferde auch manchmal ausgeritten werden?« Es war Nelson, der das wissen wollte, und Irene vermutete, dass er garantiert gern Westernfilme sah und am liebsten als Cowboy durch die Wüste geritten wäre.

»Vielleicht liegen eure Talente ja genau da… wir werden sehen.« Edda stand auf. »Dann bringe ich euch mal zu eurem neuen Arbeitsplatz. Und später, wenn es dunkel wird, schauen wir uns die Dienstpläne an. Jetzt vor den Feiertagen und dem Jahreswechsel kann ich euch wirklich gut gebrauchen. Wollen wir?«

Noch während sie sich ihre Jacke anzog, stürzte Tessa in den Raum. Tessa mit dem Handy in der rechten Hand, einer blank gezogenen linken Schulter und der dort eintätowierten Echse, die, unabhängig von Tessa, ihr eigenes Leben durchzuziehen schien und augenblicklich beide Experten in ihren Bann zog. Wie verhext starrten die Jungen auf das Tattoo. »Wow! Bombe!«

Edda nickte Irene zu, und ihr Blick schien Tessas These zu bestätigen. »Seit ich das Tattoo habe, gucken die Männer nicht mehr wie gebannt auf meinen Busen.« Da war was dran.

6. KAPITEL

»Warum sind Sie denn hier so hereingestürzt? Ist was passiert?« Irene wandte sich an Tessa, die sich wie selbstverständlich hinter die Empfangstheke gesetzt hatte, nun mit beiden Händen ihr Haar zurückstrich und zu einem lockeren Knoten drehte, den sie mit einem Kugelschreiber fixierte. Wie Frau Schlössl macht sie das, fuhr es Irene durch den Kopf. Aber bei der Echsin wirkte es weitaus eleganter.

»Notfall«, murmelte Tessa und beugte sich über den Rechner.

»Was? Wo? Wann? Wird schon was unternommen?« In Irenes Frage schwang ein hektischer Unterton mit. »Ist etwa was mit Bruno?«

Tessa hob die Schultern. »Nein«, gestand sie. »Kein echter Notfall. Ich war nur ein bisschen neugierig.«

»Und?« Abwartend musterte Irene das Echsenmädchen.

»Na gut«, räumte Tessa ein. »Meine kleine Schwester rief mich gestern an und erzählte, dass zwei aus ihrer Klasse heute bei uns antreten müssen. Der Jugendrichter hat ihnen zwanzig Stunden aufgebrummt. Die wollte ich mir mal anschauen.« Sie suchte Irenes Blick. »Okay, jetzt habe ich sie also besichtigt. Die sehen gar nicht aus wie Schwerverbrecher.«

»Das sind sie ja auch nicht. Sie haben nur irgendwas Blödes angestellt.« Irene klang belehrend.

»Ja, und dann haben sie sich erwischen lassen.« Tessa lächelte. Eine Strähne ihres Haars löste sich und hing nun über dem Echsenkopf. Als trüge der kleine grüngelbe Gecko nun eine Perücke.

»Wie lange dauert denn die Einführung im Pferdestall? Wann kommt Edda zurück?«

»Keine Ahnung, spätestens, wenn es dunkel wird.« Tessa scrollte sich durch die eingegangenen Mails und schob Werbebotschaften in den Papierkorb.

Irene stand unschlüssig mitten im Raum. Sollte sie noch etwas zu den Jugendlichen sagen? So auf die Schnelle konnte sie sich doch nicht einfach ein Urteil bilden. Das wäre ungerecht. Und ihr Gefühl? War dem schon wieder zu trauen? Bei Nelson war es nicht schlecht gewesen, bei Torben so lala. Sie sah sich in dem Empfangsraum um. »Hm, ich weiß gar nicht, was ich hier noch soll. Edda wollte mit mir über die Jungs sprechen. Natürlich könnte ich meine Katzenfreunde Lilly und Charlie besuchen.«

»Oder Nelson, unseren Neuzugang.« Die Echse auf der linken Schulter von Tessa schien zu nicken.

»Nelson, der ist doch gerade mit Edda zu den Ställen unterwegs.«

»Nein, ich mein den anderen. Wir haben einen Kater, der auch so heißt. Er kam vor etwa einer Woche, an dem Tag waren Sie nicht hier. Also dieser Nelson ist immer noch ziemlich durch den Wind.«

»Was meinen Sie damit?«

»Er frisst kaum und sucht nach seinem Herrchen. Zwei Polizisten brachten ihn zum Quellenhof und berichteten, dass Nelsons Besitzer aus einem Supermarkt gekommen war, auf dem Gehsteig davor ausrutschte und in eine Klinik gebracht wurde. Und obwohl die Einkaufstasche voller Katzenfutter war, kam keiner auf den Gedanken, dass in der Wohnung des Verunglückten ein Tier leben könnte.«

»Und der Verunglückte selbst?«

»Der hatte eine schwere Gehirnerschütterung. Erst war er bewusstlos. Als er wieder sprechen konnte, hat er wohl als Erstes dafür gesorgt, dass er ein Einzelzimmer bekommt. Zum Glück sah sich eine Krankenschwester die Einkäufe an, falls was davon in den Kühlschrank musste. Sie zog die richtigen Schlüsse und informierte die Feuerwehr. Nun ist der kleine Kerl hier. Er war völlig dehydriert und auch ziemlich hungrig, vermutlich irrte er tagelang allein durch das große Haus. Den mussten wir erst einmal wieder hochpäppeln.«

»Woher wissen Sie denn, dass er Nelson heißt?«

»Der Name stand auf dem Eingang zu seinem Katzenklo. Das hat die Feuerwehr uns sogar noch mitgegeben, damit er etwas Vertrautes um sich hat.« Tessa beugte sich vor. »Und zwar mitsamt Inhalt… Wir mussten erst mal putzen und frische Streu reinschütten. Und kastriert ist Nelson auch noch nicht.« Tessa schüttelte den Kopf. »Die Leute wissen gar nicht, was sie den Katzen damit antun.«

»Er ist sicher noch ganz jung«, stellte Irene mit Sachverstand fest.

»Nein, jung ist er nicht mehr. Der hat sicher schon drei oder vier Jahre auf dem Buckel. Und wer weiß, wie viele Katzendamen er schon geschwängert hat. Ein richtiger Schlawiner! Vermutlich ist er allabendlich abgehauen und hat bei den streunenden Mädels für Nachwuchs gesorgt. So was muss doch nun wirklich nicht sein.«

Irene nickte, als wäre sie mit diesen Problemen seit Ewigkeiten vertraut.

Hinter ihrer Theke wuchs Tessa indes zur Expertin heran. »Allein in deutschen Haushalten leben mehr als vierzehn Millionen Katzen. Und wenn dann so ein Kater ausbüxt und auf eine empfangsbereite und umherschweifende Dame trifft, gibt's im Frühjahr wieder eine Katzenschwemme. Die Ladys sind da weder pingelig noch abgeneigt oder gar wählerisch. Es müsste ein Gesetz geben, das jeden Katzenhalter verpflichtet, den Vermehrungsdrang ihrer Tiere entweder zu unterbinden oder deren Nachwuchs bei sich aufzunehmen.«

Irene empfand fast so etwas wie Bewunderung für die junge Frau. Die glaubte also noch an Gesetze. Sie selbst war ja auch mal so gewesen. Naiv und voller Glauben an das Gute in der Welt. Sie hatte tatsächlich gedacht, dass sie als Soziologin eine Formel entdecken würde, mit der alle Menschen glücklich und zufrieden gemacht würden. Doch in Wahrheit hatte sie nichts gefunden, nicht einmal ein bisschen Zufriedenheit mit sich selbst.

»Das ist ein guter Gedanke«, bestätigte sie die Vorschläge der jungen Frau. »Aber wie soll man das durchsetzen? Katzen verraten in der Regel nicht, wer der Vater ihrer Kinder ist. Und ich bin auch noch nie einem Kater begegnet, der sich mit stolz geschwellter Brust seiner Sprösslinge rühmt.«

»Da haben Sie recht.« Tessa nickte. »Auf jeden Fall ist Nelson dran, wenn er wieder einigermaßen fit ist. Schnipp-schnapp…« Sie spreizte Mittel- und Zeigefinger zu einer Schere. »Der hat sicher schon hundert Kinder gezeugt. Eine einzige Katze kann dreimal im Jahr trächtig werden.« Rasch rechnete sie hoch. »Er braucht also nur sieben Haremsdamen zu beglücken, und schon ist die Bude voll.«

Irene stellte sich vor, dass demnächst alle hundert Katzenkinder ins Tierheim kämen, um ihren Erzeuger Nelson zu besuchen. Eine ganze Prozession miauender Vierbeiner. Sicher war Nelson inzwischen bereits Großvater. Wirklich ein potentes Tier!

Sie merkte, wie sie lächelte. »Ja, dann wäre die Bude wirklich voll, und für Nelson wäre es wie Weihnachten. Alle seine Jungs und Mädels um ihn herum.«

»Nee, also das glaube ich nun wirklich nicht.« Tessa schüttelte den Kopf. »Es wäre wohl eher die Hölle.«

»Was glaubst du nicht?« Edda kam aus den Stallungen zurück und spannte ihren Schirm zum Trocknen auf. »Es regnet gar nicht so richtig, aber die Luft ist unglaublich feucht und kalt. Bald gibt es Schnee.« Sie schüttelte sich.

»Wo hast du deine Experten gelassen?« Irene hob die Augenbrauen.

»Die stehen beide mit gerümpften Nasen mitten im Mist. Gummistiefel haben die natürlich nicht dabei. Glücklicherweise standen da noch zwei Paar Holzschuhe herum. Morgen treten sie hoffentlich mit einer etwas besseren Ausrüstung an. Ich sage es euch! Designerklamotten. Wir sind doch hier nicht bei einer Pferdeshow.« Sie schüttelte den Kopf. »Ganz leicht wird das nicht mit den beiden. Aber ihr, worüber habt ihr gesprochen? Was glaubt ihr nicht?«

Tessa strich ihrer Echse die Locke aus der Stirn. »Wir

haben uns vorgestellt, dass alle Nachkommen des Katers Nelson hier ankommen, um ihrem Erzeuger ihre Aufwartung zu machen.«

»Um Himmels willen, das wären ja Heerscharen von Katzen!« Edda schüttelte den Kopf. »Obwohl, wenn die hier vor der Tür ständen, ließe ich sie als Erstes kastrieren und sterilisieren. Solange die sich unkontrolliert vermehren, bringen sie nur Unglück über sich und ihre Nachkommen.« Sie hob die Schultern. »Allerdings pflegen Katzen keine so engen verwandtschaftlichen Beziehungen wie wir Menschen. Weder feiern sie runde Geburtstage, noch hocken sie an Weihnachten unter dem Tannenbaum zusammen. Im Grunde genommen sind sie Solisten.« Sie suchte Irenes Blick. »Ein bisschen wie du. Hast du denn unseren Nelson schon kennengelernt?«

»Nein«, mischte sich Tessa ein. »Wie denn auch? Der ist ja kaum zu sehen. Er verkriecht sich unter dem Ohrensessel im kleinen Zimmer. Wir haben uns noch nicht getraut, ihn mit anderen Katzen zusammenzubringen. Ein verängstigter Casanova. So sind sie eben.«

»Kann ich ihn trotzdem mal sehen?« Irene war neugierig geworden.

»Er wird kein neuer Bruno«, gab Edda zu bedenken. »Nelson ist ganz anders. Jedes Tier ist anders. Genauso, wie auch jeder Mensch anders ist.«

Irene schluckte. Klar, Edda hatte recht. Insgeheim sehnte sie sich nach einem zweiten Bruno. »Ich dachte nur …«, murmelte sie und erinnerte sich an das Glück, das sie überflutet hatte, als Bruno nach wochenlangem Zögern endlich auf sie zugekommen und den Kopf an ihrer Hand gerieben hatte. Diese Nähe war viel mehr wert gewesen als Misias Kuschelversuche von gestern.

Edda musterte sie mit einem langen Blick. »Du willst dich also auch mit ihm vertraut machen? Er wird aber schon bald wieder abgeholt.«

Irene nickte.

»Dann komm!«

Als sie in den Flur zum unteren Katzentrakt einbogen, verschwand Kater Nelson blitzschnell unter seinem Sessel. Sie sahen gerade noch seine äußerste Schwanzspitze. Schon war er unsichtbar. Vermutlich spähte er zwischen den Deckenfransen hindurch misstrauisch auf die beiden Frauen.

»Wir haben ihn sicher beim Fressen oder Trinken gestört«, meinte Edda. »Ein Wunder, dass die Feuerwehrleute ihn überhaupt einfangen konnten. Und dazu noch in diesem riesigen Haus. Von uns hat er sich anfangs nicht einmal anfassen lassen. Aber möglicherweise war er ganz schwach vor Hunger. Wir lassen ihn nun auch erst einmal in Ruhe.«

»Der arme Kerl! Der weiß doch gar nicht, was da los ist«, pflichtete Irene ihr bei. »Schau mal, da tigert er friedlich durch sein Haus, wartet auf seinen Dosenöffner und auch darauf, dass der ihm gleich die Tür zur Freiheit öffnen wird, wie es bisher jeden Abend geschehen war, zumal draußen die tollsten Abenteuer auf ihn warten. Und nichts passiert. Tagelang passiert nichts. Vor den Fenstern wird es hell und dunkel und wieder hell. Es gibt nichts zu essen, nichts zu trinken. Und keine menschliche Gesellschaft. Der ist doch schwer traumatisiert. Wie soll er denn jemals so etwas verstehen?«

»Ja, wir brauchen viel Geduld mit ihm.«

Irene ging in die Hocke und rief seinen Namen. »Nelson, Nelson!« Aber nichts bewegte sich. Nicht einmal eine Franse der Wolldecke vibrierte.

Edda sah auf ihre Armbanduhr. »So, nun weißt du, wo er wohnt. Lass uns wieder zu den Jungs gehen. Die kommen gleich her, um ihre Dienstzeiten festzulegen. Da hätte ich dich gern dabei.«

Da standen sie nun beide breitbeinig inmitten der Halle, die Hosenbeine bis oberhalb der Knie mit Pferdemist verdreckt, und bemühten sich, flach zu atmen.

»Morgen aber mit Gummistiefeln und am besten mit alten Hosen, die ihr gleich im Stall lassen könnt. Da könnt ihr euch dann auch umziehen. Hier müsst ihr uns nun wirklich nicht alles vollstinken. Dass das klar ist.« Tessas Ansage war ebenso deutlich wie unfreundlich.

Torben und Nelson aber zeigten kein schlechtes Gewissen. Ihre Blicke waren auf Tessas linke Schulter und auf das Echsentattoo gerichtet.

Perfekt, dachte Irene. Ein geniales Ablenkungsmanöver von Tessas zugegeben großem Busen.

Edda klatschte in die Hände. »Meine Herren, wie ist es Ihnen ergangen?«

Torben wandte sich als Erster um und hob die Schultern. »Nicht grad dick geflasht. Aber da muss man wohl durch.« Er klang überhaupt nicht begeistert.

Es war offensichtlich, dass er das Sagen hatte und Nelson lediglich sein Gehilfe und Mitläufer war. Mitgefangen, mitgehangen.

Irene beobachtete die beiden Jugendlichen genau. Nelson

war vermutlich um einiges neugieriger als sein Kumpel, wollte das aber nicht offen zeigen.

»Wir haben auch noch andere Jobs im Angebot.« Edda strahlte die beiden an, als hätten diese Heldenhaftes vollbracht. Auch schien sie gegen den Stallgeruch immun zu sein. »Bis morgen überlege ich mir etwas. Ihr könnt doch samstags kommen, oder?«

»Wenn's sein muss.« Torben verdrehte die Augen.

»Ja, es muss sein, ihr habt schließlich zwanzig Stunden abzuleisten.« Es war Tessa, die für diese Klarstellung sorgte. »Sonst teilen wir euch für Weihnachten ein. Zwei Tage je acht Stunden.« Irene sah, welche Freude es der Tierpflegerin machte, diese Drohung auszusprechen.

»Wird schon nicht so schlimm«, fuhr Edda kopfschüttelnd dazwischen. »Also …« Sie trat an den Dienstplan. »Wie kann ich euch eintragen?«

»Morgen, aber nicht zu früh. Ist ja Wochenende.«

Torben tat so, als sei er der Bestimmer. Nelson nickte nur.

»Ich würde die nicht zusammen arbeiten lassen«, schlug Irene vor, nachdem die beiden Experten das Haus verlassen hatten, auf ihre Räder gestiegen und losgeradelt waren. »Der eine ist auf Widerstand gebürstet, mit dem anderen könnte man ins Gespräch kommen.«

Edda nickte. »Ja, da habe ich das gleiche Gefühl. Mit dem anderen meinst du Nelson?«

»Halbstarke Besserwisser«, kommentierte Tessa. »Ich sag euch eins, mit denen kann man von Haus aus nicht viel anfangen. Keine Ahnung, was die angestellt haben, aber garantiert ist das alles auf Torbens Mist gewachsen.«

»Vorurteile haben wir keine, oder?« Edda suchte Tessas Blick.

»Doch, Entschuldigung.«

»Lass Nelson zu den Tieren!«, schlug Irene vor. »Ich kann dazukommen und achtgeben.«

»Hast du denn morgen Zeit? Die treten nach Plan um zwölf Uhr mittags hier an.«

»Natürlich.« Irenes Antwort kam ein bisschen zu schnell. »Und weißt du, was? Ich bringe die beiden Nelsons zusammen. Ich sage dem Experten, er soll sich in das kleine Zimmer setzen und freundlich, aber nicht zu laut auf den Kater einreden. Irgendwas erzählen. Dann kommt er schon raus. Wenn nicht morgen, dann übermorgen oder in der nächsten Woche. Irgendwann. Also bei dem Nelson-Jungen habe ich ein gutes Gefühl.«

»Man könnte ihm ja auch noch ein Leckerli in die Hand geben«, ergänzte Tessa hilfsbereit.

»Gut, wenn du die Aufsicht hast, bin ich einverstanden. Aber lass ihn nicht allein! Nicht, dass da noch was passiert. Und was fangen wir mit Torben an?«

Tessa beugte sich vor. »Ist doch wohl klar… ab in den Pferdestall!«

»Ab in den Pferdestall!« Irene war bereits auf dem Heimweg und lächelte immer noch über die rigorose Ansage. Von Tessa konnte sie was lernen.

Sie atmete auf. Morgen war Samstag, und sie hatte eine Aufgabe. Während ihres ganzen Lebens hatten die Wochenenden zu den schwierigsten aller Tage gezählt. Das hatte schon in der Kindheit begonnen, wenn der wochentags abwesende Vater ganz plötzlich anwesend war, mit seiner schlechten Laune den Tag vergiftete und sich alles nur um ihn drehte und er dauernd schrie: »Kann man nicht einmal seine Ruhe haben?«

Als Erwachsene hatte sie sich den Samstagsgang zum Markt als Ritual auferlegt, aber mehr als eine Stunde konnte sie dort auch nicht verbringen, und der Rest des Tages … Nein, die Sache mit der Zeit war total ungerecht. Sie, Irene, hatte nämlich immer viel zu viel davon und Edda ständig zu wenig. Schon oft hatte sie gedacht, dass man die Zeit in einen großen Topf schmeißen müsste, aus dem sich dann jene bedienten, denen es ständig an Augenblicken, Stunden oder gar Tagen mangelte. Zugleich wären damit jene entlastet, die von Haus aus unter Zeitlang litten. Ja, das wäre gerecht. Überhaupt Zeitlang, welch schönes und bildhaftes Wort für Langeweile. In Irenes Vorstellung stand dieser Begriff für zähe Zeitspannen, die – vielleicht sogar vom Zeitgeist selbst – zu dünnen und durchsichtigen Folien auseinandergezogen wurden und sich dann so eng um Menschen mit Zeitlang wickelten, dass diese zur Bewegungslosigkeit verdammt waren.

Edda mit Mann, zwei Kindern, Haus und Haustieren klagte an jedem Montag darüber, dass die zwei Tage wie im Flug vergangen waren. »Nichts habe ich geschafft, gar nichts.«

Irene nickte dann verständnisvoll. Auch sie hatte nichts geschafft, aber nicht, weil ihr die Zeit davonlief, sondern weil sie in eine ungute und vertraute Lähmung abgerutscht war und sich zu nichts aufraffen konnte.

Zu Beginn ihrer ehrenamtlichen Tätigkeit hatte sie gern

die Hausbesuche bei den frisch vermittelten Tieren auf die Wochenenden gelegt. Doch das war bei den meisten Leuten nicht gut angekommen. »Das Wochenende gehört uns, bitte, das müssen Sie verstehen.«

Als wäre das Wochenende so etwas wie ein Auto oder ein riesiges Hotelzimmer, das man für sich mit Beschlag belegen konnte. Es sind doch nur zwei Tage, dachte Irene häufig. Aber zwei schreckliche Tage, gestand sie sich gleichzeitig ein.

Insofern war die Arbeit in diesem Forschungsinstitut auch ihre Rettung gewesen. Da hatte sie an den Wochenenden und an Feiertagen durchgearbeitet und ihre Aufsätze einem Feinschliff unterzogen, ohne zu ahnen, dass ihr eigener Ehemann in Straßencafés nach rosafarbenen Miss Piggys Ausschau hielt und diesen nicht nur Kaffee und Torten, sondern auch übertriebene Komplimente spendierte. Na, wenigstens hatte ihr Wissenschaftlerinnenjob für eine gute Rente gesorgt, von der immer mal wieder größere Teile als anonyme Gabe auf dem Spendenkonto des Quellenhofs landeten.

Es wäre ihr peinlich gewesen, wenn Edda davon gewusst hätte. Lieber tat sie Gutes und schwieg darüber.

An diesem Abend verzichtete sie erneut auf ein Brot im Stehen, stattdessen briet sie sich die Reste vom Vortag auf und freute sich an ihrer blitzblanken Küche. Dabei beschloss sie, auch in Zukunft am Tisch und im Sitzen zu essen. Fast jeder in dieser Stadt machte das so. Und die Zeit dazu hatte sie ja. Aber auch die entsprechende Zeitlang, dachte sie bei sich. Und dazu eine neue und nie zuvor gespürte innere Unruhe.

Auf dem Weg ins Wohnzimmer wandte sie absichtlich den Kopf ab. Sie hatte das Telefon so gedreht, dass sie sich hätte über den Apparat beugen müssen, um zu sehen, ob jemand angerufen hatte. Aber es rief ja sowieso niemand bei ihr an.

Als sie später in die Küche ging, um sich vor dem Kühlschrank ein Glas Weißwein einzuschenken, sah sie ihre Vermutung bestätigt. Niemand hatte sie erreichen wollen. Weder Bruno noch der Mann, bei dem Bruno nun wohnte. Sicher ging es den beiden gut. Ihr, Irene, sollte es auch gut gehen.

Halbherzig ließ sie sich auf eine Quizsendung im Fernsehen ein. Nicht einmal die einfachsten Dinge wussten die Leute. Sie hätte alles beantworten können. Aber sie wurde ja nicht gefragt. Nein, ganz stimmte das nicht. Edda hatte heute nach ihrer Meinung zu Torben und Nelson gefragt, und auch Regina Schlössl wollte etwas von ihr. Und trotzdem spürte sie da diese Leere, hatte sie eigentlich immer schon gespürt.

Sie nippte an ihrem Wein und fragte sich, wann sie dieses Vakuum zum ersten Mal bemerkt hatte. War es an dem Tag gewesen, als Arend für immer die Wohnungstür hinter sich geschlossen hatte, oder schon weit vorher?

Es musste früher gewesen sein. Sie sah sich als kleines Mädchen am Küchentisch sitzen, während die Mutter aufgeregt durch die winzige Wohnung wuselte. Die Mutter hatte immer etwas zu tun. Irene konnte ihr weder Aufsätze vorlesen noch Rechentricks verraten. Nicht einmal das Einmaleins wollte die Mutter von ihr aufgesagt bekommen. Dabei war Irene so stolz, dass sie es von eins bis zehn vortragen konnte. Geübt hatte sie es auf den Stufen der Schultreppe. Das waren genau zehn, und sie boten sich somit dazu an.

»Wie viel ist sieben mal acht?«, hatte sie einmal stolz gefragt. »Frag mich nicht!«, hatte die Mutter gefaucht. »Ich habe keine Zeit. Meine Güte, kannst du dich nicht eine Sekunde lang mit dir selbst beschäftigen?«

Vermutlich hatte Irene sich deshalb ihr ganzes späteres Leben vor allem mit sich selbst beschäftigt und kaum noch Fragen gestellt oder gar auf Antworten gewartet. Die kamen ja doch nicht.

Auch nicht vom Vater. Der war ständig unterwegs. Und wenn er am Wochenende heimkam, musste Irene ganz ruhig sein und Rücksicht auf ihn nehmen. Er brauchte seine Ruhe, denn sein Leben war schwer. Als Staubsaugervertreter klingelte er an Hunderten von Türen, und nicht immer wurde er freundlich begrüßt oder gar eingelassen. Daher musste er zu Hause besonders freundlich begrüßt und voller Herzenswärme eingelassen werden. Und wehe, man behelligte ihn mit Problemen des Alltags oder gar mit Fragen zu Schulaufgaben. Die Mutter sprach ungewohnt leise mit ihm und verfolgte ihn unaufhörlich mit ihren Blicken und Schritten. Er versteckte sich vor Frau und Tochter hinter einer aufgeschlagenen Zeitung und wackelte mit den Füßen. Irene hatte das Gefühl, zu stören. Immer zu stören. An den Wochenenden die Zweisamkeit zwischen Vater und Mutter, während der Woche die Ordnung und sämtliche Pläne der Mutter. Sie stand immer im Weg.

Sehr viel später, genauer gesagt, exakt an dem Tag, als sie ihren zukünftigen Mann Arend mit ihrer Mutter bekannt machte, war dann alles ans Licht gekommen. Irenes an den Wochenenden so ruhebedürftiger Vater hatte von Montag bis Freitag nicht nur Staubsauger angepriesen und verkauft, sondern auch Kinder gezeugt und anderen Frauen den Hof gemacht. Das konnte er offensichtlich gut.

Wie der Kater Nelson, dachte sie plötzlich, nahm einen Schluck Weißwein und lächelte. Und wie Nelson war auch ihr Vater niemals von seinen anderen Kindern heimgesucht worden. Die Frucht seiner Lenden war nicht in einer langen Prozession durch die Wohnungstür spaziert. Eigentlich schade, da wäre mal was los gewesen!

Doch Irenes Mutter hatte um diesen Verrat gewusst und bis zu genau dem Tag geschwiegen, an dem ihr der neue Schwiegersohn vorgestellt wurde.

»Der ist zu schön für dich«, hatte sie bei ihrer ersten Begegnung gemeint und Arend Hellberg äußerst kritisch von oben bis unten beäugt. »Der wird dich betrügen. Dann geht es dir so wie mir. Lass lieber die Finger davon!«

Was für ein Begrüßungssatz!

Und Irene, die es sich eigentlich abgewöhnt hatte, Fragen zu stellen, hatte damals dann doch gefragt. »Hat Papa dich betrogen?« Es erschien ihr unvorstellbar.

»Und wie! Du hast quasi in jeder deutschen Stadt Halbgeschwister.«

Während dieses Schlagabtauschs hatte zwischen den beiden Frauen ein sprachloser Arend gestanden, was wiederum Irene erstaunte, denn der war doch sonst nie um ein Wort verlegen. Sie hatte fest damit gerechnet, dass er auch ihre Mutter mit seinem Charme für sich gewinnen würde. Aber die alte Frau Thannberg wollte schon lange nicht mehr erobert werden.

Später, wieder in ihrer eigenen Wohnung, hatte Arend sich schließlich geäußert. »Jetzt verstehe ich viel, wenn auch nicht alles.«

»Ach was!«, hatte Irene geantwortet. »Dann ist ja alles

gut.« Daraufhin war sie ins Bad gegangen, um sich abzuschminken und auszuziehen. Sie hatte ihn nicht gefragt, was er damit sagen wollte. Sie wusste es immer noch nicht.

Sie, gerade mal zwei Jahre verheiratet und Dr. Irene Hellberg genannt, hatte nämlich von alldem nichts wissen wollen.

7. KAPITEL

»Am Mittwoch kommt deine Freundin«, verkündete Regina Schlössl ihrer Katze Luna und staunte über die Vorfreude in ihrer eigenen Stimme. Luna dagegen blieb unbeeindruckt und putzte sich weiter hingebungsvoll das Fell. »Es ist völlig in Ordnung, dass du dich für sie hübsch machst«, bestätigte Regina. »Es ist wichtig, dass man sich immer hübsch macht, und sei es nur für sich selbst.« Und während sie das behauptete, betrachtete sie sich im Flurspiegel. Sie, die furchtlose Verkünderin dieser Regel, hielt sich selbst in keiner Weise an diese Lebensweisheit. Zum Fürchten sah sie aus. Ihr dunkelblauer Pullover hatte Mottenlöcher, die grafitgraue Jogginghose mit den ausgebeulten Taschen hing unförmig an ihr herunter … und dazu hellblaue Plüschpantoffeln. Schlimmer ging es ja wohl nicht! Weglaufen müsste man vor so einer. »Nicht einmal dir kann ich mich so zumuten«, gestand sie ihrer Katze und stellte sich breitbeinig vor den Kleiderschrank. »Ein Wunder, dass du mich dennoch magst.« Bis auf ihr einziges schwarzes Kleid für besondere Anlässe waren darin keine eleganten Sachen zu finden. Und das, was noch ansehnlich war, erwies sich entweder als zu eng, zwickte an den unmöglichsten Stellen oder ließ sich nur mit eingezogenem Bauch anziehen.

Tatsächlich trug sie so gut wie jeden Tag die gleichen Klamotten, wobei die Jogginghosen in den unterschiedlichsten Grautönen variierten und sich die Pullover in diversen Phasen der Auflösung befanden. Vorzeigbar war sie in keinem dieser Outfits.

Unvermittelt dachte sie an Irene Thannberg. Solide und gediegen war die gekleidet gewesen. Die kaufte sich garantiert nichts im Secondhandshop, sondern besuchte die feinsten Boutiquen. Edle Klamottenläden, die Regina schon seit Ewigkeiten nicht mehr von innen gesehen hatte. Stattdessen ordnete sie die Belege dieser Geschäfte, deren Besitzerinnen zwar ein gutes Händchen für feinste Kleidungsstücke, nicht aber für eine vorbereitende oder gar systematische Buchhaltung hatten.

Seufzend schloss sie ihren Schrank.

Es hatte ja doch keinen Sinn. Wegen des Briefs ging ja nun doch alles den Bach hinunter.

Das Schreiben hatte am Mittwoch in ihrem Briefkasten gelegen, und tatsächlich hatte sie gedacht, ihre Besucherin könnte ihr beistehen, wenn sie den Umschlag öffnete. Wer sich um Katzen kümmerte, konnte ja auch mal einem Menschen beistehen oder zumindest so lange bleiben, bis dieser Mensch einen fatalen Brief geöffnet und gelesen hatte.

Aber so weit war es nicht gekommen. Ganz plötzlich musste die Katzenplatzkontrolleurin eiligst weiter. Also hatte Regina den Brief auf den Küchentisch gelegt und ihn immer gesehen, wenn sie dort vorbeiging oder sich hinsetzte, um eine Tasse Kaffee zu trinken oder eine Scheibe Brot zu essen.

Nicht einmal das Plätzchenbacken machte ihr in Gegenwart des Briefs noch Freude.

Nachts hatte sie an den Brief gedacht, sich vorgestellt, welche Fürchterlichkeiten da drinstehen könnten, und weil sie nicht geschlafen hatte, war sie fahrig geworden und hatte Fehler gemacht. Die Steuerkanzlei, für die sie schon seit Jahren Belege einscannte und vorordnete, hatte am helllichten Vormittag bei ihr angerufen und wissen wollen, ob alles in Ordnung sei.

»Mir geht es bestens«, war Reginas Reaktion gewesen. Im Lügen war sie gut.

»Ihre Stimme klingt so zittrig«, hatte die Bürovorsteherin gnadenlos behauptet und gleich noch nachgetreten. »So schlechte Arbeit geben Sie doch sonst nicht ab. Könnte es sein, dass Sie ein Alkoholproblem haben?«

Was für eine unverschämte Frage! Am liebsten hätte Regina sie angeschrien. *So wenig, wie ich bei Ihnen verdiene, kann ich mir nicht mal eine Flasche Wein und erst recht keinen Liter Schnaps kaufen. Und einen Friseur kann ich mir auch nicht mehr leisten.*

»Ich trinke nicht, und ich rauche nicht«, hatte sie stattdessen entschuldigend geflüstert, als wäre ihr Letzteres auch noch vorgeworfen worden. Aber eigentlich wollte sie etwas ganz anderes sagen. *Ich kann diesen Brief nicht öffnen, daran liegt es.* Die Wahrheit war immer schwer mitzuteilen.

Egal, gestern hatte sie es dann doch geschafft. Die Katze Luna war auf ihren Schoß gesprungen und hatte beruhigend auf sie eingeschnurrt, sich an sie gekuschelt und so viel Tapferkeit ausgestrahlt, dass ihr Frauchen endlich den Umschlag zur Hand genommen hatte. Mach ihn auf!, schien Luna zu sagen. Dann wissen wir Bescheid. Mit deinen Grübeleien machst du dich nur verrückt. Übrigens lauter Sätze, die sich Regina auch schon vorgebetet hatte.

Und da hatte es dann tatsächlich schwarz auf weiß gestanden. Mieterhöhung zum 1. Januar. Um vierzig Euro.

Möglicherweise war das für andere Leute ein Klacks, für sie, Regina Schlössl, eine Katastrophe. Fast fünfhundert Euro im Jahr. Wo sollte sie die hernehmen? Sie kam ja so kaum über die Runden, und das Katzenfutter sparte sie sich buchstäblich vom eigenen Mund ab. Wegen Luna aß sie nur noch Nudeln und Kartoffeln. Aber das war Luna natürlich wert.

Sie würde sie nie zurückgeben.

Kurz hatte sie sich gefragt, ob sie sich als Putzfrau verdingen sollte, aber ein Blick in ihre eigene Wohnung machte ihr bewusst, dass ihre Talente gerade auf diesem Gebiet sehr zu wünschen übrig ließen.

Eigentlich besaß sie nur zwei Fähigkeiten. Sie konnte Papiere einscannen und vorordnen, nicht so sehr für sich selbst, sondern eher für andere Leute wie beispielsweise diese durchgestylten Boutiquebesitzerinnen. Und sie konnte Plätzchen backen. Hätte Weihnachten einmal im Monat stattgefunden, dann hätte sie ein von weihnachtlichen Düften erfülltes Leben gehabt. Aber so … Alljährlich versteckte sie ihren Verkaufserlös vom Adventsmarkt am Quellenhof vor sich selbst in einer Kassette ganz hinten im Kleiderschrank, um das Geld ab Mitte November in Zutaten für neue Plätzchen zu investieren. Ihr sogenanntes Weihnachtsgeld. Denn nur einmal jährlich hatte sie einen kleinen Nebenverdienst, verbunden mit einer Aufgabe, die ihr wirklich Freude machte.

Und wenn sie dieses Weihnachtsgeld nun für die Mieterhöhung hernähme… nein, besser nicht daran denken! Dann wäre ihr ja die Weihnachtsbäckerei nicht mehr möglich, und ihr Leben hätte seinen Sinn verloren.

Seufzend begab sie sich an diesem Samstagvormittag in die Küche und bereitete konzentriert den Teig für würzige Pfeffernüsse vor. Die würden der Frau Thannberg sicher schmecken, wenn sie am nächsten Mittwoch kam. Und bereits während sie Honig, Zucker, Nelken, Zimt, Piment und Walnüsse mit Mehl und Orangenlikör zu einer cremigen Masse verrührte, ging es ihr besser.

Etwa zur gleichen Zeit stand Irene Thannberg an diesem Samstagvormittag unschlüssig vor dem Gemüseangebot des Marktstands und fragte sich, ob sie tatsächlich nur für sich selbst kochen sollte. Welch ein Aufwand! Vielleicht war die Kochorgie kürzlich nur ein Ausrutscher gewesen, einer netten Begegnung an einem wunderbaren Tag geschuldet, eine unerwartete Belohnung für sich selbst und für das Glück, Bruno wieder auf dem Schoß gehabt zu haben.

»Brokkoli und Möhren sind heute im Angebot«, verkündete die Marktfrau.

Irene biss sich auf die Lippen. Seit Jahren kaufte sie hier nur grünen Salat. Nie etwas anderes. Das müsste sich die Verkäuferin doch gemerkt haben. Sie kaufte immer bei der gleichen Frau und immer am gleichen Stand. Sahen sich die Händlerinnen denn ihre Kunden niemals an? Wie konnte sie nur einer bekennenden Salatkäuferin was von Gemüse erzählen? Als sei ausgerechnet sie, Irene Thannberg, eine Expertin für Kohlrabi und Co. Die Soziologin in ihr diagnostizierte eine schwere Aufmerksamkeitsstörung bei der Marktfrau und bei sich selbst Lust auf Kartoffeln. Dabei war es doch eigentlich sinnlos, für sich allein zu kochen. Hatte sie nicht genau das gerade noch gedacht? Andererseits – sie hatte noch nie gern gekocht, auch nicht zu jener Zeit, als sie noch bei ihren Eltern lebte, oder später, als sie mit Arend verheiratet gewesen war. Komisch, dass sie seit einigen Tagen so oft an ihn dachte. Sie seufzte. Auch Arend hatte ihr immer sehr formvollendet aus dem Mantel geholfen, ebenso wie dieser Lorenz. Ob es etwa damit zu tun hatte? Eine vertraute flüchtige Berührung, die sie seit Ewigkeiten nicht mehr gespürt hatte und die nun Erinnerungen weckte?

Was Kochen und Küche betraf, so war Arend leicht zufriedenzustellen gewesen, denn er liebte Eintöpfe und Aufläufe. Genau, ein Eintopf, schoss es ihr durch den Kopf, und fast hätte sie Wilhelm Busch zitiert: »Wofür sie besonders schwärmt, wenn er wieder aufgewärmt.« Vor ihrem geistigen Auge sah sie ein Gemisch aus Möhren, Kartoffeln, Zwiebeln und viel Petersilie in einem tiefen Teller vor sich hin dampfen. Sie roch es fast schon. Genauso, wie ihre Mutter es immer gemacht hatte, obwohl die auch noch Rindfleisch hinzugefügt hatte. Aber darauf würde die Vegetarierin Irene verzichten. Und dann noch ein Klecks Butter obendrauf. Wenn ihr das nicht schmecken würde, so wären ab übermorgen wieder Brote im Stehen und Salate mit Essig und Öl an der Tagesordnung.

Mittlerweile war es schon kurz nach elf. Ein Wochenende, an dem die Zeit raste. Wie angenehm! Zu Hause packte Irene die Einkäufe in den Kühlschrank, sah noch einmal kurz nach dem Anrufbeantworter – nichts – und machte sich auf den

Weg zum Quellenhof. Mal sehen, was die beiden Nelsons so zuwege bringen.

Hatte sie dem Maler eigentlich auch ihre private Telefonnummer gegeben? Soweit sie sich erinnern konnte, war sie mit dem offiziellen Visitenkärtchen vom Tierheim angetreten. Dann konnte er sich ja auch gar nicht bei ihr zu Hause melden.

Ob er vielleicht in Passbrunn angerufen und nach ihr gefragt hatte? Sie überholte auf der Landstraße einen Fahrradfahrer und schüttelte über sich selbst den Kopf.

Was wollte sie von diesem Mann? Sie sollte aufhören, an ihn zu denken. Man musste nicht nach einem Menschen Ausschau halten, nur um mit ihm über Bücher reden zu können. Und wer wusste schon, ob das nächste Gespräch ebenso leicht in Fluss käme wie das vorherige? Sicher wären die Worte bei einer zweiten Begegnung so schwer wie in Leinen gebundene Folianten und müssten mühevoll auf- und aneinander geschichtet werden, um einen Sinn zu ergeben. Und wozu das alles?

Weitaus wichtiger wäre es doch, Romane zu lesen und sich dazu seine eigenen Gedanken zu machen. Eine Erzählung selbst war doch schon für den Leser wie ein Dialog mit jenem Menschen, der sie verfasst hatte. Mit Arend hatte sie nie über Bücher geredet. Auch nicht über Filme oder gar Theaterstücke. Sie hatten sie sich angesehen und waren danach zum Alltäglichen zurückgekehrt. Wie er wohl reagiert hätte, wenn sie von ihm hätte wissen wollen, was das gerade Gesehene in ihm auslöste? Vermutlich hätte er sie ausgelacht oder mit ihren soziologischen Thesen aufgezogen.

Sie wischte die Gedanken fort und parkte vor dem Quellenhof. Als sie ihr Auto abschloss, sah sie einen Fahrradfahrer die leichte Steigung hochkeuchen. Das konnte Nelson sein. Aber wo steckte Torben? Vielleicht schon mitten im Pferdemist? Die Vorstellung gefiel ihr.

»Wo ist dein Kumpel?« Tessa klang streng.

»Weiß nicht.« Nelson hob die Schultern. »Er ist ja nicht mein Babo. So eng sind wir nun auch wieder nicht.«

»Wollen Sie wirklich mit *dem* ins Katzenhaus?« Tessa suchte Irenes Blick und wies mit dem Zeigefinger der rechten Hand auf den jungen Mann. Sie führte sich ein bisschen auf, als wäre sie die Chefin.

»Ja, wie mit Edda besprochen. Wir werden uns eine Zeit lang mit Kater Nelson befassen, einfach nur da sein, leise reden und dann abwarten, ob er sich blicken lässt. Und wenn nicht, dann eben nicht. Gezwungen wird hier niemand. Auch nicht zu seinem Glück.« Wieso rechtfertigte sie sich eigentlich der Echse gegenüber? Der Gecko schien der gleichen Ansicht zu sein, denn er zuckte auf der linken Schulter seiner Trägerin verärgert zusammen.

Nelson dagegen lächelte und zeigte leicht schief stehende Eckzähne.

»Und wenn der andere kommt, dieser Torben, dann soll er gleich seine Gummistiefel anziehen und die Pferdeboxen putzen. Ab in den Stall!«, rief sie Tessa übertrieben laut zu. Schließlich musste klargestellt werden, dass auch sie hier was zu sagen hatte.

»Ich glaube, das heißt ausmisten«, murmelte der junge Mann an ihrer Seite. Er war genauso groß wie sie, also mindestens eins fünfundsiebzig. Vermutlich würde er irgendwann zu einem Riesen heranwachsen und dann staunend auf sie alle hinunterblicken.

»Stimmt.« Irene staunte über sich selbst. Sie, die sich sonst nie belehren ließ, gab dem jungen Kerl an ihrer Seite einfach so recht. »Dann schauen wir mal nach Nelson. Vielleicht kriegen wir ihn ja heute zu Gesicht. Vermutlich sitzt er wieder unter seinem Sessel. Gestern blinzelte er mal durch die Fransen. In seinem Zimmer ist er auf jeden Fall.«

»Und warum kommt er da nicht raus?« Der Jugendliche schob sich die Baseballkappe aus der Stirn.

»Ich fürchte, es geht ihm nicht so gut. Er war schließlich tagelang ohne Futter und Wasser und vor allem ohne Ansprache ganz allein in einem vermutlich eiskalten Haus. Sein Herrchen kam einfach nicht zurück. Und dann erschien die Feuerwehr, fing ihn ein, steckte ihn in eine Transportbox und brachte ihn her. Nach so einer Geschichte wäre auch ich ganz schön durch den Wind.« Irene staunte über ihre lange Rede. Wie von selbst hatte sich ein Satz an den anderen gereiht. Das gelang ihr sonst nur bei Vorträgen, die sie zuvor Wort für Wort komponiert hatte.

»Das stimmt. Alleinsein ist assig.« Das kam aus Nelsons tiefster Seele.

Assig, das heißt wohl schrecklich, dachte sie. Was für ein Wort! Andererseits … Kater Nelson hätte es sicherlich genauso ausgedrückt, wenn er der menschlichen Sprache mächtig gewesen wäre, und sein Namensvetter hatte mit seiner Äußerung den Nagel auf den Kopf getroffen.

»Du bist also nicht gern allein«, stellte sie fest, wie sie es ihren wissenschaftlichen Hilfskräften in Vorbereitungskursen für Interviews beigebracht hatte. Immer bestätigend nachhaken. Das gibt den Leuten Sicherheit und die Gewissheit, dass man sie ernst nimmt.

»Wer ist schon gern allein?« Nelson klang resigniert.

Auf der Zunge lag ihr ein *Ich,* aber das stimmte ja schon lange nicht mehr. Garantiert würde ihr ohne die ehrenamtliche Tätigkeit im Tierheim die Decke auf den Kopf fallen. Vermutlich war sie sich selbst nun doch nicht mehr genug. Wann und wo hatte sich das geändert?

Angesichts dieses Gedankens schüttelte sie den Kopf. Was war denn das für eine Erkenntnis?

Nelson deutete die Bewegung falsch. »Sie nicht, was meinen Sie damit? Sie sind gern allein? Wirklich?« In seinem Blick lag so etwas wie grenzenlose Bewunderung und vielleicht sogar leichter Neid.

»Man lernt es«, murmelte sie. »Notgedrungen.« Sie straffte sich. Das reichte. Was war nur los mit ihr?

Der Junge rührte etwas in ihr an. Zuletzt war ihr das vor vielen Jahren passiert, als sie die handschriftlichen Zettel einer Befragung von Zweitklässlern ausgewertet hatte. Es waren die eckigen und wackeligen Buchstaben der Schüler gewesen, die etwas in ihr zum Schwingen gebracht hatten. Auf die Frage »Was möchtest du gern tun?« hatte ein Junge geantwortet: »Die Welt retten.« Daraufhin hatte sie nachgehakt. »Und warum tust du es nicht?« Die Erklärung des Kleinen hatte gelautet: »Keine Zeit.«

Nelson hätte dieses Kind sein können.

»Der Kater heißt so wie du. Also seid ihr beide nicht mehr allein«, wandte sie sich an ihn, bevor sie den Flur des Katzentrakts betraten. »Zieh doch bitte deine Schuhe aus! Du kannst auch gern auf Strümpfen reingehen.«

»Kein Problem.« Nelson stieg aus seinen Sneakers und nahm sie mit in das Zimmerchen seines Namensvetters. Irene hatte das Gefühl, als betrachte er sie nun mit neuen Augen und ungeahnter Hochachtung. Als wäre sie gesegnet mit ungeheuren Fähigkeiten und als hätte sie behauptet und demonstriert: Klar, ich kann fliegen. Dabei hatte sie doch nur zugegeben, ganz gut allein sein zu können.

»Ich bin nebenan«, meinte sie nun. »Da muss mal wieder Ordnung gemacht werden. Und wenn was ist, ruf einfach nach mir, oder klopf an die Wand! Außerdem bleiben wir ja in Blickkontakt.« Beide Räume waren ab Hüfthöhe durch eine Glasscheibe getrennt.

Die fünf Katzen, die neben Nelson hausten, hatten über Nacht ihr gesamtes Spielzeug im Raum verteilt, Decken und Kissen auf den Boden gezerrt und flegelhaft neben ihre Näpfe gekleckert. Nun ruhten sie draußen in den Kratz- und Kletterbäumen und im Windschatten des Geheges und genossen die letzten Sonnenstrahlen des Jahres.

Irene sah durch die Glasscheibe, wie der Junge sich im Schneidersitz am Türstock niederließ, sich an die Wand lehnte, und hörte, wie er auf den noch unsichtbaren Kater einging. »Nelson, alter Junge, nun zeig dich doch mal! Ich weiß doch gar nicht, wie du aussiehst. Vielleicht sehen wir uns ja sogar ähnlich.«

Sie verstand jedes Wort und verkniff sich ein Lächeln.

»Hier biste zwar im Knast, aber wenigstens kriegste was zu essen, auch nicht schlecht, oder?«

Nichts rührte sich.

»Weißte, ich wäre fast auch in den Knast gekommen. Mit Torben. Hoffentlich nicht in 'ne Doppelzelle. Das wäre megaassig gewesen, denn der Torben will immer, dass ich alles genauso mach, wie er sich das vorstellt. Wenn nicht, dann bin ich nicht mehr sein Freund. Und ich hab ja sonst keinen. Keinen Freund, meine ich. Aber der Torben, der hätte dich schon längst nach vorn gezogen oder den Sessel umgeschmissen. Das mache ich nicht. Da musst du keine Angst haben. Hier ist es auf jeden Fall schöner als im Pferdestall zwischen dem stinkenden Mist. Wenn du wüsstest, wie viel Mist so ein Pferd verzapft. Und die machen nicht immer nur Äpfel, also wenn so ein Pferd Durchfall hat… mein lieber Schwan.« Er seufzte aus tiefster Seele und schüttelte den Kopf. »Na ja, jetzt bin ich mit dir in einer Zelle, dann schon lieber so. Nun komm doch mal raus, alter Junge, zeig dich!«

Aber Nelson blieb in seinem Versteck. Sein Besucher griff nach einem Laserpointer und ließ einen Lichtpunkt vor den Fransen der Wolldecke tanzen. Eine gelb-rote Tatze kam kurz vor und verschwand wieder, so schnell, als wäre sie gar nicht da gewesen. Nelson jauchzte leise. »Der hockt ja tatsächlich unter dem Sessel.«

Irene, die alles gehört hatte, hob den Kopf. »Sprichst du mit mir? Klar ist der da. Wo sollte er auch hingehen? Seine Katzenklappe ist geschlossen, der kann nicht raus.«

»Dann bist du also wirklich ein Gefangener«, stellte Nelson klar und brachte den Lichtpunkt erneut zum Tanzen. »Fang ihn, du brauchst Bewegung!«

Nach gut einer Stunde hatte er ihn so weit. Der Vierbeiner war sehr vorsichtig aus seinem Versteck und aus seinem geschützten Raum unter dem Sessel hervorgeschlichen und verbarg sich hinter einer Kiste. Gelegentlich streckte er den Kopf vor und beäugte seinen Besucher nach wie vor argwöhnisch. Nelson blieb ruhig sitzen und sprach weiter mit sanfter Stimme auf seinen Namensvetter ein. Irene staunte über Nelsons Umgang mit dem Kater.

»Wie alt ist der eigentlich?«, fragte er nun mit etwas lauterer Stimme und mit einem Blick auf seine Nachbarin, die in dem Fünf-Katzen-Zimmer Stoffmäuse und Stoffbälle nach Farben ordnete, zerdrückte Kissen aufschüttelte und das um die Näpfe verstreute Trockenfutter zusammenfegte.

Irene hob die Schultern. »Zwei oder drei, sie wissen es nicht so genau. Das wird der Tierarzt dann feststellen.«

»Und was ist mit seinem Herrchen?«

»Der liegt noch im Krankenhaus, aber eine Kollegin von uns hat schon mit ihm gesprochen.«

»Dann wird er es sicher packen.«

»Das hoffen wir.«

»Hast du das gehört?« Er wandte sich an den Kater. »Du musst also nicht für immer hierbleiben. Dabei ist es gar nicht so schlecht. Na gut, vielleicht ein bisschen langweilig, aber schau mal, da nebenan wohnen gleich fünf von deiner Sippe, und die machen sicher ganz schön Radau. Vielleicht laden die dich ja mal zum Chillen ein.«

»Der kann erst wieder zu anderen Katzen, wenn klar ist, dass er denen keine Jungen macht«, mischte sich Irene ungefragt ein.

Der Kater hob den Kopf, als hätte er alles mitgehört und auch verstanden.

»Alle Katzen hier im Heim werden als Erstes sterilisiert und kastriert. Ich nenne es lieber *entfruchtet.* Aber natürlich brauchen sie dazu schon ein gewisses Alter. Der da« – sie wies mit dem Kopf in Richtung des Vierbeiners – »hat es bisher erfolgreich geschafft, dem Eingriff zu entgehen. Ich möchte nicht wissen, wie viele Katzenkinder der schon produziert hat.«

Das Gesicht unter der Baseballkappe lief rot an.

»Auf jeden Fall darf er sich den anderen Streunern in der Stadt erst wieder nähern, wenn tatsächlich nichts mehr passieren kann und alle vor diesem Casanova geschützt sind«, vollendete Irene ihren Vortrag. »Man weiß ja nie.«

»Mir wirst du ja zum Glück nicht gefährlich«, stellte der junge Mann klar und streckte einladend eine Hand aus. »Nun komm doch mal her, bitte!«

Der Kater hob den Kopf und näherte sich dem Besucher fast bis zur Berührungsgrenze. Sein Kopf wirkte aufgeplustert, seine Pupillen waren erweitert. Ganz konzentrierte Wachsamkeit.

»Darf ich dich anfassen?«

Wie erstarrt hielt der Kater inne. Auch sein menschliches Gegenüber bewegte sich nicht mehr. Mindestens eine Minute lang verharrten beide in dieser Haltung. Dann näherte sich Nelson dem Fremden und beschnupperte ihn. Vermutlich erkannte er in ihm einen Freund. Aber beide blieben wachsam. Mensch und Tier.

Auch Irene, direkt nebenan und hinter der Glasscheibe, schwieg und blieb unbeweglich stehen. Ein Wunder! Dieser Junge hatte ein Händchen für Katzen. Sie selbst hatte bei Bruno Wochen gebraucht, bevor er ihr so nahe kam wie Nelson nun seinem Besucher. Unglaublich!

»Komm her, Alterchen!«, forderte ihn der Jugendliche auf

und ließ zu, dass Nelson weiter an ihm herumschnüffelte. Er berührte das Tier nicht. Er wartete einfach ab. Kurz darauf stolzierte Nelson, Selbstbewusstsein vortäuschend, an allen Wänden entlang, stieß mit dem dicken Kopf gegen die verschlossene Katzenklappe, näherte sich der Tür und stellte sich dicht vor die Sneakers seines Besuchers. Irene hatte den Eindruck, als suche der Vierbeiner den Blick seines immer noch auf dem Boden sitzenden Namensvetters. Und erst als dieser Kontakt stand, hob Kater Nelson zunächst sein Hinterteil und dann seinen Schwanz, brachte beides zum Vibrieren und pinkelte demonstrativ in die Schuhe hinein.

»Stopp, stopp, Nelson!«, rief Irene und klopfte an die Glasscheibe. »Du hast doch dein Klo!«

»Nein, lassen Sie ihn, bitte!« Der Eigentümer der Schuhe schüttelte den Kopf. »Ist okay so.«

»Das verstehe ich nicht.« Irene betrachtete den viel zu dünnen Kater mit dem riesigen Kopf und dem Strubbelfell sowie den hochgewachsenen jungen Mann, der sich immer noch nicht von der Stelle rührte.

»Der will nicht, dass ich gehe. Sehen Sie das nicht? Deswegen hat er in meine Schuhe gemacht. So kann ich die nicht anziehen, und wenn ich die Schuhe nicht anziehen kann, kann ich ihn auch nicht verlassen.«

»Meinst du das im Ernst?«

Nelson nickte. »Vermutlich hat sein Herrchen die Schuhe angezogen und danach die Haustür hinter sich geschlossen. Und ist einfach nicht zurückgekommen. Klar, dass Nelson das nun verhindern will. Wirklich ein kluges Kerlchen.«

»Und das soll ich dir glauben?«

»Na, logisch, was kann es denn sonst bedeuten?« Der

junge Mann schnalzte einladend mit der Zunge, der Kater näherte sich und rieb den Kopf an Nelsons Knie.

»Das wäre nicht wirklich nötig gewesen«, versicherte Irenes Katzenassistent dem Vierbeiner. »Ich habe auch so verstanden, was du willst. Nun bleibe ich noch ein bisschen und komme auch morgen wieder. Geht sonntags auch?«

Er sah Irene fragend an. Die nickte. »Klar, ich bin dann auch wieder dabei. Gleiche Zeit? Schließlich haben wir Frau Kallmayer versprochen, dass wir die Aktion zu zweit durchziehen.«

8. KAPITEL

Woher wusste Nelson das alles? Und seit wann war er so vertraut mit der Katzensprache? Wo hatte er das gelernt? Ein Tierflüsterer wie aus dem Bilderbuch, so erschien er Irene, nein, eher wie aus einem Märchenbuch. Sie verließen an diesem Samstag nach einer Sitzung von fast zwei Stunden den Kater, der sich prompt wieder unter seinen Sessel verkroch, und der Katzenversteher platzierte seine vom Kater markierten Schuhe ebenso ordentlich vor Nelsons Tür, wie sie, Irene, neulich ihre Gummistiefel vor die eigene Wohnungstür gestellt hatte.

»Und was machst du nun, so ohne Schuhe? Wie willst du nach Hause kommen?« Sie musterte ihn mit hochgezogenen Brauen.

»Ich hatte noch Stiefel dabei, für den Fall, dass ich vielleicht doch zum Ausmisten in den Stall geschickt werde. Die zieh ich jetzt an.«

Der Junge dachte wirklich mit.

Als sie die Tür des Quellenhofs hinter sich schlossen, nicht ohne zuvor Tessa, die mit dem Füllen der Katzennäpfe beschäftigt war, einen schönen Abend zu wünschen, stießen sie draußen im Hof auf Torben Niessing.

Ziemlich finster und erkennbar schlecht gelaunt stand er dort und rauchte eine Zigarette. »Ich hätte vielleicht doch zum Bauhof gehen sollen, hier ist einfach nur wack.«

»Bist du nicht ein bisschen zu jung zum Paffen?« Die Frage war Irene gegen ihren Willen herausgerutscht, und sie wunderte sich über das Wort *Paffen.* Hatte sie das jemals zuvor benutzt? Und überhaupt, dieser junge Mann ging sie nichts an. Sie fühlte sich ausschließlich für Nelson zuständig. Ihr wurde bewusst, wie froh sie genau darüber war.

Statt ihr zu antworten, blies Torben ihr eine Rauchwolke ins Gesicht und wandte sich von oben herab an Nelson. »Na, Streber, gut gelaufen?«

Nelson zuckte zusammen.

»Komm, rauch eine mit mir!« Torben hielt dem Katzenversteher eine Zigarettenschachtel hin. Wie ferngesteuert und zugleich beschämt griff Nelson zu und würdigte Irene keines Blickes mehr.

Eigentlich hätte sie ihn noch fragen wollen, was »wack« bedeutete, wurde dann aber extrem förmlich. »Wir sehen uns morgen, vierzehn Uhr?«, rief sie ihm zu. Er nickte, ohne sie anzusehen.

Jetzt fand sie es bedenklich, wie viel Macht Torben über seinen Freund hatte. Und ihr wurde das Ausmaß von Nelsons Einsamkeit bewusst. Sonst hätte er sich doch nie auf diesen Stinkstiefel Torben eingelassen.

Nun ja, sie würde ihn morgen wieder zu seinem Namensvetter führen und ihn weiter in seinem Katzenverständnis fördern und belauschen. Möglicherweise begriff sie dann mehr von ihm und würde auch das Wort »wack« erklärt bekommen.

Ob er Tierarzt werden wollte? Tierarzt und Tierversteher? So viele Fragen, die sie ihm noch nicht gestellt hatte. Aber morgen war ja auch wieder ein Tag.

Jetzt stand sie in der Küche und bereitete den Möhreneintopf genau so zu, wie sie es von ihrer Mutter gelernt und mindestens vierzig Jahre lang nicht mehr gekocht hatte. Mit viel Kartoffeln, Petersilie und Butter, allerdings ohne das übliche Rindfleisch. Und sie überredete sich selbst, sich auch diesmal zu der Mahlzeit an den Tisch zu setzen. Gar nicht so übel. Kurz darauf ertappte sie sich bei einem Gedanken, der ihr Angst machte. Sobald sie sich auch noch Servietten – vielleicht sogar aus Leinen – dazulegte, wäre es wohl endgültig zu spät. Das wäre ja fast so, als würde sie sich einen Weihnachtsbaum ins Zimmer stellen und den auch noch mit Schmuck behängen. Nur für sich allein! Unvorstellbar.

Jetzt freute sie sich schon auf den nächsten Tag, auf Nelson und auf den aufgewärmten Eintopf.

»Ich habe den Jungen schon mal zu dem Kater geschickt, dort, wo er gestern auch war. Aber dass da heute noch seine Schuhe vor der Tür stehen … ist der etwa auf Socken nach Hause geradelt? Bei dem Wetter! Bald wird es schneien! Und wenn dem was passiert, sind wir auch noch schuld. Also, das geht nun wirklich nicht. Die Leute können hier nicht einfach so ihr Zeug herumliegen lassen. Entweder mit nach Hause nehmen oder gleich in den Müll. Die Tonnen stehen übrigens da draußen.«

Vor der Empfangstheke des Tierheims stand Cindy Plödereder, die einzige Mitarbeiterin des Tierheims, zu der Irene keinen Draht hatte. Cindy dekorierte einen Adventskranz mit vier Kerzen und Plastiksternchen aus dem Supermarkt und hatte offensichtlich vor, auch gleich die erste Kerze anzuzünden. Na ja, es war ja auch der erste Advent. Wie so oft blickte sie auch jetzt wieder anklagend und vorwurfsvoll in die Runde. Irene wusste nie, ob sie sich unter diesem Blick ducken oder ärgern sollte. Eher Letzteres, stellte sie zu ihrem Erstaunen fest und fragte unnötig streng nach. »Sind Sie jetzt die oberste moralische Instanz des Quellenhofs?« Uff, das tat gut.

»Nein, aber ich mache hier mein Praktikum als Tierpflegerin, und einer muss ja für Ordnung sorgen.« Die stets unvorteilhaft gekleidete Cindy steckte auch heute wieder in einem hellen Sweatshirt und einer viel zu engen weißen Hose, auf der sich unübersehbar dunkle Kaffeeflecken abzeichneten. »Außerdem will ich Tierarzthelferin werden. Nur, dass Sie es wissen.« Irene wusste es schon seit einem halben Jahr, denn diese Information bekam jeder Besucher zu hören, egal, ob es ihn interessierte oder nicht. »Und die Schuhe dort im Katzentrakt«, verkündete die Sittenwächterin von eigenen Gnaden, »die habe ich erst mal stehen lassen, weil das Ihr Problem ist. Aber Frau Kallmayer wird das nicht gutheißen. Reden Sie mal mit dem Jungen! Im Übergabeprotokoll von gestern habe ich gelesen, dass Sie für den Typen zuständig sind. Sie sind doch Frau Thannberg, oder?«

»Für Sie immer noch Frau Doktor Thannberg«, bestätigte Irene von oben herab. »So viel Zeit muss sein.«

»Sie sind aber keine Tierärztin«, stellte Cindy triumphierend fest.

»Nein, bin ich nicht.«

»Egal. Die Schuhe müssen auf jeden Fall da weg. Und zwar schnell!«

Wenn Edda Kallmayer wüsste, was es mit den Schuhen auf sich hat und warum die da stehen…, dachte Irene. Die Leiterin des Tierheims würde dem Katzenflüsterer noch viel mehr Freiheiten erlauben. Seinen ganzen Hausstand würde er vor sämtlichen Türen abladen und dahinter im Geheimen Expertengespräche mit den vierbeinigen Gästen des Quellenhofs führen können.

»Stand da nicht auch im Protokoll, dass der junge Mann nur mit mir ins Katzenhaus gehen soll?«

Cindy Plödereder studierte am Computerbildschirm die Eintragungen vom Vortag. »Ach ja, hier, ganz unten. Der eine soll in die Pferdeställe, der andere ins Katzenhaus.«

»Wehe, Sie haben das verwechselt!« Irene holte Luft. Das tat gut!

»Wieso, ist einem von denen etwa nicht zu trauen?« Auf Cindys glatter Stirn zeigten sich winzige Schweißperlen.

»Wen von beiden haben Sie denn geschickt?«

»Na, Ihren natürlich, Nelson zu Nelson. Das stand ja auch in den Unterlagen.«

Ihren natürlich… Wie sich das anhörte, als wäre der menschliche Nelson Irenes Eigentum. Ihr wurde warm ums Herz.

»Und der andere, damit meine ich Torben Niessing?«

»Ist noch nicht aufgetaucht.«

»Seit wann ist Nelson denn schon hier?«

Die kompakte Cindy in ihrer angeschmutzten Pseudo-Arztkleidung sah auf die Uhr. »Keine Ahnung, zehn Minuten, Viertelstunde? Hätte ich seine Ankunftszeit festhalten sollen? Wird er nach Stunden bezahlt? Der hätte ja auch mal was zu mir sagen können.«

Irene hob die Hand. »Alles gut.« Fast hätte sie gesagt: Dann schaue ich mal nach meinem Nelson. Stattdessen murmelte sie: »Ich gehe mal rüber und checke die Lage. Im Katzenkinderzimmer gibt's immer was zu tun.«

»Das lohnt sich doch nicht, dort aufzuräumen!«, rief Cindy ihr hinterher.

Und wie es sich lohnt, dachte Irene. Und sei es nur, um die beiden Nelsons zu belauschen.

Die vom Kater befleckten und in der Tat nicht gerade einladend riechenden Schuhe standen weiterhin vor der Tür zu Nelsons Refugium. Der junge Mann hinter der Glasscheibe hob die rechte Hand und begrüßte seine Mentorin, als die das Nebenzimmer betrat.

»Alles klar?«, fragte Irene eine Spur zu laut durch die Scheibe, und er nickte. Nelson war nicht in Sicht.

»Hast du den Kater schon gesehen?«

»Ja, aber nur kurz. Jetzt hockt er schon wieder in seinem Versteck. Der Mutigste scheint er nicht gerade zu sein.«

»Was sicher klug ist. Als Freigänger hat er sicher Wachsamkeit gelernt.« Irene klaubte vom Fußboden das Katzenspielzeug der Fünferbande zusammen und ordnete es nach Farben und Größen im Regal. Gelegentlich kam einer der samtpfotigen Gäste durch die Katzenklappe ins Zimmer, umrundete neugierig Irenes Beine, sprang blitzschnell über Kratzbaum und Baumstamm auf das Wandbrett und warf lässig und wie im Vorübergehen eine Kugel zu Boden. Flopp …

Nach einiger Zeit setzte Irene sich mit dem Rücken zur

benachbarten Glaswand und tat so, als spiele sie mit den knapp sieben Monate alten Katzenkindern. In Wahrheit aber lauschte sie nach nebenan.

Dort führte ihr Nachbar ein flüsterndes Gespräch mit seinem Namensvetter. »Hey, alter Knabe, wie du siehst, bin ich wieder da. Versprochen ist versprochen. Aber meine Schuhe bleiben heute im Flur. Wenn ich später mit denen nach Hause komme, stinken die garantiert immer noch. Und meine Socken auch. Am besten lasse ich dann alles vor der Wohnungstür stehen. Was meinst du?«

Er schnalzte mit der Zunge, und Irene schloss daraus, dass der Kater sich seinem Erzähler näherte.

»Auch wenn ich mit Torben Scheiße gebaut habe«, gestand Nelson nun seinem vierbeinigen Zellengenossen, »das einzig Gute an der ganzen Geschichte ist doch, dass wir hier gelandet sind. Du und ich. Hast du etwa auch Mist gebaut? Aha, verstehe.«

Irene fragte sich, was genau der große Nelson von seinem kleinen Freund gehört haben mochte. Ob der Kater etwa genickt hatte? Sie hatte noch nie eine Katze nicken sehen. Wahrscheinlich aber war er mit hoch erhobenem Schwanz und großen Augen auf ihn zugekommen. So zumindest hatte Bruno immer sein Einverständnis gezeigt. Ach, Bruno. Wie es dem wohl gehen mochte?

»Manchmal bauen wir Mist, ohne darüber nachzudenken«, erklärte Nelson. »Weil wir denken, wir müssen es tun, um es einem anderen recht zu machen.« Er zögerte. »Ich wollte, dass Torben sieht, dass ich ein echter Kumpel bin. Ich wollte ihn nicht enttäuschen. Weißt du, ich habe doch sonst keinen Freund. Wir leben ja noch nicht so lange hier, und die anderen in unserer Klasse halten sich für was Besseres, nur weil sie in Häusern wohnen und nicht wie wir in einer Wohnung. Aber wenn wir länger hier in der Stadt leben, mein Vater, meine Mutter und ich, dann kaufen wir uns auch ein Haus. Nur dafür arbeiten die beiden immer so viel.«

Irene hörte einen tiefen Seufzer.

»Wir sind eben noch nicht so reich wie die anderen. Aber ich spiele Lotto. Zweimal die Woche… und dann. Dann werden die gucken! Also, der Torben hat sich bei uns in der Schule total geärgert. Und da musste ich ihm einfach helfen. Hättest du auch gemacht.«

Langes Schweigen. Schnurrte da etwa irgendwo eine Katze? Genau, es war die kleine silbergraue, die sich zwei Zentimeter von Irenes Oberschenkel entfernt hingesetzt hatte und mit hellblauen Babyaugen zu ihr aufschaute.

»Der Torben«, verriet Nelson nebenan seinem Zellengenossen, »der war total sauer auf unseren Mathelehrer Herrn Mönninghoff. An seiner Stelle hätte ich mich auch geärgert. Weißt du, der Mönninghoff hat den nämlich echt vorgeführt, und ich hab gesehen, wie viel Spaß dem das gemacht hat. Nee, fair war das nicht. Nicht nur, dass der den Torben nach vorn zur Tafel gerufen hat, der Torben sollte dann auch noch Aufgaben lösen, die noch gar nicht dran gewesen sind. Also, da wir die Lösung sowieso noch gar nicht wissen konnten… keiner von uns… außer natürlich ein Genie. Aber davon haben wir nur eins in der Klasse, und der Torben ist kein Genie. Zumindest nicht in Mathe. Und das weiß der Mönninghoff auch.«

Erneut ein tiefer Seufzer.

»Und weißt du, was der Mathelehrer gesagt hat?«

Der Kater schien weiterhin interessiert beide Ohren zu spitzen.

»Er hat gesagt: ›Von einem wie dir, der nichts als Schall und Rauch im Kopf hat, kann man ja nicht mal den Ansatz einer Lösung erwarten.‹ Das mit dem Rauch hat er gesagt, weil er den Torben auf dem Schulhof beim Rauchen erwischt hat, und das mit dem Schall, weil der Torben auf K-pop steht. ›Was kommt bei so einem schon rum?‹, hat er dann gezischt, uns alle angeglotzt und sich selbst die Antwort gegeben. ›Nichts, und erst recht nicht die Elite von morgen.‹ Der Torben hat dann ganz laut gesagt, so was will er schon gar nicht werden, und dann auch noch so rumlaufen müssen wie sein Vater und Herr Mönninghoff, immer mit grauem Anzug und Schlips, nee. Mit den Händen will er was machen.

›Klar, mit dem Kopf kannst du ja auch nichts machen. Das hast du ja gerade vor versammelter Mannschaft unter Beweis gestellt.‹«

Nelsons Stimme war lauter geworden. Er schien sich immer noch zu empören. Erneut wandte er sich an den Kater. »Findest du nicht auch, dass das nicht geht? Der Mönninghoff ist völlig gaga. Echt. Glaub mir! Was für ein schönes Fell du hast«, stellte er kurz darauf fest, und Irene ahnte, dass der immer noch dürre Kater sich von dem Jungen streicheln und sämtliche Rippen zählen ließ.

»Und wie schön, dass ich dir das alles mal so sagen kann, genau so, wie es war. Meine Eltern hätten schon hundertmal dazwischengeredet. Bei denen muss ich gar nicht fertig erzählen, schon wissen sie alles besser und kommen mit völlig beknackten Ratschlägen. Na ja, auf jeden Fall stand ich nach dieser blöden Mathestunde neben Torben und hab dann auch aus Solidarität mit ihm geraucht, dabei rauche ich sonst gar nicht. Und genau da fuhr der Mönninghoff an uns vorbei. Mit einem eidottergelben Golf aus dem letzten Jahrtausend. Echt, solche gibt es doch schon gar nicht mehr. Weißt schon, solche mit einem H auf dem Nummernschild, was nach Torben so viel bedeutet wie ›hochbetagter Fahrer‹, damit jeder gleich Bescheid weiß. Und wenn du den Mönninghoff in seiner Karre sitzen siehst… im Original hatte die sicher nicht mal Kopfstützen und Sicherheitsgurte, garantiert musste das alles für viel Kohle nachgerüstet werden… da denkst du echt, dass da gleich ein hochbetagter hundertjähriger Hutträger herausfällt.« Nelson kicherte. »Stell dir das mal vor, der Mönninghoff hat sich doch tatsächlich zum Autofahren einen Hut aufgesetzt! Nicht zu fassen. Na gut, dann sind wir auf Torbens Roller hinter dem her. Hättest du auch gemacht. Oder?«

Nebenan herrschte ein langes Schweigen, und Irene wollte sich schon umdrehen.

»Ja, dann hatte Torben eben die Idee. ›Der soll einfach mit dem Ding gegen einen Zaun donnern, damit der sich auch mal total beschissen fühlt. Und zwar so richtig, und sich dabei vor Angst in die Hose scheißt. Und sein Hut sollte ihm dabei vom Kopf fallen.‹ Als er das sagte, mussten wir beide lachen. Komm, Alter, jetzt lach doch auch mal! Soll ich dich kitzeln?«

Irene stand auf. Der Kater lag auf Nelsons Oberschenkel und sah zu ihm auf.

»Alles klar bei euch?« Sie tat so, als hätte sie Katzenspielzeug geordnet und die beiden von nebenan ganz vergessen.

»Bestens. Er ist mir schon näher gekommen.« Nelson wies mit dem Zeigefinger auf den Kater, der sich wohlig reckte.

»Gut, dann will ich euch nicht weiter stören und kümmere mich um die Kleinen hier.«

Eine glatte Lüge, denn die fünf Katzen tobten schon wieder in ihrem Freigehege und hüpften durch den frisch fallenden Schnee. Jede einzelne Flocke wollten sie erhaschen. Irene lehnte sich wieder an die Glaswand und lauschte, ohne wirklich ein schlechtes Gewissen zu haben. Wenn das mit dem Mönninghoff stimmte, so hatte der tatsächlich eine Strafe verdient. Das war inzwischen auch ihre Meinung. So ging man nicht mit jungen Menschen um.

Zu ihrer Schulzeit hatten die Lehrer manchmal mit einem Lineal auf die geöffneten Handflächen der Missetäter geschlagen. Das war schlimm genug gewesen, aber eine derart öffentliche Vorführung, wie Torben sie erlebt hatte, nein, das ging zu weit. Das waren Schmach und Kränkung zugleich.

»Verstehst du«, erklärte Nelson seinem Namensvetter gerade in streng vertraulichem Ton, »es ging ja nur darum, dass das Auto eine Macke kriegt, ebenso wie Torbens Seele eine Macke gekriegt hat. So hat er mir das erklärt. Und er hat auch gesagt, dass so eine Macke auf der Seele in Wirklichkeit natürlich nicht mit einem Blechschaden zu vergleichen ist. Viel schlimmer ist das. Unter uns, ich fürchte, der Torben hat schon einige davon. Aber das behältst du für dich, versprochen?«

Interessant, Nelson war nicht nur Katzen-, sondern auch Menschenversteher. Am liebsten hätte Irene ihn gefragt, was die zwei denn nun genau verbrochen hatten.

Nebenan scharrte ihr jugendlicher Schützling mit den Socken auf dem Sisalteppich, der von vielen Samtpfoten schon oft zum Krallenschärfen missbraucht worden war.

»Und der Torben, der so viele Freunde haben kann, hat mich gefragt, ausgerechnet mich, ob ich ihm dabei helfe. Er wollte Rache nehmen. Da war doch Rache angesagt! Findest du doch auch? Oder?«

Der Kater widersprach nicht.

»Trotzdem habe ich erst ein bisschen gezögert, weil mein Vater mir jeden Morgen hinterherruft: ›Mach bloß keinen Scheiß!‹ Aber der Torben hat so enttäuscht geguckt, dass ich gleich nicken musste. ›Wenn es nicht gefährlich wird‹, habe ich noch gesagt. ›Keinesfalls‹, hat Torben geantwortet. Da habe ich ihm geglaubt. Wenn man seinen Freunden nicht glauben kann, wem dann? Obwohl …«

Irene spürte, dass in Nelsons Stimme Zweifel aufkeimten, die er augenblicklich wieder wegwischen wollte. »Tja, Alter«, wandte er sich mit seiner Beichte erneut an den Kater. »Dann sind wir eben dort hingefahren, wo der wohnt und wo sein Auto am Straßenrand stand. Dabei hat der Mönninghoff eine Garage, da hätte er mal reinfahren sollen, dann wär nix passiert. Also wie der wohnt … Schon Mitte November waren alle Fenster mit Weihnachtssternen vollgehängt. Wir hätten nicht gedacht, dass das so ein Dekofreak ist. Ey du, in der Bude von dem muss es stockfinster sein, weil er jetzt schon alle Luken mit Sternen vernagelt hat. Da kann er doch nie sehen, was da draußen auf der Straße passiert, will er vielleicht auch nicht. Außerdem ist das eine Gegend, wo nicht so viele Leute wohnen. Ehrlich, also bei uns in der Straße wär man aufgefallen. Der Torben und ich auf jeden Fall. Aber da … nicht mal Hunde schleichen da abends um die Häuser. Katzen vielleicht, aber die hab ich nicht gesehen. Das ist 'ne richtige Schlafstadt. Da würdest du dich auch langweilen. ›Den Schlafmützen machen wir jetzt ein bisschen Feuer unterm Hintern‹, hat der Torben gesagt, und ich habe gelacht. Hättest du doch auch.«

Wieso rechtfertigte sich Nelson so vor dem Kater? Irene schüttelte den Kopf. Sollte der Vierbeiner dem Erzähler etwa die Absolution erteilen?

»Wir haben dann die Radmuttern am Auto gelockert«, ging nun nebenan die flüsternde Erzählung weiter. »›Da passiert schon nichts‹, hat der Torben gesagt. ›Es rumpelt höchstens ein bisschen, und wenn wir Glück haben, fährt er aus Versehen gegen einen Zaunpfahl und holt sich eine fette Delle.‹ Und es ist ja auch nichts passiert. Und weißt du, warum?«

Was für ein genialer Zuhörer der Kater doch war!

»Weil nämlich die Frau von dem Mönninghoff am nächsten Morgen in den Wagen gestiegen ist, um Frühstücksbrötchen für den gnädigen Herrn zu holen. Wer hätte das gedacht, dass der so einer ist? Bei uns gibt's immer nur Müsli mit viel Haferflocken und noch mehr Obst. Aber der Mönninghoff, wie im Hotel mit frischen Semmeln und guter Butter und Marmelade. Und seine Frau, die weiß, wie sehr er das Auto liebt, fährt natürlich besonders vorsichtig. Wetten, dass er ihr das vorher extra zugerufen hat? So einer ist er. Lässt sich von vorn bis hinten bedienen und wirft mit Ratschlägen um sich. Mein Vater hat mal gesagt, dass Ratschläge auch Schläge sind. Nein, dich schlägt keiner. Du musst keine Angst haben.«

Von nebenan drang ein leises Schnurren bis zu Irene herüber. »Alles wird gut«, versicherte Nelson dem Kater und fuhr fort, ihm zu erklären, warum nun auch er hier gelandet war. »Wir sitzen nicht nur im gleichen Boot, wir sitzen auch in der gleichen Zelle. Also, die Brötchenholerin merkt, dass da was anders ruckelt als sonst, und dann wird das Auto untersucht. ›Da hat jemand dran rumgefummelt‹, sagt der Werkstattmann, und schon hat Mönninghoff den Torben in Verdacht, weil er den sowieso auf dem Kieker hat. Und die Polizei hat das dann auch noch bestätigt. Weißt schon, wegen Fingerabdrücken und so. Ich hatte meine Winterhandschuhe an und hab nur mitgeholfen. Also kommt der Hurensohn von Lehrer dann in die Klasse und stellt sich voll wütend vor den Torben hin. ›Du hast an meinem Auto rumgeschraubt! Wir hätten tot sein können! Meine Frau und ich! Das hast du doch nicht allein gemacht! Wer hat dir dabei geholfen? Gib's zu, oder du fliegst von der Schule.‹ Der Torben war total überrascht und ist dann auch noch knallrot angelaufen. Echt, deutlicher als jedes Geständnis. Und obwohl er mir gesagt hat, dass er mich niemals verrät, hat er sofort auf mich gedeutet. Also ganz fair war das nicht, aber … andererseits, ich war ja auch wirklich dabei.«

Von nebenan kam nichts als Stille. Mit gespitzten Ohren blieb Irene sitzen.

»Und weißt du, was die dann gemacht haben? Das ganze Programm! Erst mischte die Schulleitung sich ein, dann der Elternbeirat. Zusätzlich kam die Schulpsychologin auf uns zu und wollte mit uns über den Konflikt sprechen. ›Mit der red ich nicht‹, hat Torben gesagt. Ich hätte schon mit der gesprochen, ich bin ja immer froh, wenn jemand mit mir redet.« Nelson seufzte aus tiefster Seele. »Aber weißt du, was?«, wandte er sich nun abermals an den Kater. »Der Mönninghoff hat auch eins auf die Mütze gekriegt. Wenigstens das.

Ich selbst hab gesehen, wie er wütend aus dem Büro von unserem Schulleiter rannte und vor sich hin schimpfte. ›Was wissen die denn schon, wie es in der 10a manchmal zugeht? Die Hölle ist das. Da braucht man Nerven wie Drahtseile.‹« Er kicherte. »Und unser Mathelehrer bekam Strafstunden bei der Psychotante. Super, oder? Vielleicht hat er der sogar ein paar von seinen Weihnachtssternen mitgebracht. Damit es bei ihm zu Hause wieder heller wird. Torbens Mutter hat uns dann rausgeboxt. Die ist nämlich Anwältin und hat schon mal einen Prozess gegen den Mönninghoff gewonnen. Deshalb hat er den Torben auf dem Kieker. Und Torbens Vater ist auch irgendwie ein hohes Tier in der Stadtverwaltung. Da haben wir echt Glück gehabt. Nur deshalb müssen wir nicht, wie die vom Amtsgericht das wollten, für vier Wochen in den Bauhof und bei Wind und Wetter Pflastersteine schleppen. ›Schwitzen statt sitzen‹, haben die gemeint. Nee, das hat Torbens Mutter abgewendet und die Strafe auf zwanzig Stunden Tierheim runtergedrückt. Und hier gefällt es mir. Da wäre ich sogar ohne Sozialstunden hergekommen.« Er schwieg sehr lange.

»Meine Eltern hätten mich da nicht rausgehauen. Die haben nicht so viel Einfluss. Noch nicht! Aber ich, weißt du, ich werde was zu sagen haben, irgendwann. Und dann gibt es keine Ungerechtigkeit mehr auf der Welt.«

Und dann ist jeden Tag Weihnachten, dachte Irene und lächelte.

9. KAPITEL

Das war schon komisch, nie zuvor hatte ihm jemand so gut zugehört. Was sicher auch daran lag, dass er nie zuvor so lange geredet hatte, ohne dabei unterbrochen zu werden. Außer natürlich in Selbstgesprächen. Nelsons Eltern hatten nur selten Zeit zum Zuhören. »Junge, nun bring's schon auf den Punkt!« Und dazu sahen sie demonstrativ auf ihre Armbanduhren. Als stoppten sie seine Gesprächszeit, als zählten sie seine Worte.

Es war noch gar nicht so lange her. Vater und Mutter arbeiteten zu der Zeit beide zufällig im Homeoffice, der Vater in seinem Arbeitszimmer, die Mutter an einem Schreibtisch im Wohnzimmer. Da hatte er gedacht, die sind nun immer für mich da, und ich muss mit meinen Neuigkeiten und Fragen nicht bis zum Abend warten. Vergiss es! Stattdessen wurde es immer komplizierter. Sie waren zwar ständig zu sehen, aber nicht jederzeit ansprechbar, eigentlich gar nicht mehr. Sobald er an eine der Türen klopfte, hieß es: »Gleich, warte kurz! Ich komme sofort.« Das *Sofort* hatte oft bis zu zwei Stunden auf sich warten lassen, und dann hieß es auch noch: »Junge, was ist los, mach schnell, ich bin grad mitten im Prozess.«

Nelson hasste Prozesse. Nicht nur den vorm Jugendgericht.

Als beide noch in ihre Büros gingen, der Vater zu seinen Architekten und die Mutter zu den anderen technischen Übersetzerinnen und Übersetzern, waren sie nach Hause gekommen, und die Arbeit lag im Büro und kam erst morgen wieder dran.

Aber jetzt… Sogar abends und morgens vor dem Frühstück, ja, selbst an den Wochenenden arbeiteten die Eltern. Nelson hatte das Gefühl, je freundlicher der Vater auf die Kollegen am Smartphone einging, umso ungeduldiger wurde er mit seinem Sohn. Bei der Mutter war es ähnlich, aber die entschuldigte sich wenigstens dafür. »Wir machen grad alle eine schwere Zeit durch.«

Jetzt aber war die schwere Zeit halbwegs überstanden, in Nelsons Familie aber merkte man noch nichts davon. Oder war er zu egoistisch oder gar verwöhnt? Er wollte doch nur wahrgenommen werden und ausreden dürfen. Mit Pausen dazwischen. Der Kater im Quellenhof hatte ihm zugehört und ihn verstanden, so wie er auch den Kater verstand.

Allerdings war ihm während seiner langen Erzählung bewusst geworden, dass Torben vielleicht doch nicht der beste aller Kumpel war. Viel zu schnell hatte er ihn verraten. Und wenn der nicht bei der ersten Anschuldigung Mönninghoffs rot geworden wäre, hätte er möglicherweise sogar mit dem Finger auf Nelson gewiesen und ohne Rücksicht auf Verluste behauptet: Der da hat's gemacht. Und zwar allein. Ich habe nichts damit zu tun. Und er hätte auch die Fingerabdrücke geleugnet, dieser Horst!

Kraftvoll stieg Nelson nun in die Pedale seines Fahrrads.

Torben war möglicherweise doch nicht sein Freund. Aber woran erkannte man wahre Freunde? Ob er seine Eltern mal danach fragen sollte? Besser nicht. Die würden dann wieder behaupten, dass er viel zu schnell zu beeinflussen und überhaupt viel zu arglos war. »Junge, du brauchst mehr Selbstbewusstsein. Und bilde dir doch auch mal selbst ein Urteil!«

Als könne man so was kaufen oder lernen!

Ob Torben jetzt schon beim Bauhof war? Quatsch, heute war ja Sonntag und außerdem der erste Advent. Aber sollte er dorthin gehen, so würde er, Nelson, dennoch im Tierheim bleiben und total selbstbewusst *Nein* sagen.

Die Thannberg fände das sicher auch gut. Nelson hatte das Gefühl, dass sie ihn mochte. Er fand sie auch ganz nett.

Gleich darauf schloss er sein Rad ab und schlich die Treppe hoch. Inzwischen war zwar die Zeit des Homeoffice vorbei, aber die Mutter arbeitete weiterhin zu Hause, vor allem an den Wochenenden. Den Kolleginnen aber verkündete sie: »So kann ich mich besser um meinen Sohn kümmern. Dann ist er nicht mehr den ganzen Tag allein.«

Und heute am Sonntag hockten sie sicher beide wieder in getrennten Zimmern und allein vor ihren Computern. Aber er, Nelson, war nicht allein, er war im Quellenhof gewesen und hatte nun neue, wenn er Glück hatte, wahre Freunde. Vor allem einen vierbeinigen.

Leise zog er Schuhe und Strümpfe aus und ließ beides vor der Wohnungstür stehen. Vater und Mutter saßen, was sehr ungewöhnlich war, gemeinsam im Wohnzimmer bei einem Glas Wein und sahen ihm erwartungsvoll entgegen. »Na, wie war dein zweiter Arbeitstag in Passbrunn? Willst du uns was erzählen?«

Nelson betrachtete seine nackten Füße, wackelte mit den großen Zehen und schüttelte den Kopf. »Nö!«

»Wack«, sagte Irene nun sehr laut, und sie wiederholte das Wort. Es klang wie ein Knall. Sie wusste seit einer guten Stunde, dass damit unter Jugendlichen das Gefühl der Langeweile beschrieben wurde. In dem Augenblick, als sie dieses *Wack* kraftvoll ausstieß und wie eine Kugel durch die Wohnung rollen ließ, fühlte sie sich jung und *ihrem* Nelson nahe.

Dabei war der Tag keineswegs langweilig gewesen.

Zumindest nicht so wack wie die Wochenenden, die sie als Kind und als verheiratete Frau hatte überstehen müssen. Vater und Mutter bestanden an Sonntagen auf langen Spaziergängen, egal, bei welchem Wetter. »Einmal durchlüften«, nannten sie das. Für so etwas war Arend gar nicht zu haben gewesen. Der nämlich wollte sonntags schon mittags gut essen, dazu ein Glas Wein trinken und ein Schläfchen halten. Am helllichten Tag. Irene hatte das Lebenszeitverschwendung genannt.

Jetzt allerdings fragte sie sich, ob sie nicht ihre tatsächliche Lebenszeit hinter soziologischen Schriften vergeudet hatte. Und zwar an Sonn- und Werktagen, und wenn es ganz schlimm gekommen war – und das war oft genug der Fall gewesen –, dann auch an Feiertagen. Eigenartigerweise hatte sie sich ausgerechnet beim Formulieren von Thesen und Empfehlungen besonders wichtig gefühlt. Aber so gut wie niemand hatte auf ihre Abhandlungen reagiert oder sie gelesen. Mit Ausnahme des Institutsdirektors, der so gut wie nie inhaltlich Stellung nahm, dafür aber voller Begeisterung Form- und Interpunktionsfehler mit gelben Post-its markierte.

Um wie viel besser war es da doch, an Sonntagen der Erzählung eines jungen Mannes zu lauschen, der ganz offenkundig sehr allein war und sich im Zimmer nebenan einem Kater anvertraute.

Ganz nüchtern betrachtet war Alleinsein natürlich lediglich ein Zustand, sie hatte ja auch den ganzen Nachmittag allein in der Katzenhöhle gesessen, und es hatte ihr an nichts gemangelt. Aber Nelson litt unter Einsamkeit und war fatalerweise bei der Suche nach Freunden und Kontakten ausgerechnet an diesen Torben geraten. Nur … darauf musste er selbst kommen.

Irene beglückwünschte sich dazu, nie ein Symptom von Einsamkeit verspürt zu haben, hielt aber dann ganz plötzlich inne. Und was war das neulich gewesen? Hatte sie da nicht auf ihren Anrufbeantworter gestarrt und einen winzigen Stich der Enttäuschung verspürt? Nur weil dieser Maler nicht angerufen hatte? Wie hätte er denn auch? Er besaß ja nur die Nummer vom Quellenhof. Trotzdem, es gab Telefonbücher, es gab die Auskunft, und es gab das Internet. Und auf der Visitenkarte des Quellenhofs stand ihr voller Name. Also wollte er gar keinen Kontakt zu ihr aufnehmen. Sicher gab es Dutzende von Menschen, mit denen Lorenz Erlenburg über Bücher und Kunst reden konnte. Warum dann ausgerechnet mit ihr? Vermutlich unterhielt er sich außerdem seit einigen Tagen so intensiv mit Bruno, wie Nelson sich mit seinem Namensvetter unterhalten hatte.

Immerhin hatte sie den kleinen Bruno ja auch ein gutes halbes Jahr lang allein deshalb besucht, weil sie sich von ihm verstanden fühlte. Sie schüttelte über sich selbst den Kopf. Als wäre das möglich! Ein Gespräch zwischen Mensch und Tier. Alles nur Einbildung. Wie auch immer, es hatte ihr gutgetan. Außerdem blieben ihr die Katzen erhalten. Die fast hundertdreißig in Passbrunn sowie jene, die ein neues Zuhause gefunden hatten. Bereits am nächsten Tag stand wieder eine PK an, eine Abkürzung, die im Quellenhof für Platzkontrolle stand, von Irene aber intern »Persönliche Katzenbesichtigung« genannt wurde und auf die sie sich immer wieder freute.

Der aufgewärmte Eintopf schmeckte tatsächlich noch besser als tags zuvor. Die Soziologin Dr. Irene Thannberg erkannte sich selbst kaum wieder, als sie sich dazu an ihrem mit einer karierten Decke belegten Küchentisch eine Flasche Bier genehmigte, die Füße von sich streckte und es sich richtig gut gehen ließ. Was war nur mit ihr los?

Später ließ sie sich mit einem Glas Rotwein auf ihrem Fernsehsofa nieder, um den sonntäglichen *Tatort* zu sehen. Eins der wenigen Rituale, die sie aus ihrer Kindheit bis in die Jetztzeit hereingerettet hatte, da auch Arend dafür zu haben gewesen war.

Der heutige Kriminalfall handelte von einer Kindesentführung und ging ihr ziemlich nahe. Da nutzte auch die Einsicht nichts, dass ja alles nur ein Film war. Denn der Film spiegelte in diesem Fall die Wirklichkeit wider.

Wie gut, dass sie und Arend nicht Eltern geworden waren. Sie hätte es nicht ausgehalten, wenn das Kind plötzlich verschwunden wäre. Zudem hätte sie ihr Kind mehr geliebt, als es zulässig gewesen wäre. Als gäbe es Skalen für Elternliebe. Augenblicklich beschloss sie, sich nach entsprechenden Untersuchungen umzuschauen. Und was wäre geschehen, wenn Arend das Kind zu seiner Miss Piggy mitgenommen hätte? Begründung: Meine geschiedene Frau ist schwerbehindert. Ihr fehlen sämtliche Emotionen. So ein Satz wäre ihm zuzutrauen gewesen. Nicht auszuhalten.

Nein, besser sie behielt ihr Herz für sich. Schlimm genug, dass sie es vor Monaten an Bruno verschenkt hatte, der es dann mir nichts, dir nichts mitgenommen hatte zu diesem Maler. Oje. Sie schenkte sich ein weiteres Glas Wein ein und seufzte aus tiefster Seele.

Der Termin für die PK war für siebzehn Uhr angesetzt worden, und sie sollte in einem Hochhaus am Stadtrand stattfinden. Eine Alina Groll hatte vor drei Wochen den Kater Trolly bei sich aufgenommen, und heute würde Irene Thannberg einen Kontrollbesuch machen.

Jetzt, es war doch erst der vorletzte Novembertag, stellten die Leute schon Plastiknikoläuse und mit Lichterketten umkränzte Rentierschlitten in ihre Gärten, und auch in den Fenstern des Hochhauses blinkten leuchtende Sterne. Als könne man das Fest nicht mehr erwarten. Das erinnerte Irene an Regina Schlössl, die bedenkenlos für ein immerwährendes Weihnachten plädiert hätte. Und das allein wegen der Plätzchenbackerei. Sie schüttelte sich, wer, um Himmels willen, wollte jeden Tag Lebkuchen essen? Sie ganz bestimmt nicht.

Alina Groll und der vom Quellenhof vermittelte Kater Trolly wohnten in der Dachwohnung eines Hauses aus den Fünfzigerjahren und natürlich ohne Aufzug. Diesmal waren es vierundachtzig Stufen, und Irene stand nach dieser Steigung atemlos auf dem letzten Treppenabsatz. Zu der Altbauwohnung von Lorenz wäre sie gern mal wieder dreiundneunzig Stufen hochgestiegen, zu dieser garantiert nicht. Im Flur roch es nach gefüllten Mülltüten und Sauerkraut. Irgendwo bellte ein Hund. Aber nicht hinter der Tür mit dem Namensschild »Groll«.

Sie läutete, und nichts geschah. Draußen war es schon dunkel. Das Display ihres elektronischen Terminkalenders zeigte an, dass sie sich weder im Ort noch in der Zeit geirrt hatte. Also klingelte sie erneut. Wozu machte man denn Termine aus?

Eine Nachbarin öffnete die gegenüberliegende Tür und verdrehte die Augen. »Wetten, dass die schon wieder pennt?«

»Ist sie krank? Dann hätte sie mich doch anrufen können. Wir sind verabredet.«

»Wenn sie das unter krank verstehen ...« Die Frau machte eine Handbewegung, als leere sie ein Glas.

»Soll das heißen, Frau Groll ist alkoholkrank?«

Die Nachbarin nickte. »Aber ich will ja nichts gesagt haben.« Sie verzog sich hinter ihre Wohnungstür und drehte den Schlüssel zweimal um.

Irene läutete abermals und fragte sich, wie Edda Kallmayer einer Alkoholikerin ein Tier hatte anvertrauen können. Entweder war diese Alina bei ihrem Vorstellungsgespräch in Passbrunn nüchtern gewesen, oder sie hatte eine Strohfrau geschickt.

Hinter der Wohnungstür blieb es still. Zusätzlich zum Klingeln schlug die Katzenkontrolleurin nun auch noch mit der Faust gegen die Tür. Schließlich öffnete die sich einen winzigen Spalt.

»Frau Groll, wir haben heute einen Termin. Ich bin die Platzkontrolle.«

»Es geht nicht. Können Sie nicht ein andermal wiederkommen?«

»Nein.« Irene blieb hart. »Sie müssen sich um nichts kümmern, ich will nur sehen, wie es dem Kater Trolly geht.«

»Bestens.« Alina Groll wollte die Tür zuschlagen, aber Irene hatte blitzschnell einen Fuß dazwischengeschoben. So war es gestern im *Tatort* auch gewesen. Das hatte sie sich gemerkt. »Ich muss ihn nur kurz sehen. Dann bin ich schon wieder weg.«

»Ich kann Sie nicht in die Wohnung lassen.«

»Warum nicht? Werden Sie bedroht? Ist irgendetwas nicht in Ordnung? Soll ich die Polizei verständigen?«

»Nein.«

»Na also.« Irene war um einiges stärker als die zittrige und blasse Katzenmama, und so drückte sie die Tür ganz auf. Alina stolperte rückwärts und lehnte sich bibbernd an eine Wand. Sie sah tatsächlich krank und bleich aus. In der Wohnung stank es noch mehr als draußen im Treppenhaus. Irene hätte sich am liebsten die Nase zugehalten. »Können Sie bitte ein wenig Durchzug machen?«

Nie zuvor war sie in eine solche Situation geraten. Was war hier bloß los? Kleidungsstücke lagen auf dem Boden, geöffnete Briefumschläge und zerfetzte Papiere, das Schuhregal war nach vorn gekippt worden und hatte seinen ungeputzten und mit Erdbrocken versehenen Inhalt in den Flur ergossen, leere, halb leere und volle Flaschen säumten die Wände.

»Was ist passiert?«

»Nichts.«

Irene bemühte sich, flach und durch die Nase zu atmen.

Obwohl nun zwei Fenster geöffnet waren, stank es weiterhin. Sie ging einen Schritt in die Wohnung hinein und schloss die Tür zum Treppenhaus hinter sich. Die neugierige Nachbarin musste ja nicht alles mitbekommen. Die schien sowieso von früh bis spät auf der Lauer zu liegen.

Links vom Flur befand sich die Küche. Hier häufte sich schmutziges Geschirr auf Tisch und Arbeitsplatten und sogar auf den Stühlen. Die hat eindeutig zu viele Tassen im Schrank, dachte Irene. Sonst müsste die Frau zwischendrin notgedrungen doch mal abspülen. »Wo ist Trolly? Und wo ist sein Katzenklo?«, fragte sie streng.

Alina Groll starrte zu Boden.

»Im Bad?« Irene sah sich um.

Die Frau in dem hellblauen und schlafanzugähnlichen Outfit – es hätten auch ein T-Shirt und eine viel zu große Trainingshose sein können – schnaufte entschuldigend. »Ich hatte heute noch keine Zeit, dort sauber zu machen.«

Siebzehn Uhr, dachte Irene. Die da sah nicht aus, als habe sie acht Stunden schweißtreibende Arbeit hinter sich, als sei sie überhaupt auch nur einen Schritt vor die Tür gegangen, vierundachtzig Stufen hinunter und wieder herauf.

»Also?«, hakte sie nach und drang weiter in den Flur vor.

Tatsächlich stand Trollys Pippibox im Bad und war erkennbar seit mindestens drei Wochen, also seit seinem Einzug, nicht mehr gesäubert worden. Es stank bis in den Flur hinein. Man hätte den Standort auch erriechen können.

»Wann haben Sie das zuletzt geputzt?«

Alina hob die Schultern. »Weiß nicht. Ist noch nicht so lange her.«

»Und wo ist der Kater?«

»Weiß nicht. Der versteckt sich doch vor Fremden.«

»Dann suchen wir ihn mal. Darf ich?« Ohne zu fragen, betrat Irene das Wohnzimmer, in dem es noch chaotischer aussah als in der übrigen Wohnung. »Trolly!«, rief sie. Er ließ sich nicht blicken. »Was meinen Sie, wo er stecken könnte? Unterm Schrank? Unterm Sofa?«

Wieder hob Alina die Schultern und schielte zu ihren Flaschen hinüber. Es war klar, dass sie am liebsten allein gewesen wäre und einen kräftigen Schluck genommen hätte.

»Bevor ich ihn nicht sehe, gehe ich nicht wieder«, drohte Irene. »Also, wo haben Sie ihn versteckt?«

Alina wies mit zitternden Fingern auf den Kleiderschrank, und als Irene ihn öffnete, wurde sie von einem völlig abgemagerten Tier kläglich miauend begrüßt.

»Trolly, da bist du ja!« Sie strich ihm übers Fell, das sich stumpf und struppig anfühlte. »Wo ist sein Napf?«

»Irgendwo in der Küche.«

Irene riss sich zusammen. Jetzt loszuschimpfen, hatte keinen Zweck. Außerdem war es schon nach sechs Uhr abends. Viel konnte sie nicht mehr auf die Beine stellen, und der Tierrettungsdienst hatte um diese Zeit nur noch eine Notbesetzung für ganz schlimme Fälle. Doch in ihr brodelte die Empörung.

Sie betrachtete den völlig abgemagerten Kater. Er wirkte so, als habe er seit seinem Auszug aus dem Quellenhof so gut wie nichts zu essen bekommen. »Gesund sieht er nicht aus«, stellte sie sachlich fest und bemühte sich, ihrer Stimme keinen anklagenden Unterton zu verleihen. »Ist er krank?«

Alina hob die Schultern und flüsterte weinerlich: »Ich weiß es doch nicht.«

Irene betrachtete die Frau genauer. Im ersten Moment hatte sie sie für ein sehr junges Mädchen gehalten – vermutlich, weil sie so dünn war. Jetzt schätzte sie sie auf Mitte bis Ende vierzig und erkannte zudem, dass sie reichlich alkoholisiert war. Vermutlich mit Wodka. Den roch man angeblich ja nicht.

Ob sie noch arbeitete? Bestimmt nicht. Sie war krank und nach sehr vielen Kuren vermutlich als entziehungsresistent aus einer Klinik entlassen worden. Aber das war noch lange kein Grund, dass auch der Kater Trolly krank sein musste.

»Jetzt geben wir ihm erst mal was zu essen.« Irene ging vor dem verängstigten Tier in die Hocke. Es ließ sich bereitwillig von ihr hochnehmen, und sie bettete es in die Ellenbeuge. Zu erschöpft, um auch nur eine Kralle auszufahren, lag er da. Die Augen halb geschlossen. Das Fell stumpf und verfilzt. Einst war er ein so schöner und stolzer Kater gewesen. Irgendeiner seiner Vorfahren musste von einer Maine-Coon abstammen, daran erinnerten jetzt allerdings nur noch schattenhaft Trollys dicke Halskrause und der vormals buschige Schwanz. Irene hatte ihn bei ihrem ersten Besuch im Quellenhof gesehen und damals gedacht: Der ist so schön, der findet sofort Liebhaber. Nun war er nur noch ein Häufchen Elend.

Er zitterte.

In dem Katzennapf, den Alina nun brachte, lag eine schimmelige und vor sich hin stinkende undefinierbare Masse. »Ins Klo damit!«, befahl Irene, und Alina gehorchte.

»Und jetzt waschen Sie den Napf ordentlich aus und füllen Futter nach. Öffnen Sie dazu eine frische Dose! Einen Schritt davon entfernt stellen Sie zusätzlich ein Gefäß mit Wasser!« Alina gehorchte.

Meine Güte, musste man der denn alles sagen?

Irene ging neben Trolly in die Knie. Der Fußboden war der Inbegriff von Schmutz. Sie kannte solche Bilder nur aus Werbespots. Vorher, nachher. Und zwischendrin fegte ein Meister Proper durchs Haus.

Aber hier gab es keine Frau Saubermann, die alles blitzblank wischte, und die Jeans, die Irene trug, gehörten sowieso mal wieder in die Waschmaschine. Also kniete sie neben dem Kater vor dem gefüllten Napf nieder. »Nun iss mal was, mein Kleiner!«

Trolly schlang sein Essen so gierig in sich hinein, dass sie ihm nach einigen Happen den Napf wegstellte. »Sonst kotzt du alles wieder raus.«

»Ja, das wäre nicht das erste Mal.« Stocksteif stand Alina auf der Schwelle.

Am liebsten hätte Irene den Kater in seinen Tragekorb gesetzt und auf der Stelle mit zu sich genommen, um ihn dann ins Heim zurückzubringen. Aber das war nicht möglich. Sie war ja keine Diebin. Schließlich gehörte Trolly seiner Besitzerin. Egal, wie die ihn behandelte, sie hatte ihn als ihr Eigentum erworben.

»Ich sehe morgen noch mal nach ihm. Er wirkt auf mich leicht verstört«, untertrieb sie. »Sind Sie morgen zu Hause?«

»Denk schon.«

»Am frühen Nachmittag?«

Die dünne Frau mit dem grauen Gesicht hob die Schultern. »Was ist denn für Sie früh?«

»Vierzehn Uhr?«

»Passt schon.«

Irene Thannberg saß kaum in ihrem Auto, als sie auch schon die Notrufnummer des Tierschutzbeauftragten wählte. »Haben Sie morgen um vierzehn Uhr Zeit? Kater Trolly aus Passbrunn muss vor seiner aktuellen Besitzerin gerettet werden.«

»Und wohin dann mit ihm?«

»Zurück zum Quellenhof. Ich bin als Zeugin seiner Befreiung dabei.«

»So machen wir das.«

10. KAPITEL

Könnte das mit dem Kater Trolly als Notfall bezeichnet werden? Unbedingt! Irene war sich sicher. Und in Notfällen, so war es ausgemacht, sollte sie am Abend bei Edda anrufen, selbst mitten in der Nacht.

Aber erst musste sie sich beruhigen und ihren Ärger auf sachliche Ebene herunterbrechen. Edda hatte ja nicht ahnen können, dass es dem schönen Trolly bei der verwahrlosten Alina Groll so schlecht erging. Garantiert war die zum Vorstellungsgespräch bei Edda im Quellenhof nüchtern, frisch frisiert, gewaschen und gebügelt erschienen, hatte keine Schnapsflaschen aus ihrer Tasche herausschauen lassen, sich einsam, fürsorglich und liebevoll gegeben. Wahrscheinlich war sie zu der Zeit gerade trocken gewesen. »Er wird es gut bei mir haben«, hatte sie bestimmt versichert. Und sicher hatte sie es auch so vorgehabt. Aber dann …

Daher war es der falsche Ansatz, über Edda herzufallen und ihr vorzuwerfen: Wie konntest du nur? Und dann noch an eine Alkoholikerin!

Edda hätte Trolly nie aus dem Haus gegeben, wenn sie gewusst hätte, dass Alina jederzeit wieder rückfällig werden konnte. Was dann ganz offensichtlich auch geschehen war.

Irene entschloss sich, die Problematik sachlich zu schildern und pragmatisch anzugehen. Unbedingt nötig war es jedoch, Trolly aus dieser Hölle herauszuholen. Und glücklicherweise hatte sie auch schon alles eingeleitet. Sie übte ihr Gespräch mit Edda während der Autofahrt und hörte sich dabei zu. Anfangs klang sie panisch und besorgt, später sachlich und bekümmert. Das war der richtige Ton. Na bitte, ging doch!

Aber erst heimkommen, Schuhe ausziehen, sich einen Beruhigungstee aufgießen und dann zum Telefon greifen.

Heute konnte sie sowieso nichts mehr für Trolly tun. Frühestens am nächsten Tag. Und dann würde sie ihn erlösen. Hoffentlich hielt er noch so lange durch!

Das Leben war so ungerecht. Ein Tier konnte nicht weglaufen, nicht bei den Nachbarn klingeln, nicht die Notruftaste am Telefon drücken. Draußen in freier Wildbahn war es Wind und Wetter ausgesetzt, fand dort aber wenigstens Mäuse, Wasserstellen und Gleichgesinnte. Als Wohnungskater war Trolly seinem Frauchen auf Gedeih und Verderb ausgeliefert, und es ging ihm bei dieser Alina alles andere als gut.

Wir müssen noch achtsamer sein bei unseren Vermittlungen, dachte Irene und beschloss, das Gespräch mit genau diesem Satz zu beginnen und dann wie nebenbei anzumerken: »Du hast dich leider von Alina Groll täuschen lassen.«

Ob Edda damit klarkam? Natürlich, Edda kam mit allem klar. Vor allem mit dem Leben.

Es gab Leute, die gern telefonierten. Irene gehörte nicht dazu, aber was sein musste, musste sein. Es war genau 19:35 Uhr, als sie die Chefin vom Tierheim auf deren Privatnummer anrief und mit ihrem Wir-müssen-achtsamer-sein-Satz begann.

»Wen hast du denn heute besucht?«, fragte Edda.

»Den schönen Trolly, den mit der dicken Halskrause und dem buschigen Schwanz, in den ihr euch alle ein bisschen verliebt habt.«

»Ja, ich erinnere mich.« Edda lächelte hörbar. »Und was ist mit ihm?«

»Den müssen wir zurückholen. Der ist verstört und verwahrlost. Frau Groll geht nicht gut mit ihm um… mit sich selbst übrigens auch nicht. Sie ist Alkoholikerin. Ich habe schon den Tierschutzbeauftragten informiert und mich für morgen mit ihm verabredet. Wir treffen uns um vierzehn Uhr vor der Wohnung von Frau Groll, und dann bringe ich Trolly zum Quellenhof, und du setzt Alina Groll auf deine schwarze Liste. Dieser Tierhalterin sollten wir nie wieder Hund oder Katze anvertrauen.«

Tierhalterin, wie sich das anhörte. Als spräche sie das Gesetzbuch nach.

»Oje, und wie traurig!«

»Traurig vor allem für Trolly«, fiel Irene ihr ins Wort.

»Ja, ich erinnere mich an die Frau.« Edda klang besorgt. »Sie war mir nicht unsympathisch, auch wenn sie mir etwas durcheinander erschien. Aber sehr oft stabilisieren sich ja gerade solche Leute durch das Zusammenleben mit Tieren in erstaunlicher Weise.«

»Die aber leider nicht.« Irene spürte, wie der Ärger erneut in ihr hochschwappte, und schluckte ihn hinunter.

»Ja, Trolly kommt dann wieder zu uns«, sagte Edda. »Ich lasse ihm sein altes Zimmer herrichten, und seinen alten

Kumpel Fletcher werde ich ihm dann auch wieder zuteilen. Die haben sich ja immer gut verstanden. Frau Groll wollte erst beide mitnehmen, aber dann hat sie es sich doch anders überlegt. Das war vielleicht ein Hin und Her. Da hätte ich schon wachsamer sein sollen.«

Was sollte Irene dazu sagen? Etwa: *Tatsächlich?* Die Frage lag ihr fast auf der Zunge.

»Übrigens«, fuhr Edda fort. »Gut, dass du anrufst, da ist noch was.«

»Ja?« Was kam jetzt? Ärger wegen Nelson? Oder gar Torben? Letzterer war ja von Haus aus auf Ärger gebürstet. Aber dann kam eine Frage, mit der Irene nicht gerechnet hatte. »Wie geht es Bruno?«

»Keine Ahnung. Ich habe ihn Donnerstag zuletzt gesehen, und heute ist Montag. Da wird schon alles in Ordnung sein.«

Einen winzigen Moment lang fragte sie sich, warum der Maler sie nicht angerufen hatte. Erst versprach er ihr, dass sie den Kater jederzeit besuchen könne, und dann Funkstille. Nun teilte er also lediglich mit Bruno seine Ansichten über Malerei und Literatur. Sie wäre wirklich gern dabei gewesen.

»Ich dachte nur …«, unterbrach Edda Irenes Schweigen. »Dieser Maler hat nämlich heute am späten Nachmittag bei uns angerufen und nach dir gefragt. Habt ihr euch erreicht?«

Vor Überraschung ließ sich Irene aufs Sofa fallen, vor dem sie die ganze Zeit gestanden hatte.

»Nein«, sagte sie, schluckte und schwieg.

Edda am anderen Ende der Leitung schien zu lächeln. »Ich habe ihn gefragt, worum es geht, aber er wollte dich persönlich sprechen. Dann scheint ja mit Bruno alles bestens zu sein. Wenigstens hatte ich bei dem das richtige Gefühl. Was meinst du?«

»Klar.« Irene warf einen Blick auf ihren Anrufbeantworter. Der blinkte nicht. Aber natürlich, dieser Lorenz hatte ja auch ihre Privatnummer nicht.

»Also ich fand den richtig nett. Du hast ihn ja auch persönlich kennengelernt. Wie ging es dir damit?« Edda blieb am Ball.

»Gut. Unproblematisch. Und wir haben den Kater dann auch ziemlich schnell gefunden.«

»Rufst du ihn zurück?«

»Den Kater?«

»Nein, den Erlenburg.«

»Jetzt noch?«

»Warum nicht? Es ist noch nicht einmal acht Uhr.«

Irene hob die Schultern. »Mal schauen.«

»Dann viel Erfolg! Du hast ja seine Nummer.« Edda hatte nun offenbar auch den Maler in ihr großes Herz geschlossen und ihm zusätzlich einen Satz leuchtender Farben geschenkt. Denn warum sonst sollte Irenes Zimmer in unbekanntem Glanz funkeln? Und warum klopfte ihr Herz wie wild?

Was für ein Tag!

Sie blieb auf dem Sofa sitzen, staunte über das Glück, das ihr fast den Boden unter den Füßen wegzog, und bestätigte der Leiterin des Quellenhofs so sachlich wie möglich den morgigen Termin. »Die Geschichte mit dem Trolly-Kater ist nun klar. Wir machen das so wie besprochen. Um vierzehn Uhr bin ich mit dem Tierschutzbeauftragten bei Frau Groll, und danach bringe ich den Kater in den Quellenhof.«

»Genau. Und noch was.«

»Ja?«

»Hör doch mal auf dein Herz!«

Irene staunte. Woher, um Himmels willen, wusste Edda, dass ihr Herz noch immer vor Aufregung pochte? Sie hatten doch nie über Persönliches gesprochen.

»Mach ich«, versprach sie.

»Und was sagt dein Herz?«

Irene lachte. »Ganz schön viel Unsinn, aber ich lasse es erst mal ausreden.«

Edda, am anderen Ende der Leitung, war sprachlos. Sie hatte Irene nie zuvor lachen gehört und nur ganz selten lächeln gesehen. »Das ist wie Weihnachten«, staunte sie und setzte sich kopfschüttelnd wieder zu Mann und Kindern an den Abendbrottisch. Manchmal geschahen Wunder.

Welch ein Glück, dass es das Internet gab! Nach ihrem ersten Telefonat mit Lorenz Erlenburg hatte sie nämlich seine Nummer weggeworfen. Mit verhaltener Vorfreude tippte sie den Namen des Malers in die Suchmaschine ein und wurde sofort mit dessen Kontaktdaten einschließlich einer ihr bereits bekannten Adresse belohnt. Sie warf einen Blick auf die Uhr. Es war immer noch vor acht, also eine sogenannte christliche Zeit.

Seit Ewigkeiten war es ihr nicht mehr widerfahren, dass sie gern zum Telefon griff und bedenkenlos eine Nummer eintippte, ohne vorher tausend Ausflüchte zu erfinden, die ihr dann letztlich das Gespräch unmöglich machten.

Vielleicht deshalb nicht, weil es in dem anstehenden Telefonat ja nicht um sie ging. Denn sobald Lorenz Erlenburg sich meldete, würde sie ihn mit besorgter Stimme nur nach

Bruno fragen. Das klang fürsorglich, hatte nichts mit dem Katzenhalter zu tun, sondern hundertprozentig mit dem Kater Bruno. Und dann konnte sie ja abwarten. Vielleicht lud er sie ein, erneut eine Platzkontrolle vorzunehmen. Und dann würde sie schon sehen …

Sie ließ es achtmal klingeln. Er hob nicht ab, und es meldete sich auch kein Anrufbeantworter. Zu spät, dachte sie. Diese Chance ist verpasst. Der Glanz, der gerade noch auf allen Dingen gelegen hatte, war verschwunden. Fast so, als hätte ein dunkler Riese den Raum betreten, das Leuchten in Schatten verwandelt und ihr einen Katalog voller Selbstvorwürfe hinterlassen. Mit denen war sie nur zu vertraut.

Sie hatte sich also wie ein dummes Ding von ihren Wünschen leiten lassen und das Gespräch mit Edda viel zu früh beendet, so ihr Tadel. Während es doch wirklich an der Zeit gewesen wäre, der Chefin des Tierheims noch von Nelsons wunderbaren Fähigkeiten zu berichten, nicht von jenen des Katers, sondern von jenen des jungen Mannes. Aber sie, Irene, war wieder einmal zu egoistisch gewesen und hatte nur an sich gedacht und unbedingt mit Lorenz telefonieren wollen. Sie hatte sich zu früh gefreut … aber worauf denn bloß? Auf Luftschlösser? Auf kluge Gespräche, möglicherweise sogar auf ein Du? Seit wann war sie eine solche Närrin?

Konzentriert schob sie alle diese Überlegungen zur Seite und verplante den nächsten Tag so, dass kein Platz blieb für den winzigsten Gedanken an Bruno oder gar an diesen Lorenz. Weder noch. Und wenigstens darin war sie gut.

Feste Zeitpläne hatten ihr immer geholfen, waren ein trittsicheres Gitter über die unterhalb des Müßiggangs lauernde Unbill und Verzweiflung. Und es gab ja wirklich so viel zu tun, dass sie gar nicht dazukäme, wieder zum Telefon zu greifen. Aufräumen, einkaufen, Zeitung lesen und dann um zwei Uhr mittags vor Alinas Wohnung das Zusammentreffen mit dem Tierrettungsdienst. Trolly musste befreit werden. Für den Fall, dass Alina sich wehrte oder gar Theater machte, würden die Mitarbeiter des Tierrettungsdienstes die Polizei zu Hilfe rufen. Und wenn die käme, dann hätte auch die neugierige Nachbarin von der Wohnung gegenüber wieder etwas zu Klatsch und Tratsch.

Später im Tierheim wäre dann das Schlimmste überstanden, und falls Edda nach dem Telefonat mit dem Maler fragte, würde Irene mit einer lässigen Handbewegung reagieren… Ach, der, nein! Den habe ich noch nicht erwischt. Wird schon nicht so wichtig sein. Cool sollte das klingen, eine Formulierung, die sie den jugendlichen Hilfskräften im Heim abgelauscht hatte.

Dennoch brauchte sie zwei Glas Wein, um einschlafen zu können und nicht weiter über ihre eigenartige Beziehung zum Telefon nachzudenken. Zum einen war sie heilfroh, wenn es nicht läutete, zum anderen kränkte es sie, dass sich am anderen Ende der Leitung niemand meldete, wenn sie selbst sich schon zu einem Gespräch aufraffte. Und dass der Anrufbeantworter nicht geblinkt hatte, war ganz klar eine gegen sie gerichtete bewusste Kränkung. Zur Strafe sollte sie ihn eigentlich ausstöpseln.

Lorenz Erlenburg hatte an diesem Nachmittag das Empfinden gehabt, seinem großen neuen Wurf einen Riesenschritt näher gekommen zu sein. Dieser Flow war mit einer Glücksenergie verbunden, die ihn von den Zehenspitzen bis in die – zugegeben spärlichen – Haarspitzen durchströmte. Er hätte durch sein Atelier tanzen, »Yes, Yes, Yes« jubeln und dazu in die Luft springen können. Doch dazu war er nicht der Typ. Schon einige Male in seinem Leben hatte er sich ähnlich gefühlt, immer dann, wenn etwas Bedeutendes entstand. Wenn er spürte: Das stimmt so. Genau so!

An diesem Tag war er ganz in seiner Malerei versunken gewesen, und gleichzeitig hatte es den Anschein gehabt, als würde sich das Bild selbst malen und ihn mit neuer und abenteuerlicher Perspektive überraschen. Und die war gut, richtig gut. Überglücklich betrachtete er sein Werk und teilte seine Erkenntnisse dem Kater Bruno mit, der ihm zum ersten Mal ins Atelier gefolgt war. Bruno jedoch gähnte angesichts der Ausführungen des Malers und rollte sich zusammen. Von Kunst hatte der Kater denkbar wenig Ahnung und leider auch nicht das geringste Interesse daran. Stattdessen hatte er in der ersten halben Stunde in allen Ecken des Ateliers nach Mäusen geschnüffelt, glücklicherweise aber keine gefunden. Gut, dass sein Dosenöffner in vorauseilendem Gehorsam einen ausgedienten Wäschekorb nebst Wolldecke mit ins Atelier genommen und für ihn bereitgestellt hatte. Ideal zum Ruhen.

Lorenz aber, glücklich, aufgekratzt und voller Energie, wollte sich nicht neben seinem Kater erholen, sondern mit jemandem reden, mit einem Menschen, der zuhören konnte und ihn verstand. Und da war ihm diese Frau eingefallen, die vor knapp einer Woche mit ihm den Kater gesucht und Bruno schließlich im Badezimmer entdeckt hatte. Die war so ganz anders als seine Freunde und Bekannten. Nicht so spleenig und egomanisch, stattdessen vernünftig und mit beiden Beinen auf dem Boden der Tatsachen stehend. Außerdem hatte sie seine Bücherregale mit Kennerblick gewürdigt, und er ahnte, dass sie die meisten davon auch gelesen hatte. Leider hatte er diese Irene Thannberg im Tierheim nicht erreicht. Schade. Er hätte sich gern mit ihr getroffen, auch um seine Freude mit ihr zu teilen.

Stattdessen saß er nun mit einem Kollegen der schreibenden Zunft in einer reichlich lauten Kneipe, trank sein zweites Bier an diesem Abend und hörte zu, wie sich dieser über seine Schreibblockaden beklagte. »Du hast wenigstens eine Leinwand vor dir. Ich sehe nur ein weißes Blatt, genauer gesagt, einen leeren Bildschirm.« Als wäre eine Leinwand am Anfang nicht auch weiß und unbefleckt. Man musste nur anfangen. Den falschen Text auf seinem Bildschirm konnte jeder Autor sofort löschen. Leinwände wieder weiß zu bekommen, war um einiges schwieriger. Wenn man es ganz nüchtern sah, so hatten es Schriftsteller um einiges leichter als Maler. Wer schrieb, musste keine Leinwände und Farben von A nach B transportieren, konnte sich überall mit diesen immer winziger werdenden Notebooks hinsetzen und loslegen. Am Flussufer, in einem Café, auf einer Parkbank. »Es geht doch immer um den ersten Schritt«, unterbrach Lorenz halbherzig das Lamento seines Gegenübers. »Man muss anfangen.«

»Aber wie?«

»Bei dir ist es ein Wort, bei mir ein Punkt mit dem Kohlestift.«

»Aller Anfang ist schwer«, seufzte daraufhin der Kollege mit der Schreibhemmung, und Lorenz beschloss, auf diese Plattitüde erst gar nicht einzugehen. Wenn der so jammerte, konnte kein vernünftiges Gespräch entstehen. Dabei hätte er ihm nur zu gern von seinem Flow und seinem Glück erzählt, aber das hätte den anderen eifersüchtig und vielleicht sogar depressiv gemacht, nachdem es bei ihm gerade nicht so gut lief.

Diese Irene, wie er sie insgeheim nannte, und er sprach den Namen englisch aus … *Eireen,* die wäre nur neugierig gewesen, aber nicht missgünstig. So stellte er es sich vor, und so wünschte er es sich. Sie hätte ihn gefragt, wohin er mit seinem Bild wollte, welche Räume sich hinter all diesen Räumen verbargen. Fände sich ein Betrachter darin? Oder verlöre er sich gar? Es hätte ein interessantes Gespräch werden können, wäre sicher anders als mit dem weinerlichen Schriftsteller verlaufen. Lorenz bestellte sein drittes Bier und die Rechnung. »Ich muss nach Hause.«

»Quatsch, auf dich wartet doch keiner.«

»Doch, Bruno.«

Alina Groll hatte an diesem Vormittag nur Espressi getrunken und dazu fast eine Schachtel Zigaretten geraucht. Jetzt, gegen ein Uhr, riss sie alle Fenster ihrer Wohnung auf und sorgte für Durchzug. Wer wusste schon, was diese Tussi vom Katzenheim gestern von ihr gedacht hatte? Vielleicht, dass da eine Alkoholikerin vor ihr stand, der man kein Tier anvertrauen durfte? Dass diese Frau nicht mal in der Lage war, für sich selbst zu sorgen? Kaum trank man mal ein Schlückchen, schon wurde man verdächtigt und verurteilt.

Aber diesmal wollte sie stocknüchtern die Tür öffnen, das Katzenklo picobello sauber sowie Trollys geputzte und üppig gefüllte Näpfe nebst einem zufriedenen Kater präsentieren. Vielleicht würde er sogar schnurren, obwohl er das in ihrer Gegenwart bisher noch nicht getan hatte. Aus einer so gepflegten Umgebung konnte man das Tier doch nicht einfach herausreißen. Außerdem gelobte sie sich innerlich Besserung.

Draußen hatte es drei Grad minus. Die Sonne war schon den ganzen Vormittag hinter den Wolken verschwunden. In den Fenstern leuchteten Advents- und Weihnachtslichter, als ginge es darum, das fehlende Sonnenlicht gewaltsam zu ersetzen. Vermutlich gab es tatsächlich ein paar Deppen, die sich so etwas vorstellen konnten. Alina hatte nur einen Adventskranz, dessen erste Kerze sie am Sonntag angezündet hatte. Sie hatte sie ordentlich bewacht und bald ausgepustet, denn nichts fürchtete sie so sehr, wie eine brennende Kerze zu vergessen oder dagegenzustoßen, sodass mir nichts, dir nichts die Wohnung in Brand geriet. Ein Albtraum!

In dieser Hinsicht war sie besonders vorsichtig. Nicht vorsichtig aber war sie hinsichtlich ihres Katers. Trolly nämlich balancierte auf der Brüstung des Wohnzimmerfensters und hielt die Nase in den Wind. Als er sich so drehte, dass der Luftzug sein Fell gegen den Strich bürstete, schoss eine Bö durch die Wohnung, und er verlor das Gleichgewicht und stürzte ab.

Alina bemerkte nichts davon. Mit dem Gefühl, alles richtig gemacht zu haben und endlich auf der sicheren Seite zu sein, schloss sie die Fenster, drehte die Heizung wieder hoch und suchte nach ihrem Mitbewohner. »Trolly? Trolly, wo bist du?«

Der Kater kam nicht.

»Ausgerechnet jetzt müssen wir eine gute Figur machen,

und dann das ...«, jammerte sie. »Wo steckst du bloß, Trolly?«

Sie hätte nicht entscheiden können, ob sie eher wütend oder panisch war. Auf jeden Fall war alles, was sie von nun an tat, absolut unüberlegt. Während sie unablässig den Namen ihres Katers rief, riss sie Mantel, Jacken und Schals vom Garderobenständer, warf sämtliche Kleider, Pullover und Hosen des Schlafzimmerschranks auf den Boden und kroch erst dann unter das Bett. Trolly war und blieb verschwunden. Zurück in die Küche. Dort klapperte sie mit der Trockenfutterschachtel. Bisher war er bei diesem Geräusch aus jedem seiner Verstecke herausgekommen. Wieso hatte sie das nicht als Erstes versucht? In der Wohnung sah es inzwischen aus wie bei Hempels unterm Sofa. So würde sie keinen guten Eindruck hinterlassen. Und zum Aufräumen war es viel zu spät.

»Trolly, wo steckst du denn nur? Komm her, bitte ...« Doch der Kater blieb verschwunden. Was dachte er sich nur dabei? Wie konnte er ihr so etwas antun?

Alina ging an den Kühlschrank. Darin fand sie eine Flasche Wodka. Sie brauchte einen Beruhigungsdrink. Und zwar sofort!

Erneut tippte Irene die Adresse von Frau Groll in ihr Navi ein. Eigentlich war das unnötig, denn den Weg hatte sie sich gemerkt. Wenn sie es humorvoll nahm, war er quasi mit Groll gepflastert. An jeder Straßenecke schoss der Ärger über diese unmögliche Person erneut in ihr hoch. Und sie beschloss, der Frau die Leviten zu lesen. Laut übte sie den Satz: »So geht man nicht mit Tieren um. Nicht einmal mit

Menschen.« Das war die falsche Reihenfolge, aber für sie stimmte sie seit einem Dreivierteljahr.

Schließlich bog sie in die Brückenstraße ein, zu jenem Haus, aus dem Kater Trolly befreit werden sollte. Wie dunkel es heute war! Doch für den kleinen Trolly würde es schon bald wieder hellere Tage geben. Das versprach sie ihm und blickte an dem vierstöckigen Gebäude hoch. Bis auf die Fenster von Frau Groll, die ja ganz oben unter dem Dach lebte, hingen in allen Scheiben leuchtende Sterne. Bei ihr standen alle Fensterflügel weit offen. Und dort auf dem Gehsteig neben der Thujahecke war eine Familie in die Hocke gegangen und beugte sich zu etwas hinunter.

11. KAPITEL

Nelson packte seine Sachen und räumte den Frühstückstisch leer. Wie fast jeden Morgen. Es war 7:30 Uhr, und seine Mutter war mit einer Kaffeetasse in der Hand ins Wohnzimmer an ihren Schreibtisch getreten, wo sie vor dem hochgefahrenen Computer lauthals mit sich selbst und über ihre Arbeit schimpfte. »Ich hätte diesen Auftrag nicht annehmen dürfen! Ich verstehe zu wenig von dem Kram, der so interessant ist wie ein Knüppel auf den Kopp.« Dabei schlug sie sich selbst gegen die Stirn.

Nelson begriff, dass sie schon wieder auf hundertachtzig war. Besser, er verschwand ohne lange Reden. An der eingeräumten Spülmaschine würde sie merken, dass er nicht mehr da war. »Komme erst abends wieder. Tierheimdienst«, schrieb er sicherheitshalber noch auf die kleine Schiefertafel in der Küche.

Was sollte er zu Hause, wo keiner Zeit für ihn hatte und die Mutter mit ihrem technischen Handbuch kämpfte. Dessen Text war von einer Maschine aus dem Japanischen ins Amerikanische übersetzt worden, und ihre Aufgabe war es nun, die Anleitung in ein verständliches Deutsch zu bringen. Vermutlich war die Beschreibung nicht einmal auf

Japanisch einleuchtend gewesen. Auch hatte Nelsons Mutter keine Ahnung von Technik. Viel lieber hätte sie Gedichte oder Ausstellungskataloge übersetzt, aber Schöngeistiges hatte gegen Gebrauchsanweisungen nun mal keine Chance. »Da kann man ja besser Steine klopfen gehen«, jammerte sie gelegentlich. Seitdem sie an dieser Übersetzung saß, kam es allabendlich zwischen ihr und dem Vater zu langen Diskussionen, in denen so eigenartige Worte wie Breitwinkelscharnier, Flachstromvergaser, Wankelscheibe, Zwischenflansch, Klapprosette, Laufkatze und Zylinderkurbelgehäuse fielen, die Nelson schon auf Deutsch unverständlich fand.

Der Vater begann daraufhin, zu zeichnen. »Du musst es dir so vorstellen …« Woraufhin die Mutter gereizt widersprach. »Das passt doch gar nicht zu der Maschine!« Dabei wies sie auf die ausgedruckten Abbildungen in dem japanischen Handbuch. »Wo, um Himmels willen, soll das Teil denn sein?«

Wenn Nelson in den letzten Tagen etwas begriffen hatte, dann das: Diese Maschine war weitaus wichtiger als er.

Glücklicherweise tat das nun nicht mehr ganz so weh, und wenn alles gut ging, dann war Tessa heute im Quellenhof in Passbrunn. Er freute sich auf sie und ihre Echse.

Mit Tessa konnte er reden, und sie verstand sehr viel von Tieren und ihren Eigenarten. Sie war sogar in der Lage, jeden Einzelnen der tierischen Gäste im Quellenhof zu charakterisieren. Und zwar vortrefflich zu charakterisieren, dachte er, obwohl er das Wort *vortrefflich* reichlich altmodisch fand. Aber hier passte es.

Zu Cindy Plödereder passte es auf jeden Fall überhaupt nicht. Zu der passte eher *erbärmlich.* Die bisher nur in schmuddelig weißen Klamotten gesichtete zukünftige Tierarzthelferin führte sich auf, als wäre sie eine begnadete Veterinärin. Was übrigens nicht stimmte, so eine telepathisch übermittelte Botschaft des Katers Nelson. Der war sich mit seinem Namensvetter einig und mochte sie auch nicht. Zudem hatte Nelson den großen Fehler begangen, seinen vierbeinigen Freund mit »Hallo, Laufkatze!« zu begrüßen, woraufhin Cindy ihm sofort einen Vortrag gehalten hatte. »Du darfst ihn nicht so despektierlich anquatschen. Nelson hat Würde.«

Mehr als die auf jeden Fall, bestätigte Nelson telepathisch.

Na ja, mit dieser angehenden Tierarzthelferin musste er ja auch nicht reden, die konnte er einfach links liegen lassen. Wie gut, dass auch Irene Thannberg nicht gerade ein Cindy-Fan war, sondern eher ihn mochte und sogar zu verstehen schien. Nicht einmal gewundert hatte sie sich oder gar ungläubig die Stirn gerunzelt, als er ihr vermittelte, warum der Kater in die Schuhe seines Besuchers pinkelte. Irene Thannberg hatte es sofort verstanden. Das war ein gutes Zeichen. Die war noch kein »geschlossenes System«, wie sein Vater alle jene nannte, die ihr Weltbild um jeden Preis verteidigten und nichts Neues an sich heranließen.

Natürlich sprachen die Tiere nicht wirklich mit ihm. Allerdings verspürte er ein inneres Vibrieren, wenn sie ihm etwas mitteilen wollten. Dem fühlte er nach, und das übersetzte er dann. Und ein solches Beben hatte er auch in Gegenwart von Irene gespürt, obwohl er die doch erst seit wenigen Tagen kannte. Es war leicht zu übersetzen, und es bedeutete: Ich schätze dich.

Möglicherweise hätte er solche Botschaften lieber von

Torben bekommen, aber von dem kam gar nichts. Der ging entweder nicht auf Sendung oder hatte ihm nichts zu sagen.

Die Tiere dagegen hatten viele Botschaften für ihn. Um ihn herum vibrierte es pausenlos. Hier fühlte er sich wichtig und gebraucht, denen stand er nicht im Weg wie so oft zu Hause.

Irene öffnete die Autotür und vernahm im gleichen Moment die Schmerzensschreie. Sofort wusste sie, dass die nur von Trolly kommen konnten. Der Zusammenhang mit den geöffneten Dachfenstern dieser unsäglichen Frau Groll und dem herzzerreißenden Jaulen vor deren Wohnung war eindeutig.

So schnell sie konnte, rannte sie auf die kleine Gruppe zu, die sich über etwas auf dem Gehsteig beugte. Es war Trolly, der mit gesträubtem Fell und zurückgelegten Ohren auf der gefütterten Windjacke eines Jungen lag und laut jammerte.

Das Kind, auf dessen Anorak der Kater lag, hatte sich in den breiten Schal seiner Mutter gewickelt, war neben dem verletzten Kater in die Hocke gegangen und sprach beruhigend auf ihn ein.

»O Gott, was ist passiert? Ich komme vom Tierheim.« Irene stellte sich vor.

»Keine Ahnung«, meinte die Mutter des Jungen und drehte sich kopfschüttelnd zu ihrer Tochter um, die konzentriert in ihr Handy tippte. »Mensch, die haben alle schon reagiert!«, verkündete sie strahlend und präsentierte ein Foto des verletzten Katers. »Schon siebenundzwanzig Likes.«

»Paula, hör sofort auf damit!«, rief die Mutter und wandte sich an Irene. »Keine Ahnung, was hier passiert ist. Wir gingen an dem Haus vorbei und hörten die Katze schreien. Da haben wir nachgeguckt.«

»Zum Glück. Lag er etwa auf dem Gehsteig?«

»Nein, er ist wohl in der Hecke gelandet. Da hat Wolf ihn gesehen, und ich habe ihn vorsichtig herausgeholt.« Die Frau wies auf die Thujahecke.

»Ich kenne den Kater«, sagte Irene und kniete neben ihm nieder. »Er heißt Trolly.«

»Meinen Sie, er hat sich was gebrochen? Wie tief ist er wohl gefallen?« Der Junge namens Wolf schielte fast vor Sorge.

Irene blickte an dem Haus hoch. »Gestürzt ist er von dort oben aus dem vierten Stock. Sehen Sie? Die Fenster stehen immer noch offen.« Mutter und Sohn legten die Köpfe in den Nacken und spähten nach oben. Das junge Mädchen nutzte den Augenblick, um ein weiteres Bild des schwarzweiß gefleckten Katers in die Welt hinauszuschicken.

Gleich darauf schlossen sich dort oben die Fenster. Ob die Groll etwas gehört oder gemerkt hatte? Warum kam sie dann nicht herunter, um nachzusehen? Machte sie sich denn überhaupt keine Sorgen? Irene versah die Groll'sche Mängelliste mit einem weiteren und ziemlich dicken Punkt.

»Die Jacke gehört Wolf. Was machen wir nun? Ich will sie nicht unter dem verletzten Tier wegziehen, aber wir müssen weiter. Mein Sohn hat einen Arzttermin.«

»Warten Sie eine Sekunde! Ich habe eine Transportkiste und ein Kissen im Auto. Trolly soll nämlich heute ins Tierheim zurück. Und dort gibt es Ärzte. Übrigens, es müsste jeden Moment jemand von der Tierrettung kommen, die habe ich schon verständigt. Dann bekommt er ein schmerzstillendes Mittel.«

Das Häuflein Elend wimmerte noch immer in seiner Pein.

»Wann haben Sie die denn informiert?«, fragte Wolf und kniete neben dem Kater nieder.

Irene log. »Als Abgesandte des Tierheims habe ich natürlich einen Notfallknopf auf meinem Handy.« Dabei dachte sie, dass so eine Einrichtung tatsächlich nicht zu verachten war.

Das halbwüchsige Mädchen fotografierte weiterhin den Kater.

Irene warf ihr einen strengen Blick zu. »Auch Tiere haben ein Recht am eigenen Bild«, behauptete sie dreist und wunderte sich über sich selbst. Woher kam dieser Kampfgeist?

Das Mädchen riss die Augen auf. »Was wollen Sie damit sagen?«

»Dass du nicht einfach sein Foto um die Welt jagen kannst. Dazu hat er dir keine Einwilligung erteilt. Und überhaupt, der gehört dir nicht.«

Nun mischte sich auch die Mutter des Mädchens ein. »Paula, wenn du nicht sofort damit aufhörst, nehme ich dir das verdammte Handy weg!«

»Wer gehört wem nicht?« Die Tierretterin Klara Fischer, mit der Irene schon des Öfteren zu tun gehabt hatte, beugte sich vor. »Oje, auch noch ein Unfall! Den versorgen wir jetzt mal als Erstes, und dann holen wir den anderen Kater nach Hause.«

»Nicht nötig, das hier ist der Notfall Trolly. Können Sie ihm ein Schmerzmittel geben?«

Klara Fischer nickte. »Hat die den etwa aus dem Fenster geworfen? Dann kriegt sie es aber mit mir zu tun!«

»Das will ich nicht hoffen.« Irene knurrte wütend. Sie traute der Frau unterm Dach alles zu.

»Der ist bestimmt von selbst abgehauen. Würde ich auch machen, wenn die Polizei hinter mir her wäre«, kommentierte der kleine Junge und wandte sich an die Tierschützerin und deren uniformierten Begleiter. »Hat der vielleicht gewusst, dass Sie heute kommen?«

Irene beugte sich zu dem Kater hinunter. »Nein, Trolly wusste nur, dass ich noch mal komme. Das habe ich ihm gestern versprochen.« Dabei beobachtete sie genau, wie Klara Fischer den kleinen Vierbeiner abtastete.

»Nein, gebrochen ist nichts. Aber wahrscheinlich hat er sich ganz schön was verstaucht und Prellungen geholt. Jetzt geht es ihm schon besser. Das Schmerzmittel wirkt.« Tatsächlich lag Trolly etwas entspannter auf der dicken Steppjacke des Jungen. Ein Häufchen Elend, abgemagert und mit struppigem Fell.

Vorsichtig bettete Klara Fischer Trolly in die von Irene herbeigeschleppte Transportkiste. »Sie bringen ihn zum Quellenhof? Dort kümmern sich dann die Ärzte um ihn. Die sollen ihn auch röntgen.«

»Natürlich. Der kommt nie wieder zurück in dieses Haus und in diese Dachwohnung, und schon gar nicht zu Frau Groll. Er nicht und auch kein anderes Tier aus Passbrunn. Darauf können Sie sich verlassen.«

»Und wir?« Die Teenagerfotografin checkte eingehende Nachrichten auf ihrem Handy und sah erwartungsvoll in die Runde. »Gibt es eine Belohnung für unsere Rettungsaktion?«

»Vielleicht.« Irene zückte ihre Visitenkarte und reichte sie demonstrativ dem Jungen namens Wolf. »Melde das doch bitte direkt ans Tierheim! Kontaktdaten stehen drauf. Dann schauen wir mal, was sich machen lässt.«

»Super!«

Für den Jungen mache ich mich dann stark, aber nicht für seine Schwester, dachte Irene und nahm vorsichtig die Transportbox mit dem inzwischen schlafenden Trolly hoch. Der etwa zehnjährige Junge hatte sich tatsächlich als äußerst fürsorglich erwiesen. Dem könnte man einen Gutschein für eine Schnupperreitstunde schenken. Seit Kurzem gab es die im Quellenhof als Angebot, und vielleicht würde Wolf seine Schwester Paula dazu bringen, dieses Abenteuer mit ihrem Fotohandy festzuhalten. Am besten ein Bild, auf dem dann auch noch Torben im Hintergrund die Ställe ausmistete.

Sie betrachtete die ältere Schwester des Jungen und schüttelte innerlich den Kopf. Dass die Leute immer für alles eine Belohnung erwarteten. Nur dieser Wolf nicht, der stattdessen besorgt fragte, ob Trolly auch wieder gesund würde.

»Natürlich, der wird wieder fit wie ein Turnschuh«, versprach Irene und beobachtete, wie der Junge mit links den Reißverschluss seiner Steppjacke schloss und mit dem Zeigefinger der rechten Hand besorgt auf den verletzten Kater wies. »Aber erst kommt er ins Krankenhaus, ja?«

»Ja, klar, er wird auf jeden Fall noch geröntgt. Wir müssen doch innere Verletzungen ausschließen.«

»Dann ist ja gut.« Wolf schenkte ihr ein glückliches Lächeln. Und das war ganz umsonst.

Irene stieg in ihren Wagen und folgte erleichtert der Tierrettung. Alles würde gut, alles musste gut werden. Als sie an einer Ampel zum Stehen kamen, griff sie nach ihrem Handy und rief bei Alina Groll an. Die meldete sich mit einem schuldbewussten »Ja?«.

»Nur zu Ihrer Info: Trolly ist auf dem Weg ins Tierheim. Er wird dort medizinisch betreut. Ich persönlich werde dafür sorgen, dass nie wieder ein Tier vom Quellenhof zu Ihnen kommt.«

»Aber … aber.«

Irene legte einfach auf.

Die Mathestunde bei Herrn Mönninghoff war wieder eine einzige Katastrophe. Nelson und Torben waren sich darin einig, dass Horst Mönninghoff weder sein Unterrichtsfach noch seine Schüler mochte. Es gab allerdings einen Streber in der Klasse, Gerd, der ab und zu den Arm hob. »Darf ich?«, fragte er, ging nach vorn und erklärte den anderen die Aufgabe. Dann verstand man wenigstens etwas von der Materie. Einzig auf diesem Gerd ruhte der wohlwollende Blick des Mathelehrers. Alle anderen Schüler strafte er mit Verachtung.

Und heute war wieder mal Torben an der Reihe. Auf den hatte es Mönninghoff von Haus aus abgesehen, was sicher auch daran lag, dass Torbens Mutter in einem Nachbarschaftsstreit die Gegenseite des Herrn Mönninghoff vertreten und den Prozess auch noch gewonnen hatte. Dazu noch die Geschichte mit Mönninghoffs historischem Hutablagewagen, die nach Meinung des Vollhorsts für beide Delinquenten mit einem Jahr Jugendknast hätte enden sollen. Das alles gab Torben bei verbotenen Zigaretten während der Pause zum Besten. »Klar hat der mich auf dem Kieker, aber eigentlich müsste er doch darüberstehen, oder? Unsouverän, dieser Vollpfosten!« Alle pflichteten ihm nickend bei.

»Wenigstens weiß ich jetzt, was Sippenhaft ist«, gab Torben sein bitteres Wissen weiter. »Stellvertretend für meine Mutter krieg ich nun auch noch den Frust ab.«

»Kann die denn nichts dagegen machen?«

»Die hat doch für so was keine Zeit.« Er sagte den anderen nicht, dass seine Mutter meinte, er, Torben, werde an der Geschichte ein bisschen wachsen. Wenn die wüsste, wie erwachsen er schon war! Schließlich hatte er sich hinter dem Rücken seiner Eltern zum Bauhof versetzen lassen. Das Tierheim war doch nur was für Mädchen. Und er war ein Mann. Auf dem Bauhof, da lernte man viel über Frauen. Die Kerle wussten aber so was von Bescheid!

»Na, wie geht es euch beiden denn in euren Sozialstunden?«, hatte Horst Mönninghoff gleich zu Beginn der Stunde wissen wollen und dabei ausschließlich Torben angesehen. »Lernt ihr jetzt wenigstens soziales Verhalten?«

»Ich bin auf dem Bauhof«, hatte Torben geantwortet. »Steine klopfen«, und dabei dem vor ihm stehenden Lehrer einen Blick zugeworfen, als sei er der Nächste, der mit einem geklopften Stein bearbeitet werden müsse.

»Was verstehen Sie denn unter sozialem Verhalten?«, fragte Nelson plötzlich so laut, dass alle es hören konnten. »Leute, die von einem abhängig sind, plattzumachen? So wie Sie es regelmäßig mit uns tun?« Er erschrak vor seinen eigenen Worten.

Das war ganz schön mutig, und er vernahm hinter seinem Rücken ein anerkennendes Raunen.

»Da scheint dir ja im Bauhof ein ziemlich großer Stein auf den Kopf gefallen zu sein«, konterte Mönninghoff.

»Ich bin im Tierheim, und da bleibe ich auch«, stellte Nelson klar.

»Dann pass mal auf, dass sie dich da nicht gleich einfangen und einsperren. Denen fehlt doch sicher noch ein Exemplar *Homo insipiens,* des dummen Menschen. Und dann passt du ja zu den Tieren, die bekanntlich auch nur wenig im Kopf haben.«

Nelson ballte beide Fäuste. Dieser Lehrer hatte wirklich keine Ahnung. Aber er beschloss, ganz ruhig zu bleiben. »Kann schon sein«, murmelte er, konnte es sich aber nicht verkneifen, noch etwas hinzuzufügen. »Dort geht es auf jeden Fall um Längen freundlicher und netter zu als hier bei Ihnen.«

Horst Mönninghoff räusperte und straffte sich. »In Mathe geht es um Zahlen und nicht um Nettigkeit. Also, wer hat bei der quadratischen Gleichung die Nullstelle berechnen können? Und vor allem, wie?«

Niemand meldete sich. Nicht einmal Gerd, der Streber.

»So ein Spasti!« Torben stand außerhalb des Schulhofes auf der Straße und rauchte. Das konnte ihm hier kein Lehrer verbieten. »Kommst du mit zum Bauhof? Ist zwar 'ne harte Arbeit, aber tolle Kumpels. Und zum Schichtende gibt es immer ein Bier.«

Nelson schüttelte den Kopf. »Nee, ich habe eine wichtige Aufgabe im Tierheim übernommen. Die warten auf mich.« Ob die Aufgabe wirklich wichtig war, wusste er nicht. Aber es hörte sich total cool an.

»Echt? Was denn? Pferdemist?«

»Nein, ich bin im Katzenhaus.« Nelson beschloss, Torben nichts weiter zu erzählen, und wartete stattdessen auf eine Schwingung von ihm. Irgendetwas musste da doch kommen. Ein positives Zeichen. Aber nichts geschah, und nichts vibrierte. Torben zog nur bedeutungsvoll an seiner Zigarette und blickte wichtigtuerisch um sich.

Wie aus dem Nichts schoss die schöne Paula auf die beiden zu. Sie trug jetzt im Winter einen weißen Webpelz mit Leopardenmuster, und alle Jungs der Schule waren in sie verknallt. Ausnahmsweise hatte sie diesmal nicht ihren kleinen Bruder Wolf im Schlepptau.

Nelson hatte es sich bisher verboten, sie zu beachten. So schützte er sich am besten vor einer Enttäuschung. Paula war unerreichbar, und wenn, dann ließ sie sich mit Jungs aus den oberen Klassen ein. Aber nun, ein Wunder, suchte sie allein Nelsons Blick und strahlte ihn an. »Toll, dem hast du es aber gegeben. Echt cool. Merci! Du bist ein Held!« Sie warf ihm eine Kusshand zu und verschwand.

»Sollen wir uns irgendwo noch ein paar Pommes reinpfeifen?« Torben war sichtlich angefressen, weil die schöne Paula ihn keines Blickes gewürdigt hatte.

»Geht nicht.« Nelson warf einen geschäftsmäßigen Blick auf seine Uhr und log. »Ich hab da oben bei den Tieren einen Termin. Sorry, bin eh schon spät dran.« Das entsprach zwar nicht der Wahrheit, aber er hatte keine Lust, irgendetwas mit Torben zu unternehmen. Außerdem wollte er die Kusshand von Paula auf sich wirken lassen.

Edda Kallmayer hatte ihm am Tag zuvor gesagt, dass Irene heute wieder ins Haus komme. Wenn hier jemand sozial ist, dachte Nelson, dann Irene. Schließlich hatte die das ja auch studiert. Ob man so was studieren musste, wenn man ins Tierheim wollte? Oder gab es möglicherweise einen speziellen Studiengang allein für Katzen? Seine Eltern hätten ihn ausgelacht, wenn er mit solchen Fragen gekommen wäre, Irene aber würde ihn verstehen. Draußen begann es zu schneien.

Nelson zog die Kapuze seiner Steppjacke über den Kopf, wickelte sich den Schal enger um Hals und Nacken und schob beide Hände in die Fausthandschuhe. Zu Weihnachten bekäme er vielleicht ein E-Bike. Dann wäre es einfacher, zum Quellenhof zu fahren, der auf einer kleinen Anhöhe lag. Aber so geriet er wenigstens ins Schwitzen.

Am Empfang saß – was für ein Glück! – die Echsin. »Lange nicht gesehen«, begrüßte sie ihn, und er fragte sich, ob sie ihn wohl vermisst hatte. Heute war ein Tag der Wunder. Tessa lächelte ihn an. »Alles klar bei euch?«

Nelson wurde rot und hängte seinen Anorak an die Garderobe. Sorgfältig zog er die Stiefel aus, Filzpantoffeln an und darüber die Plastiküberzieher. Erst dann wandte er sich um.

»Bei *euch?* Was meinst du damit?«

»Na, bei dir und dem Kater Nelson.«

»Ja, logo.« Er sah sich um. »Wieso ist es hier so leer?«

»Die sind alle auf der Krankenstation. Irene hat mir übrigens erzählt, was da neulich passiert ist. Du weißt schon, Nelsons Pinkelei.«

»Das hat er doch nur gemacht, damit ich nicht wieder weggehe«, nahm Nelson seinen neuen Freund in Schutz.

»Jeder andere an deiner Stelle hätte einen Wutanfall bekommen oder den Kater beschimpft. Aber du … Das finde ich *extremely* cool.«

Nelson schwieg und betrachtete Tessa mit neugierigem Blick. Ob die auch mal Katzensoziologie studieren würde? Dann wäre sie ein paar Semester über ihm, und sie könnten mittags in der Mensa Expertengespräche führen. Nicht schlecht.

Oder sollte er lieber abwarten, was Paula so plante? Wenn die ihm schon einen Handkuss zuwarf, konnte das doch nur heißen, dass sie ihn mochte. Nelson kannte nicht so viele Leute, die ihn mochten. Bei Torben hatte er sich getäuscht. Das war bitter.

»Geh doch schon mal zu deinem Kater. Vielleicht kannst du ihn auf den notwendigen chirurgischen Eingriff vorbereiten. Schnipp-schnapp. Er muss vorher nur noch ein paar Gramm zulegen. Und dann ist es aus mit Nachkommen.« Tessa und ihre Echse wippten gleichermaßen fröhlich hinter der Empfangstheke.

Nachdem er die Stimme seines Besuchers vernommen hatte, kroch der Kater an diesem Nachmittag tatsächlich mit äußerster Wachsamkeit unter seinem Sessel hervor. Was ist mit dir los?, dachte Nelson in Richtung des vierbeinigen Freunds und bekam sogleich die Antwort. Für viele von uns ist das Leben dort draußen nicht einfach. Aber mich nervt es hier total.

Oje, jetzt wurde es philosophisch!

Der Kater ließ sich außer Reichweite von Nelsons Händen und Füßen nieder. Dieser hatte beide Beine von sich gestreckt, saß auf dem Boden und lehnte mit dem Rücken an der Wand.

Jeder sollte das Leben führen, das ihm entspricht, verkündete Kater Nelson. Und das kann ich hier nicht. Ich fühle mich ausgebremst. In allem.

Sein neuer Freund begriff. Du bist hier also nicht zufrieden?

Keineswegs, antwortete der Kater gestelzt. Mir fehlen die rolligen Mädels. Keine Einzige konnte ich hier bisher riechen.

Was nun? Sollte der Besucher ihm nun etwa mitteilen, dass ihm bald die Fruchtbarkeit genommen würde? Hoffentlich nicht von Cindy. Mit aller Macht verdrängte Nelson das Thema Kastration, legte stattdessen die Fingerkuppen aneinander und musterte den Kater über die gefalteten Hände hinweg. Du bist zu dünn. Du isst zu wenig.

Ich will attraktiv bleiben.

Eitel war er also auch noch! Nelsons Besucher lächelte, und der Kater blieb in gebührendem Abstand vor ihm sitzen. Dann schleckte er sich mit lauten Schmatzgeräuschen so gründlich das Fell, als erwarte er gleich vierbeinigen Besuch.

Der Jugendliche im Katzenzimmer wandte den Kopf und sah hinaus in das Freigehege. Der Schneefall war dichter geworden. Zwei der im Nebenraum wohnenden Babykatzen tappten durch die weiße Pracht. An ihren Schnurrhaaren hafteten Schneeflocken. Sie schüttelten sich, staunten, sprangen den herabfallenden Schneeflocken nach oder entgegen, stellten sich auf die Hinterpfötchen und hieben mit beiden Tatzen danach. Sie sprühten vor Lebensfreude.

Nelson wandte sich an seinen vierbeinigen Freund, der auch den Katzenkindern zusah. Kennst du den Schnee?, wollte er wissen.

Der Kater kratzte sich mit der Hinterpfote am Ohr und warf ihm einen gelangweilten Blick zu. Logo, seit Jahren. Wenn sich einer mit Schnee auskennt, dann ich. Diese jungen Dinger müssen noch viel lernen.

Er putzte sich weiter, hielt inne und relativierte seine Aussage. Allerdings ist Schnee nur dann schön, wenn man hinterher in eine warme Stube kommt.

Nelson nickte. Das hatte er vorhin, als er den Quellenhof betrat, am eigenen Leibe verspürt.

Das mit der warmen Stube schienen die Katzenkinder von nebenan auch begriffen zu haben und schlüpften zu ihren Geschwistern in die Wärme zurück. Nelson beobachtete, wie sie sich zu den anderen neben der Zentralheizung gesellten und sich dort wohlig zusammenrollten.

Der Kater drehte sich um und warf dem nebenan hausenden jungen Gemüse einen verächtlichen Blick zu. Die wissen von nichts, vermittelte er seinem Besucher. Jeder muss nun mal seine eigenen Erfahrungen machen, fügte er nach einem Seufzer abgeklärt hinzu.

»Ich würde dich gern mal auf den Arm nehmen«, flüsterte Nelson und sah seinen Namensvetter lange an. Und schon spürte er das bekannte Vibrieren und kannte dessen Antwort. Du bist mir noch nicht vertraut genug.

Auf dem Flur entstand Unruhe. Beide Nelsons wandten die Köpfe und entdeckten Irene, die sorgenvoll auf das Kissen in ihren Händen blickte. Dort lag eine verletzte schwarz-weiß gemusterte Katze.

Das ist Trolly, vermittelte Nelson seinem Menschen.

Irene blieb stehen. »Wir sollten ihm ein freies Zimmer geben«, flüsterte sie Cindy zu, die sie begleitete. »Ein Einzelzimmer. Er braucht Ruhe und keinen Stress, wenn er aus seiner Narkose erwacht.«

»Aber wieso denn? Er hat sich immer blendend mit Fletcher verstanden. Und der wartet im Nebenzimmer schon auf ihn. Das war übrigens Eddas Vorschlag.« Cindys Stimme klang ungewöhnlich laut. »Der wird sich freuen, wenn er erwacht, wieder fit ist und seinen alten Kumpel trifft.«

Irene blieb vor den beiden Nelsons stehen. »Könnt ihr das für uns und vielleicht direkt mit ihm klären? Ihr wisst doch sicher, was er will. Möchte er mit oder ohne Fletcher an seiner Seite erwachen?« Sie betrachtete den schlafenden Kater in ihren Händen.

»So ein Schmarrn!«, murmelte Cindy und verdrehte die Augen, doch Irene beachtete sie nicht. »Nelson, kannst du das bitte herausfinden? Am besten sprichst du mit deinem Kumpel.«

»Mach ich.«

12. KAPITEL

Was für ein Tag! In der Eingangshalle des Tierheims griff Irene zögernd nach ihrem Handy und überlegte, ob sie den letzten Termin des heutigen Mittwochs nicht einfach absagen sollte. Es war der 1. Dezember, der Tag, an dem alle Kinder in der Stadt erwartungsvoll das erste Fensterchen ihres Adventskalenders öffneten und dahinter Süßigkeiten entdeckten. Ihr ganz persönliches erstes Adventsfensterchen war mit reichlich Personal gefüllt.

Nie hätte sie gedacht, dass sie das überhaupt aushalten konnte, innerhalb von zwölf Stunden so vielen verschiedenen Menschen zu begegnen. Die Tierretter, der kleine Wolf mit Mutter und filmender Schwester, die besserwisserische Cindy, die Ärztin, die Trolly erst leicht narkotisiert und dann unter den Röntgenschirm geschoben und untersucht hatte, *ihr* kluger Nelson mit dem gleichen Namen wie jener Kater, in dessen Zimmer er nun hockte, Tessa mit der Echsenschulter und nun – aber das war wie immer mit einem Glücksgefühl verbunden – auch noch Edda. Warum hatte sie selbst kein so großes Herz und so viel Raum für andere Menschen wie Edda Kallmayer? Bei der schien sich jeder wohlzufühlen, und sogar die hochnäsige Cindy bewunderte Edda.

In Irenes Herzen dagegen war kaum Platz für andere Menschen, und zu viele Besucher mit damit verbundener Nähe nahmen ihr die Luft zum Atmen. Sie war grundsätzlich davon überzeugt, dass sie zu jener Kategorie von Zeitgenossen zählte, die bestens mit dem Alleinsein klarkamen. Solche Menschen musste es ja schließlich auch geben, und solche Menschen waren befreit von so unangenehmen Eigenschaften wie Sehnsucht. Vielleicht war sie ja auch Sozialwissenschaftlerin geworden, um auf irgendeine Art zu beweisen, dass der Mensch kein soziales Wesen war. War es ihr geglückt? Vermutlich nicht. Denn warum sonst hätte sie der Schlössl zugesagt? Oje, da musste sie ja auch noch hin! Sie seufzte.

»Was ist?« Edda war an ihre Seite getreten. »Erschöpft?«

Irene nickte. »Ja, heute war es ein bisschen zu viel.«

»Das kann ich mir vorstellen. Du warst ja von morgens bis abends für uns im Einsatz, einschließlich Tierrettung. Ich bin so froh, dass wir dich haben! Das kann ich gar nicht oft genug betonen.«

Irene sah zu Boden. Wie sollte sie reagieren? Sich umarmen lassen? Ein Schauer lief ihr über den Rücken. Bloß nicht! Die Einzigen, von denen sie sich berühren ließ, waren bisher Katzen gewesen, und gelegentlich hatte auch ein Hund sie gestreift. Nein, das stimmte nicht ganz. Unvermittelt dachte sie an den Maler, der sie nur leicht an der Schulter berührt hatte, und sie erinnerte sich daran, wie gut sich das angefühlt hatte. Aber da hatte sie sich offensichtlich in einer Ausnahmesituation befunden … weil ihr Bruno endlich gesichtet worden war.

»Was ist mit Herrn Erlenburg?«, frage Edda, als könne sie

Gedanken lesen. »Habt ihr euch zusammentelefoniert? Ist was mit Bruno?«

Irene zuckte zusammen. »Das weiß ich nicht. Er war nicht zu Hause, als ich anrief.«

»Du hast doch hoffentlich eine Nachricht auf seinem Band hinterlassen, zumindest deine Privatnummer.«

»Nein. Aber falls er sich noch mal rührt, gebt ihm ruhig meine Nummern. Festnetz und Handy. Ihr wisst ja, wenn es um Bruno geht, lasse ich mich sogar mitten in der Nacht wecken.«

Edda verstand, dass es um ein bisschen mehr als um Bruno ging. Sie nickte geheimnisvoll. »Ich sage Bescheid.«

Sie hatte sich noch nicht einmal richtig hinters Steuer gesetzt und angeschnallt, da wusste sie schon, dass sie doch zu Regina Schlössl fahren würde. Wenn sie heute absagte, so stünde die Aktion morgen an. Aufgeschoben war für Irene noch nie aufgehoben gewesen, auch wenn sie Kollegen gehabt hatte, die genau nach dieser Devise lebten. Außerdem wartete zu Hause ja niemand auf sie. Und den Eintopf hatte sie mittlerweile auch aufgegessen.

Weihnachten, so beschloss sie, würde sie sich etwas Richtiges kochen. Auch wenn es doof war, nur für sich allein in der Küche zu stehen und alle Vier-Personen-Rezepte auf eine Person herunterzurechnen. Aber sie wollte sich etwas Gutes gönnen. Natürlich kein Fleisch, am besten Nudeln und Gemüse. Seit sie im Tierheim arbeitete, aß sie kein Fleisch mehr. Das alles ging ihr durch den Kopf, und ihr Magen knurrte.

Die Pfützen rings um das Gartenhaus waren im Lauf der

Woche eingetrocknet, und nun lag überall frisch gefallener Schnee. An einer Stelle neben der Eingangstür entdeckte Irene sogar die Abdrücke von Katzenpfoten auf dem weißen Untergrund. Offenbar hatte Luna sich für einen winzigen Ausflug in die Kälte gewagt. Eine mutige Prinzessin!

In Regina Schlössls Wohnung roch es wie in einer Backstube. Verheißungsvoll nach Zimt, Nelken, Orangen, Vanille und weihnachtlichen Gewürzen. Irenes Magen knurrte so laut, dass die Katze Luna vorwurfsvoll aufschaute.

»Sie müssen alle probieren!« Regina Schlössl wies auf den Tisch vor der Couch. Auf zwei Tellern lagen je sechzehn unterschiedliche Plätzchensorten.

»Aber nur, wenn Sie mitessen.«

»Mal sehen.« Regina strich sich über die ausladenden Hüften und musterte Irene mit ernstem Blick von Kopf bis Fuß. »Bei mir setzt das immer an. Aber Sie können es sich ja leisten.« Etwas an ihr war anders als noch vor einer Woche. Sie strahlte nicht mehr so. Irene staunte über sich selbst. Wieso fiel ihr das auf? Vermutlich hatte der Stress dieses Tages sie dünnhäutig gemacht. Sie musste aufpassen. Sonst ging ihr irgendwann noch etwas unter die Haut, und wer wusste schon, wie sie es dann wieder loswurde?

»Ist was mit Luna?«

Regina Schlössl schüttelte den Kopf. »Nein, die war heute sogar kurz im Schnee. Der geht es bestens. Schauen Sie, da kommt sie. Setzen Sie sich doch!«

Kaum hatte sich Irene auf dem Sofa niedergelassen, stieß Luna auch schon mit dem Kopf gegen ihr Schienbein, gab ein aufforderndes »Miau« von sich und rollte sich zu Füßen der Besucherin auf den Rücken. Einen größeren Freundschaftsbeweis konnte es wirklich nicht geben. Irene beugte sich vor und strich über den weichen, warmen Bauch der Katze. Luna schnurrte.

»Tee?«, rief Lunas Frauchen aus der Küche.

»Gern!« Wie gut, dass ich gekommen bin!, dachte Irene und aß den ersten Weihnachtskeks. »Köstlich!«

»Sie müssen alle probieren!«, wiederholte Regina Schlössl.

»Dann brauche ich ja kein Abendbrot mehr.«

»Genau. Man gönnt sich ja sonst nichts. Greifen Sie zu!«

Regina Schlössl hantierte in der Küche. Trotz ihrer aufgesetzten Fröhlichkeit blieb die Stimmung gedrückt und übertrug sich auch auf Irene. So etwas hatte sie noch nie erlebt. Stimmungen waren doch keine Erkältung, mit der man andere ansteckte. Oder doch? Warum stellte sie heute alles infrage? Was war nur los mit ihr? Wurde sie etwa krank?

Die Katze sprang aufs Sofa, legte den Kopf an Irenes Oberarm und stupste sie an. Schade, dass Nelson nicht da war. Der hätte sicher verstanden, was Luna sagen wollte.

Erzähl mir! Was ist hier passiert?, dachte Irene und suchte den Blick der Katze, doch Luna gab keine Antwort.

Regina Schlössl stellte eine Teekanne auf den Tisch. Ihre Hände zitterten. Irene bemühte sich, nicht hinzusehen. Die Frau ging sie nichts an, sie war nur hier, um nach der Katze zu schauen, und der ging es sichtlich bestens. Sie steckte sich ein Vanillekipferl in den Mund und hörte sich quasi gegen ihren Willen feststellen: »Frau Schlössl, irgendetwas ist in der letzten Woche passiert. Ich habe das Gefühl, dass es Ihnen nicht gut geht. Kann ich Ihnen helfen?«

Frau Schlössl schluckte, wischte sich übers Gesicht, und

ohne Vorwarnung stürzten ihr Tränen aus den Augen. Irene wäre am liebsten aufgesprungen und weggelaufen. Was hatte sie da nur losgetreten?

»Danke, dass Sie mich darauf ansprechen.« Regina Schlössl setzte sich in einen Sessel, der mit einer rosafarbenen Wolldecke abgedeckt war. »Ich weiß einfach nicht mehr weiter.« Sie putzte sich die Nase. »Wie soll ich das bloß alles schaffen?«

Irene straffte sich. Wenn es nur das war. »Hören Sie, niemand verlangt von Ihnen, dass Sie für den Weihnachtsbasar so unglaublich viele Plätzchensorten backen. Das, was hier liegt, ist schon ein Traum. Verwöhnen Sie die Leute nicht allzu sehr!« Der letzte Satz sollte wie ein Scherz klingen, aber Regina Schlössl war wohl nicht nach Scherzen zumute.

»Darum geht es nicht«, antwortete sie. »Ich habe eine Mieterhöhung bekommen. Nach zehn Jahren und ohne Vorwarnung. Vierzig Euro im Monat. Das ist zu viel. So viel habe ich nicht, und ich will ja auch weiterhin für Luna ordentliches Futter kaufen. Außerdem muss ich etwas auf die hohe Kante legen, falls mal ein Besuch beim Tierarzt ansteht.«

Luna sprang auf den Schoß ihres Frauchens, drehte sich mehrmals hin und her, bis sie die richtige Lage gefunden hatte, und rollte sich schnurrend zusammen. Diese Geste hatte etwas Beruhigendes. Nelson hätte das garantiert als Trost gedeutet: Mach dir bloß keine Sorgen! Ich werde niemals krank.

»Vierzig Euro mehr Miete jeden Monat! Ist das eigentlich erlaubt?« Regina schüttelte den Kopf. »Dabei komme ich gerade so über die Runden. Aber nur, wenn ich auf alles verzichte.«

Irene betrachtete die Plätzchenberge und griff nach einer

Kokosmakrone. »Und wenn Sie weniger backen und ohne so gute Zutaten?«

»Dann kann ich es auch gleich sein lassen.« Regina Schlössl brach in Tränen aus. »Darauf freue ich mich doch das ganze Jahr!«

Jetzt verschwand ein Spekulatius in Irenes Mund. »Was machen Sie denn beruflich?«, wollte sie wissen.

»Ich scanne und sortiere Belege für eine Steuerkanzlei. Hilfsarbeit zum Hungerlohn.« Während sie das sagte, streichelte sie Luna. »Ich arbeite am liebsten zu Hause, und jetzt mit Luna als Mitbewohnerin ist alles noch viel schöner. Wenn bloß die Geldsorgen nicht wären!« Sie streichelte das Tier auf ihrem Schoß. »Natürlich könnte ich nebenher putzen gehen, aber schauen Sie sich doch mal um. Ich kann nicht richtig putzen, da fehlt mir einfach das Talent, und ich würde die Kundschaft nur vergraulen.«

»Wer putzt denn schon gern?« Höflichkeitshalber sah Irene sich nicht einmal um, sondern drückte den Zweifel weg, der ganz kurz in ihr aufflackerte. War das etwa ein Trick, mit dem Frau Schlössl von ihren Besuchern Mitleid einforderte? Nein, das passte nicht zu ihr.

»Was haben Sie denn gelernt?«

»Fachverkäuferin.«

»Für welches Fach?«

»Metzgerei.«

»Und würden Sie dort wieder arbeiten?«

Sie schüttelte den Kopf. »Erstens wird niemand gesucht. Ich schaue schon jeden Tag nach Stellen. Und wenn… wie soll ich zu einem Vorstellungsgespräch erscheinen? Da müsste ich mir neue Kleidung kaufen, zumindest eine Hose und einen Pullover, und dann auch noch zum Friseur gehen. Gucken Sie mich doch nur mal an!«

Diesmal war ihr Knoten noch schlampiger als vor einer Woche, und graue Strähnen hingen ihr in die Stirn. All das wirkte leicht ungepflegt. Frau Schlössl war nun mal kein Typ für eine gestylte Frisur.

»Und was«, wollte sie nun wissen, »wenn diese Ausgaben dann umsonst sind? Dann habe ich mindestens zweihundert Euro ausgegeben, das sind fünf Monate Mieterhöhung.«

Plötzlich schämte sich Irene ihrer gepflegten Kleidung und ihres Pagenkopfs, der alle vier Wochen von einer Friseurin in Form gebracht wurde.

Sie griff nach einem Butterplätzchen mit Marmeladenfüllung und betrachtete ihr Gegenüber nachdenklich. »Was machen Sie denn so richtig gern?«

»Backen!« Diese Antwort kam wie aus der Pistole geschossen.

»Dann machen Sie doch das zu Ihrem Beruf!«

»Aber wie?«

»Sicher können die Kollegen von der Steuerkanzlei Ihnen Tipps geben. Vermutlich brauchen Sie einen Gewerbeschein und eine professionelle Küche. Den Gesundheitsschein haben Sie ja schon als Metzgereifachverkäuferin bekommen. Verkaufen können Sie dann übers Internet oder an Restaurants. Einen Computer haben Sie ja schon.«

In diesem Moment richtete sich die Katze auf und stieß den Kopf sanft gegen den ihres Frauchens.

»Sehen Sie, Luna ist auch dafür«, behauptete Irene und steckte sich ein Nussbaiser in den Mund. Obwohl sie inzwischen keinen Hunger mehr hatte, konnte sie mit der Nascherei nicht aufhören. »Sie kriegen dann so viele positive Kritiken, dass Sie sich irgendwann die Kunden aussuchen können«, versprach sie ins Blaue hinein. »Und gibt es nicht dort vorn an der Ecke eine kürzlich geschlossene Gaststätte, deren Küche Sie nutzen könnten?«

Regina Schlössl schluckte. »Für lau? Nein, die überlassen mir doch nicht einfach ihre Küche.«

»Da findet sich sicher eine Regelung.« Was redete sie da? Irene hätte sich auf die Finger hauen können. Was war nur mit ihr los?

»Wirklich?« Regina Schlössl strahlte angesichts dieser Vorstellung.

Irene betrachtete ihr Gegenüber und die Katze. Sie dachte an Nelson. Der hätte jetzt übersetzen können, was in der Katze vor sich ging. Möglicherweise wusste Luna ja mehr als die beiden Frauen, mit denen sie gerade in einem Zimmer saß. Vielleicht konnte sie sogar in die Zukunft sehen.

Auch der Kater Nelson wusste um kommende Entwicklungen und ließ durch seinen menschlichen Namensvetter verkünden, dass es Trolly weitaus besser ginge, wenn er beim Aufwachen seinen alten Freund Fletcher neben sich hätte. »Dann weiß er nämlich gleich, dass er wieder hier und somit in Sicherheit ist.«

Cindy in ihrer viel zu engen weißen Hose dagegen tippte sich angesichts dieser Aussage an die Stirn. »Wie kann man sich nur auf einen derartigen Unsinn einlassen?«, meinte sie vorwurfsvoll. Dabei betrachtete sie den verletzten Kater in Irenes Arm. »Der hat einfach extremes Glück gehabt, weil er oberhalb seiner Mindestfallhöhe von der Fensterbrüstung gestürzt ist und dann auch noch von der Hecke abgefedert wurde«, stellte sie fachmännisch fest. »Bei weniger als drei Metern wird es nämlich kritisch. Aber so konnte er sich in der Luft noch drehen, die Beine ausstrecken, um in Fallschirmspringermanier mit allen vier Pfoten gleichzeitig sanft zu landen. So ein Kater hat ja nicht so viele Kilopond wie ein Mensch, der beim Fall auch noch ungeschickt herumhampelt.« Dann warf sie einen kritischen Blick auf den abgemagerten Trolly. »Der erst recht nicht.«

Irene, die Tierärztin und die beiden Nelsons starrten Cindy an, und so setzte sie ihren Vortrag fort. »Die können nämlich mit Schwanz und Pfoten bremsen und ausbalancieren und zeitgleich für eine elegante Drehung sorgen, damit die Füße bei der Landung auch wirklich unten sind. Allerdings erst ab einer Höhe von mehr als drei Metern.« Mit ihren Armen und Beinen in den viel zu engen weißen Röhren wirkte die Dozierende wie ein Michelinmännchen oder eine unglückliche Häufung von Weißwürsten. Fiele die aus einem Fenster, so käme unten nichts Geschmackvolles an.

Fassungslos wohnten Nelson und Irene der Rede bei. Wie konnte man bei einem Kater, der aus dem vierten Stock von der Fensterbrüstung fiel, noch von eleganter Drehung reden? Wie musste Trolly in Panik geraten sein, und welch ein Glück, dass er mitten in der Hecke gelandet war!

»Das klingt recht herzlos«, stellte die Tierärztin fest und bedachte Cindy mit einem kritischen Blick. »Sie haben das doch hoffentlich nicht etwa schon mit eigenen Katzen überprüft, oder?« Ihrem Gesichtsausdruck nach schien sie es der zukünftigen Tierarzthelferin durchaus zuzutrauen.

»Nein, aber es gibt Berichte darüber. Außerdem haben

amerikanische Astronauten in Vorbereitung auf ihren Aufenthalt in der Schwerelosigkeit Zeitlupenaufnahmen von fallenden Katzen studiert … und dabei viel für ihre Spaziergänge im All gelernt.«

Beide Nelsons schüttelten sich. »Das wollen wir wirklich nicht hören!«, stellte der Jugendliche ungewöhnlich resolut klar. »Nachher erzählen Sie uns noch, dass die Katzen absichtlich aus großer Höhe hinunterfallen mussten.«

»Ja, aber doch nur zum Wohl der Wissenschaft!« Cindy behielt wie immer das letzte Wort.

Irene nickte gedankenverloren vor sich hin und schob sich unter Lunas wachsamen Blicken die fünfzehnte oder sechzehnte Plätzchenvariante in den Mund. Sie dachte an den Kater Trolly und hoffte, dass der in diesem Moment liebevoll von seinem Kumpel Fletcher abgeschleckt wurde. Vielleicht lagen beide ja auch schon schnurrend in der vertrauten Katzenhöhle. Die immer noch ein bisschen nach ihnen selbst duftete, und hatten das Gefühl, es wäre Weihnachten.

»Wann kommen Sie wieder?«, fragte Regina unvermittelt.

Irene erschrak. So war das nicht ausgemacht worden. »Es wird ein bisschen eng«, log sie. »Und übernächste Woche findet ja schon der Weihnachtsbasar in Passbrunn statt. Da sehen wir uns auf jeden Fall. Schauen Sie mal, ob Sie bis dahin mit Ihrem Backprojekt weiterkommen.«

»Gut, und da machen wir dann was Neues aus. Luna wird sich freuen.« Regina Schlössl ließ nicht locker.

Auf der Heimfahrt durch immer dichter fallenden Schnee grübelte Irene über Abstand nach. Was war los? Wann und wo waren ihre im Lauf so vieler Jahre hochgezogenen Mauern derart eingerissen worden, dass sie die Empfindungen anderer spürte, ihnen sogar helfen wollte und dies vielleicht sogar konnte? Menschen waren ihr doch eigentlich egal. Und nun das! Sie hatte tatsächlich darüber nachgedacht, wie Regina Schlössl glücklicher werden könnte, und so getan, als könne sie ihr bei der Suche nach einer Backstube helfen. Und dann dachte sie ja noch darüber nach, wie sie den Katzenflüsterer Nelson fördern sollte. Und wieso fühlte sie sich bei diesen Gedanken gar nicht so unglücklich oder gestresst? Die Welt war ein Narrenhaus und sie selbst vermutlich die Obernärrin.

Wer hatte das mit dem Narrenhaus einst behauptet? War das nicht Cicero gewesen? Egal, es stimmte, und zwar schon seit mehr als zwei Jahrtausenden. Es gab eben unumstößliche Wahrheiten. Aber was sollte sie nun mit dem Abend anfangen? Ein Abendessen fiel aus, da sie allein von den Keksen mehr als satt war. Doch was war mit einem Schaumbad, einem Glas Rotwein und einer Lesestunde im Bett? Konnte sie sich das wirklich erlauben? Das wäre dann ja schon fast wie Weihnachten gewesen.

Und genau so war es dann auch.

13. KAPITEL

»Dann eben nicht.« Lorenz Erlenburg saß an diesem Donnerstag, dem 2. Dezember, in seiner Küche und musterte Bruno mit enttäuschtem Blick. »Ich hätte ihr gern mein neues Bild gezeigt und mit ihr darüber gesprochen. Ein Bild braucht Betrachter«, gestand er dem Kater. »Es ist nämlich ein Unterschied, ob jemand unvoreingenommen darauf sieht oder ein Kollege. Kollegen wittern immer gleich Konkurrenz. Da bin ich keine Ausnahme. Und Fremde, von denen kommen, wenn man Glück hat, neue und interessante Impulse.«

Der aufrecht auf einem Küchenstuhl hockende Bruno sah ihn wachsam an und schlug langsam mit seinem Schwanz aus.

»Jetzt sag mal, wie findest du das? Du kennst sie schließlich länger als ich.«

Bruno schien zu seufzen.

»Na ja, egal.« Lorenz griff nach einem Skizzenblock. »Zur Abwechslung könnte ich dich mal porträtieren. Dann musst du aber schön still sitzen bleiben.« Bruno schien zu nicken und nahm Haltung an. Der Maler griff nach seinem Skizzenblock und begann zu zeichnen.

»So wichtig ist es ja nun auch nicht«, gestand er seinem vierbeinigen Modell. »Ich habe dreimal versucht, deine Freundin zu erreichen, einmal im Tierheim angerufen, dann noch mal im Quellenhof und schließlich bei ihr privat. Die scheint ziemlich viel zu tun zu haben, zu Hause lief ein Band.« Wahrscheinlich ist sie heilfroh, dass sie dich los ist, quasi eine Baustelle weniger, hätte er fast zu dem Kater gesagt, behielt die Vermutung dann aber lieber für sich. Die Worte hätten Bruno gekränkt, und zudem wusste er, dass das so nicht stimmte.

»Wenn sie uns sehen will, wird sie sich schon melden«, murmelte er halbherzig in Brunos Richtung. »Dich hat sie bestimmt nicht vergessen.«

Er fragte sich, warum er überhaupt mit dieser Fremden reden wollte, und ihm wurde klar, dass es etwas mit dem Flow zu tun haben musste. Vor gut einer Woche war sie hier in seiner Wohnung gewesen, und noch am gleichen Tag hatte er diese Schöpferkraft verspürt. Fast so, als hätte sie die Energie dazu einfach bei ihm deponiert. Andererseits hätte er diese eigentlich auch aus sich selbst schöpfen können. Genau wie jetzt. Er betrachtete Bruno und das angefangene Katzenporträt, das ihm außergewöhnlich gut gelungen war und genau jenen Tick an Entfremdung aufwies, der das Erlenburg'sche Markenzeichen war. Jeder sah darin das, was er brauchte. Er brauchte niemanden. Gut zu wissen.

»Ich weiß nicht, was die Leute sich so denken. Tiere sind doch keine Pullover oder, wenn es ein bisschen komplizierter sein soll, so etwas wie Fernsehgeräte oder gar Computer.« Mit diesem Satz legte Edda Kallmayer den Telefonhörer zurück. »Was denken die sich nur? Ich hätte gleich absagen sollen. Jetzt kommen die auch noch am späten Nachmittag!«, fauchte sie vor sich hin.

Irene, die gerade zur Tür hereingekommen war, zog ihren Mantel aus. »Was meinst du damit? Keine Pullover?«

Edda wandte sich zu ihr um und schien noch immer wütend zu sein. »Nicht so schlimm, wie du denkst! Niemand will unseren Katzen das Fell über die Ohren ziehen. Aber fast. Die Leute spinnen!«

Irene zuckte zusammen. »Was ist passiert?«

»Da hat ein Ehepaar angerufen, das will seiner allein lebenden Mutter zu Weihnachten einen Hund oder eine Katze schenken. Dabei wissen die beiden nicht einmal, ob die alte Dame tatsächlich ein Tier haben will. Ich habe klargestellt, dass wir unsere Gäste nur an Menschen weitergeben, die wir persönlich kennengelernt haben. Tiere bedeuten Zuwendung, Verantwortung und ... Liebe. Und von alldem haben manche nicht genug.«

Wenn Edda das Wort Liebe verwendet, klingt das nie kitschig, dachte Irene. Ganz anders als in Fernsehfilmen, in denen die Worte »Ich liebe dich« inflationär benutzt wurden. Da hatte es etwa die gleiche Bedeutung wie: Steck dir ein Taschentuch ein!

»Wenn das Tier klein und niedlich ist, wollen sie es bestimmt«, sagte Irene. Sie dachte an die Katzenbabys im Nebenzimmer von Nelson. Deren winzige Samtpfoten hatten Spuren im frischen Schnee hinterlassen. »Da kann doch niemand widerstehen.«

Edda widersprach. »Aber nicht zum Weiterverschenken! Und je jünger und niedlicher, umso mehr Unfug machen sie.

Manche erklimmen Vorhänge, benutzen sie wie Strickleitern und zerreißen sie. Oder sie zerfetzen Tapeten, zerbröseln Teppichfransen und Wollknäuel. Die sitzen nicht brav in der Ecke, schauen freundlich und kommen nur dann, wenn dem Frauchen oder Herrchen mal nach Schmusen ist. Ein Tier ist eine Welt für sich… ebenso wie jeder Mensch. Wir können unsere vierbeinigen Mitbewohner nicht unbesehen in fremde Hände geben. Wir sind für sie verantwortlich.«

Irene gab ihr recht, und plötzlich dachte sie an ihren Schützling Nelson. Wieso kam sie gerade auf den? Der hatte doch mit dieser Geschichte nichts zu tun. Andererseits, er hatte ein Gefühl für Katzen. Und möglicherweise auch ein Gespür dafür, was gut für sie war und was nicht.

»Ist Nelson schon da?«, fragte sie daher unvermittelt.

»Der kommt heute später. Die haben bis zwei Uhr Unterricht, dann ist er frühestens um drei hier. Warum?«

»Ich wollte grundsätzlich mit dir über den Jungen reden.«

»Oje!«, Edda riss die Augen auf. »Der hat doch wohl nicht schon wieder etwas angestellt, oder? Eigentlich habe ich bei dem ein gutes Gefühl.«

»Nein, ganz im Gegenteil, er ist ein besonderer Mensch.« Irene wusste nicht genau, wie sie es ausdrücken sollte. »Er verfügt über außergewöhnliche Fähigkeiten«, meinte sie schließlich schlicht. »Mir wäre es wichtig, dass du dir das mal anschaust.«

»Was, zum Beispiel?«

Und nun gab Irene die Geschichte mit den als Toilette missbrauchten Schuhen und Nelsons Deutung des Malheurs wieder.

»Interessant. Es soll ja Menschen geben, die mit Tieren

kommunizieren. Kann es sein, dass dieser Nelson so ein Talent hat?«

Irene nickte voller Zuversicht. »Ja, und wie!« Sie fühlte sich als die Entdeckerin seiner außergewöhnlichen Begabung, und das bedeutete wohl auch, dass sie für den jungen Mann verantwortlich war. Zumindest ein bisschen. Ihr wurde leicht schwindelig. Was für eine Aufgabe! War sie dafür nicht ein bisschen zu alt? Außerdem war sie sich nicht sicher, ob sie dafür genug Verantwortung aufbrachte. Das war ja eigentlich der Grund gewesen, warum sie Bruno nie zu sich geholt hatte.

Eddas verständnisvoller Blick schenkte ihr ein Gefühl der Geborgenheit. »Sollen wir ihn als ehrenamtlichen Tierpaten in unser Team aufnehmen?« Edda lächelte verschmitzt. »Da täte sich eine ganz neue Geschäftsidee auf. Er könnte jedes der zu vermittelnden Tiere interviewen und zu seinen Vorlieben befragen.« Sie wiegelte ab. »Das ist natürlich nur ein Scherz. Und überhaupt… Dadurch würde die ganze Prozedur noch komplizierter. Und stelle dir dann nur mal vor, die Tiere kommen zu uns zurück und plaudern aus den Nähkästchen ihrer Gastfamilien.« Sie lachte. »Ein Albtraum.«

»So weit wird es schon nicht kommen. Nicht jede Katze ist eine Alexa oder Siri, oder wie sie alle heißen.« Tatsächlich lächelte Irene, und Edda staunte wieder darüber, wie viel diese kleine Veränderung des Gesichtsausdrucks zu bewirken vermochte. »Mach keine Scherze darüber! Glaub mir, der ist wirklich gut. Du könntest Nelson auf jeden Fall als Berater einsetzen.«

Edda zweifelte. »Der ist doch erst fünfzehn. Und in welcher Hinsicht könnte der uns deiner Meinung nach konkret beraten?«

»Er kann mit den Katzen reden, er versteht, was die wollen. Er übersetzt ihre Bedürfnisse. Gestern beispielsweise wusste er genau, was das Beste für Trolly war. Wie geht es dem eigentlich? Hat er alles gut überstanden? War Fletcher dann wirklich bei ihm?«

»Gesundheitlich ist er schon bald wieder auf dem Damm. Ein paar Prellungen und Hautabschürfungen. Du kannst dir nicht vorstellen, wie glücklich er war, als er die Augen aufschlug und seinen Katerfreund vor sich sah.«

Irene triumphierte. »Genau so hat der Nelson-Kater es unserem Katzenflüsterer prophezeit. Da siehst du's wieder! Der Junge ist ein Genie.«

Edda lachte. »Dein Engagement in Ehren, aber sag, was ist mit dem Maler?«

»Nichts.« Irene versuchte, so gleichgültig wie möglich zu klingen. »Wieso fragst du immer nach dem?«

»Weil er gestern schon wieder angerufen hat und dich sprechen wollte. Neugierig, wie ich bin, habe ich später versucht, dich zu erreichen. Du hast dich nicht gemeldet. Also wähnte ich euch beide in einem netten Lokal bei einem Glas Wein.«

»Der hat sich schon wieder gemeldet?« Irene versuchte, gelangweilt und uninteressiert zu klingen. Es gelang ihr nicht ganz.

»Exakt. Und diesmal haben wir ihm deine Privatnummer gegeben. Wie du es wolltest.«

»Ich war gestern unterwegs.« Und wie zur Erklärung fügte sie hinzu: »Bei Luna.«

»Die hattest du doch schon mal besucht. Seit wann gehst du zweimal zu den Katzen? Ist Luna etwa krank?«

Es tröstete Irene, dass auch Edda als Erstes auf die Katze zu sprechen kam, nicht auf deren Frauchen.

»Nein, Luna geht es bestens. Frau Schlössl hat Sorgen. Sie brauchte meinen Rat. Sie hat eine Mieterhöhung bekommen und weiß nicht, wie und ob sie das wuppen kann. Ich habe ihr vorgeschlagen, während des ganzen Jahres Plätzchen zu backen. Es müssen ja nicht immer Weihnachtskipferl sein. Nussecken, Florentiner… Cantuccini.« Sie leckte sich die Lippen.

Edda staunte. »Du hast dir für Frau Schlössl den Kopf zerbrochen?« Sie lächelte. »Wo du das sonst ja nicht mal für dich selbst tust.«

»Nun ja, ich hab alle ihre Plätzchen gekostet. Da musste ja eine Gegenleistung kommen. Und da heutzutage alles übers Internet läuft, habe ich ihr vorgeschlagen, das Backwerk doch von zu Hause aus zu verschicken.« Als müsse sie sich dafür entschuldigen, fügte sie noch hinzu: »Sie backt eben leidenschaftlich gern.«

»Hast du ihre Küche gesehen?« Edda zog die Stirn kraus.

»Nee, du?«

»Wenn sie eigenes Gebäck verkauft, muss sie eine perfekte Küche haben, bis oben hin gekachelt und mit Arbeitsflächen aus Edelstahl. Vorher geht gar nichts. Sonst könnte das ja jeder machen.« Die Leiterin des Tierheims hatte offensichtlich nicht nur ein großes Herz, sondern war auch in allen praktischen Bereichen des Lebens bewandert. »Besuchst du sie noch mal? Dann könntest du dir selbst ein Bild machen und das mit ihr besprechen.«

»Nein.« Irene wandte sich ab. »Ich gehe jetzt zu den Katzen. Und überhaupt kommt Frau Schlössl doch zum Adventsbasar, um ihre Plätzchen zu verkaufen. Die schmecken übrigens köstlich. Dann können wir mit ihr darüber reden!«

»Klar sind die köstlich, wie immer«, bestätigte Edda, die schon seit Jahren von den Plätzchen naschen durfte.

»Bis dahin fällt mir sicher noch etwas ein«, fügte sie nachdenklich hinzu, und Irene fragte sich, wozu ihr etwas einfallen mochte, zu Regina Schlössl, zum Basar oder gar zu Lorenz Erlenburg. Woher kam dieser Gedanke wieder so plötzlich?

Sie wechselte ihre Schuhe und begab sich zum Katzentrakt. »Also, wenn du mich brauchst, ich bin bei Lilly oder bei Nelson. Je nachdem, wer von den beiden Zeit für mich hat.«

»Können wir uns in einer Stunde wieder hier treffen?« Edda sah auf die Uhr. »Ach, übrigens, der vierbeinige Nelson hat morgen seinen OP-Termin. Dann ist es vorbei mit der Vielweiberei. Aber behalt das besser für dich!«

Das Paar hatte sich offenbar während der Fahrt zum Tierheim gestritten. Die beiden begrüßten Edda mit Handschlag, vermieden es aber, sich anzusehen.

Das fängt ja gut an, dachte die Leiterin des Quellenhofs und beobachtete ihre Besucher mit kritischer Aufmerksamkeit. Sympathisch waren sie ihr nicht, und trotz aller Großherzigkeit war sie ein wenig voreingenommen. Schließlich wusste sie inzwischen, dass sie sich auf ihr Gefühl verlassen konnte. Dieses Ehepaar würde den Quellenhof weder mit einer Katze im Korb noch mit einem Hund an der Leine verlassen. Sie war ja verantwortlich für ihre Tiere.

An diesem Nachmittag hatte die dralle Cindy Dienst und

brachte den Besuchern Kaffee und Gebäck. Heute trug sie ihr Haar streng zurückgekämmt und zu einem Pferdeschwanz gebunden. Dadurch war ihre Gesichtshaut straff nach hinten gezogen, sodass ihr verbindliches Lächeln gleichzeitig maskenhaft und dämonisch wirkte. Wie Edda fand, erinnerte die Tierpflegerin an ein fremdartiges Wesen, vor dem sich die Besucher möglicherweise fürchteten. Das wäre doch gar nicht so schlecht, dachte Edda. Sie selbst fürchtete sich nicht. Am liebsten hätte sie die wie stets weiß gekleidete Mitarbeiterin in den Hof geschickt, nachdem es draußen nach wie vor in dichten Flocken schneite. Wie auf einem Suchbild würde Cindy Plödereder dann in dem Schneegestöber verschwinden. So entstünde ein Foto, an dem ihre Kinder herumrätseln konnten. »Frau Holle« würde sie es nennen.

»So, Sie interessieren sich für eine Katze«, begann Edda das Gespräch. »Und die sollte gelegentlich bei Ihrer Mutter leben, wenn Sie verreisen, also vertraut mit Wohnungswechseln sein.«

»Es ist seine Mutter, meine Schwiegermutter«, stellte die Frau sogleich klar. »Und wissen Sie, die Mutter meines Mannes hat gern jemanden um sich, den sie kommandieren kann. Mit verwöhnten Prinzen oder Prinzessinnen brauchen Sie uns also gar nicht zu kommen. In unserem Haushalt ginge das ja noch, nicht aber dort. Deshalb vielleicht doch keine Katze, sondern lieber ein Hund.«

Edda hatte sich insgeheim schon entschieden. Die da bekamen überhaupt kein Tier. Dennoch beugte sie sich scheinbar interessiert vor. »Es ginge dann also um eine Wanderkatze oder einen Wanderhund, halb bei Ihnen und halb bei der alten Dame.«

»Je öfter das Tier bei meiner Schwiegermutter ist, umso eher lässt sie meinen Mann in Ruhe«, stellte die Frau klar. »Und darum geht es mir vor allem. Mir und ihm.« Sie wies mit dem Ellbogen auf den Ehemann, sah ihn aber nicht an.

»Dann hätte Ihre Mutter mitkommen müssen.« Edda suchte bewusst den Blick des Sohns und Gatten. Bevor der antworten konnte, ergriff die Frau wieder das Wort. »Weil sie so gern herumkommandiert, denke ich also eher an einen Hund. Katzen lassen sich ja nicht so schnell was sagen.«

Da war die Schwiegermutter wohl nicht die Einzige, die in dieser Dreierkonstellation herumkommandierte. Edda empfand fast Mitleid mit dem Mann. »Was sagt denn Ihre Mutter beziehungsweise Ihre Schwiegermutter dazu? Würde sie lieber einen Hund oder eine Katze betreuen, wenn Sie verreist sind?«

Wieder antwortete die Frau. »Das soll eine Überraschung sein. Ein Weihnachtsgeschenk. Wir haben sie noch nicht dazu befragt.«

Cindy, die gerade den Bogen für die Selbstauskunft des Paars auf den Tisch legte, schnappte empört nach Luft. »Tiere kann man nicht verschenken«, bemerkte sie in strengem Ton. »Ebenso wenig wie Menschen. Kaufen Sie sich einen Teddybären aus Plüsch. Den gibt es in einem Spielwarengeschäft, aber nicht bei uns.«

Die Schwiegertochterlippen wurden schmal. »Sie können das doch gar nicht beurteilen, Sie kennen uns doch nicht.«

Auch wenn Cindy Edda aus der Seele gesprochen hatte, warf sie ihr einen strengen Blick zu. Dieses Paar würde kein Tier aus dem Quellenhof mit nach Hause nehmen. Nur um der Konversation willen und weil sie nicht allzu unhöflich sein wollte, führte sie die Unterhaltung fort. »Wie alt ist Ihre Schwiegermutter denn? Und ist sie gesundheitlich fit?«

»Dreiundsiebzig und fit wie ein Turnschuh«, antwortete die Schmallippige wie aus der Pistole geschossen.

»Nein!«, widersprach der Mann und suchte Eddas Blick. »Meine Mutter ist erst zweiundsiebzig.«

»Mein Gott!« Die Ehefrau verdrehte die Augen. »Am neunundzwanzigsten Dezember wird sie dreiundsiebzig. In nicht mal drei Wochen.«

»Immer übertreibt sie!« Der Mann wandte sich vorwurfsvoll an Edda, als wäre sie die Schiedsrichterin in diesem Duell der Verheirateten.

Edda schaute nun beide sehr streng an. »Ein Hund muss mindestens zwei Stunden am Tag Gassi geführt werden.«

»Umso besser, dann geht sie wenigstens jeden Tag damit an die Luft. Und überhaupt… Mit einem Hund muss sie bei Wind und Wetter raus. Da bin ich doch unbedingt für einen Hund. Die wird ja sonst zur Couch-Potato, schau sie dir doch mal an! Von Tag zu Tag unbeweglicher.« Die Frau hatte sich offenkundig bereits entschieden, aber ihre Rechnung ohne die Wirtin Edda gemacht.

»Na gut, dann ein Hund«, pflichtete der Mann ihr kleinlaut bei und blickte verstohlen zur Seite. Wenn die beiden ihren Willen bekamen, ahnte Edda, dann hinge auch der Haussegen wieder gerade. Aber nicht mit ihr!

»Wir haben augenblicklich nur drei zu vermittelnde Hunde im Haus«, erklärte sie ruhig und sah zur Tür. »Ach, da kommt unser Helfer Nelson, gerade im richtigen Moment!« Sie winkte den Jungen heran. »Nelson, geh doch bitte mal ins Hundehaus. Dort hängt ein leuchtend gelber USB-Stick am Schwarzen Brett. Bring uns den doch bitte!«

Erklärend wandte sie sich an die beiden Interessenten. »Die Tiere werden zu unruhig, wenn dauernd Besucher vorbeikommen. Als hofften sie bei jedem, dass er sie mitnimmt oder ihnen zumindest ein Leckerli gibt. Und um das zu vermeiden, haben wir unsere Racker gefilmt. So können Sie sie in Ruhe anschauen.«

»Liebling, findest du nicht auch, dass sie einen großen Hund braucht?«, flötete die Frau ihren Mann an. »Der kann sie dann auch noch bewachen.«

Edda stand auf und holte den Laptop hinter der Theke hervor. Die zwei schienen keine Sekunde lang daran zu zweifeln, dass sie mit einem Hund aus Passbrunn abreisen würden. Jetzt erwähnten sie schon gar nicht mehr, dass das Tier in zwei Haushalten daheim sein müsste. Es sollte wohl doch voll und ganz ein Weihnachtsgeschenk für die noch ahnungslose Oma sein. Nicht mit Edda! Schon vor Jahren hatten sie beschlossen, vom 20. Dezember bis zum 6. Januar keine Tiere zu vermitteln, um tierischen Geschenken vorzubeugen. Und den beiden würde sie erst recht nicht entgegenkommen.

Während sie den kleinen Computer auf den Tisch stellte, überlegte sie sich schon einige Notlügen.

Irene und Nelson begegneten sich an der Tür zum Beratungsraum. Wie eine Trophäe hielt der Junge den USB-Stick in die Höhe. »Wenn die denen ein Tier gibt, dann wird daraus ein ziemlich armer Hund«, flüsterte er ihr verschwörerisch zu und schien endgültig Vertrauen zu ihr gefasst zu haben. »Reden Sie ihr das aus, bitte!«

Irene sah ihn an und begriff. »Wie kommst du darauf?«, fragte sie dennoch.

»Das weiß ich nicht, aber ich spüre es.«

»Dann schaue ich mir die neuen Kunden mal an.«

Sie setzte sich zu Edda und dem Ehepaar an den Tisch. Edda führte jeweils dreiminütige Hundefilme mit den Kommentaren der Tierpfleger vor und übertrieb dabei maßlos, was die hündischen Probleme betraf. »Das hier ist Mascha. Sie muss zweimal täglich mit Augentropfen behandelt werden, und das gefällt ihr leider überhaupt nicht. Aber wenn das nicht geschieht, ist Inkontinenz nicht auszuschließen. Die Medizin muss in diesem Fall über die Tropfen verabreicht werden.«

»Oje, das geht gar nicht! Stell dir vor, die macht was auf Elfriedes selbst geknüpfte Teppiche!« Voller Entsetzen schüttelte die Frau den Kopf.

»Nicht auszudenken!« Der Mann nickte. An diesem Punkt waren sie sich offensichtlich einig.

Irene begriff Eddas Strategie. Kaum wurde der nächste Hundefilm gezeigt, ein fast weißer Mischling raste durchs Bild, wandte sie sich interessiert an Edda. »Ist das nicht unsere problembeladene Coco?«

Edda nickte.

»Sag mal, braucht die eigentlich immer noch das so unglaublich teure Spezialfutter?«

Edda nickte erneut. »Ihr Leben lang. Und dann sollte sie auch monatlich beim Tierarzt vorstellig werden.«

Beide Frauen nahmen wahr, wie das Ehepaar sich lange Blicke zuwarf und in ungewohnter Einigkeit die Köpfe schüttelte. »Die ist dann auch nichts für uns.«

»Ja, und hier haben wir noch Ares, der ist glücklicherweise gechipt, und gerade heute hat sich sein Halter über Findefix bei uns gemeldet. Deshalb gehört Ares nicht mehr zu den vermittelbaren Hunden. Stellen Sie sich das mal vor! Er wurde entführt, als er draußen vor einem Laden angeseilt auf sein Herrchen wartete. Aber seinem Entführer ist er auch entwischt und wurde glücklicherweise bei seiner Flucht von einem Polizisten aufgegriffen. Der hat ihn dann zu uns gebracht.« Edda schüttelte den Kopf, und Irene ahnte, dass sie diese Geschichte nur erzählte, damit die Besucher vor ihr nicht selbst einen Hund stehlen würden. Dann klappte die Chefin vom Quellenhof den Computer zu. »Mascha oder Coco?«

Die beiden vor ihr schüttelten die Köpfe. Schließlich stand die Frau auf. »Wir denken noch mal drüber nach«, wich sie aus.

»Ja, tun Sie das.«

»Das haben wir doch elegant gelöst, und die haben sich selbst dagegen entschieden. Danke übrigens für deine Hilfe! Der Einwand mit dem unglaublich teuren Spezialfutter, da wäre ich so schnell gar nicht drauf gekommen.« Edda stellte das Kaffeegeschirr zusammen und schüttelte den Kopf. »Was denken die Leute sich eigentlich?«

»Nichts«, meinte Irene. »Das ist ja das Schlimme.«

»Ja, das ist wohl zu befürchten.«

»Tiere sind nun mal keine Pullover«, wiederholte Irene Eddas Satz vom Vormittag. »Jetzt weiß ich auch ziemlich genau, was du damit meintest. Übrigens, Nelson wusste es schon auf den ersten Blick.«

»Ja, ich sah es ihm an, als er die Tür öffnete und die Besucher entdeckte. Seine Körpersprache war eine einzige Botschaft, die in dem Satz ›Die nicht!‹ gipfelte. Allerdings hatte ich mich da auch schon gegen die zwei entschieden.«

»Wäre er doch nur schon hier gewesen, als Alina Groll den Kater Trolly zu sich holte.« Irene folgte Edda in die Küche.

»Willst du mir damit sagen, dass ich in Zukunft zu allen Beratungsgesprächen deinen Nelson hinzuziehen soll?« Edda schüttelte den Kopf. »Dann müsste ich erstens alle Termine mit ihm absprechen und zweitens damit aufhören, auf mein eigenes Gefühl zu achten. Bisher war das eigentlich immer ganz gut.« Sie zögerte. »Nun gut, Frau Groll hat mich getäuscht. Sie hat den Selbstauskunftsbogen zwar ordentlich ausgefüllt, aber nicht vermerkt, dass sie ein Alkoholproblem hat.«

»Wer gibt so etwas schon freiwillig zu?«, lenkte Irene ein. »Oft sieht man ja nur das, was man sehen möchte, und du hast dir eine fürsorgliche Katzenhalterin gewünscht.«

»Genau so hat sie sich mir gegenüber auch dargestellt. Egal. Wenigstens haben wir heute unsere drei Hunde vor Schwiegermutter und Schwiegertochter bewahrt.«

»Dem Sohn und Ehemann hättest du hier eigentlich auch Asyl anbieten sollen. Der hat ja offenbar daheim gar nichts zu melden.«

»Der ist groß und kann für sich selber sorgen.«

»Apropos großer Junge. Was macht dein Nelson gerade?«

»Der reinigt mit den beiden Auszubildenden alle Katzenklos.«

»Das ist gut. Morgen werden wieder einige Paletten Katzenstreu angeliefert.«

»Ja, das Scheiß-Leistungs-Verhältnis im Katzenhaus ist nicht zu verachten.«

»Gut gelaunt?« Edda betrachtete Irene nachdenklich. »Triffst du dich heute mit Herrn Erlenburg?«

»Quatsch, da ist nichts!«

»Zur Not könnten wir Nelson dazu befragen.«

»Menschen sollten auf sich allein aufpassen können.«

»Hoffentlich hast du recht.«

Auf dem Heimweg dachte Irene an diesem Abend, dass sie als Wissenschaftlerin in eine völlig falsche Richtung geforscht hatte. Statt sich um die Konsequenzen eines bedingungslosen Grundeinkommens zu kümmern, hätte sie eher die Fähigkeiten der Menschen studieren sollen. Fähigkeiten, die nicht ausgelebt werden können, suchen sich einen anderen Weg. Quasi eine Nische. Sie ahnte, dass dieses Gedankenspiel sehr viel mit Nelson zu tun hatte. Dem wurde zu Hause zu selten Aufmerksamkeit geschenkt, so hatte er gelernt, sich auf andere Weise zu verständigen. Möglicherweise konnte er sogar in die Zukunft schauen. Nein, das machte ihr nun doch etwas Angst.

14. KAPITEL

Tatsächlich, der Anrufbeantworter blinkte. Aber was hatte das schon zu bedeuten? Garantiert war es Eddas Ansage, Edda, die sich vergewissern wollte, ob Irene mit dem Maler unterwegs gewesen war. War sie aber nicht. Sie hatte stattdessen während des Abends bei Regina Schlössl auf dem Sofa gesessen und Weihnachtsplätzchen in sich hineingestopft. Und das war vermutlich klüger gewesen, als noch irgendetwas Neues von der Zukunft zu erwarten. Irgendetwas mit Herzklopfen und vor Aufregung feuchten Händen. Wie konnte man nur so unvernünftig sein? Ihr Leben hatte doch gerade einen absolut idealen Punkt erreicht. Hätte es gestern Abend im Hause Schlössl noch heißen Kakao gegeben, dann hätte sich die ganze Szenerie in ein Kinderwunderland verwandeln können. Zum Glück war das nicht geschehen. Irene hatte schon immer gedacht, dass es eine Grenze des Wohlgefühls geben müsse, und sie hatte gestern ziemlich dicht an dieser Schranke gestanden. Die sollte nicht gehoben werden. Wer wusste schon, was dann alles geschehen konnte? Hieß es nicht: Das Maß ist voll? Und kippte dann nicht wieder alles um? Von Gemütlichkeit ins Unbehagen? Besser, sie testete das erst gar nicht aus.

Jetzt drückte sie auf den Wiedergabeknopf des Anrufbeantworters. Nur die wenigsten Menschen hatten noch so ein altmodisches Gerät, bei fast allen wurden Nachrichten über eine Mailbox abgewickelt. Sie begab sich in die Diele und hängte ihren Mantel an die Garderobe. Der Apparat schnurrte, und eine elektronische Stimme ließ sich vernehmen. »Sie haben drei neue Nachrichten.« Dabei dachte sie an Nelson, der ihr auf geheimnisvolle Weise vom Schicksal zugeteilt worden war. Für den wäre sie ab sofort verantwortlich, zumindest fühlte es sich so an und machte ihr sogar ein bisschen Angst. Aber so war es nun einmal. Nelson war ihr vorherbestimmt. Es war ihre Aufgabe, ihn ein Stück auf seinem Weg zu begleiten.

Sie hatte nie eine echte Freundin oder einen guten Freund gehabt. Ehemann Arend gehörte grundsätzlich in eine andere Kategorie. Nun also ein junger Mensch, um den sie sich kümmern würde. Hielt sie das aus? Nachdem sie es doch nicht einmal geschafft hatte, den Kater Bruno ganz zu sich zu holen. Zu viel Verantwortung.

»Hallo, hier ist Lorenz Erlenburg. Schade, Sie sind nicht zu Hause.« Seine Stimme klang belegt. Keine Musik im Hintergrund. Erholsame Stille. Dann ein Klacken. Irene blickte auf den Anrufbeantworter und fragte sich, ob das wirklich alles wahr sein sollte. Vielleicht hatte sie sich verhört oder einen dritten wichtigen Satz nicht wahrgenommen. Sie drückte erneut auf die Wiedergabe. Doch mehr kam nicht. Er hätte doch noch irgendetwas Zusätzliches sagen können, zum Beispiel, dass Bruno mittlerweile der ideale Mitbewohner war oder dass er sich über einen Rückruf freuen würde. Was sollte sie mit dieser Info? »Schade, Sie sind nicht zu Hause.« Dass sie nicht zu Hause war, wusste sie ja wohl selbst. Das hatte er nun wirklich nicht feststellen müssen.

Klack, die nächste Botschaft. »Hi, hier ist Edda. Du bist vermutlich gerade unterwegs. Dann wünsche ich dir einen schönen Abend. Bis morgen.« Wie sich das anhörte. Als wüsste Edda Kallmayer mehr als Irene selbst, die tatsächlich am gestrigen Abend einen schönen Abend gehabt hatte. Und zwar in ihrer Wohnung, in ihrer Badewanne, mit einem Glas Rotwein auf dem Stuhl neben der Wanne und einem Magen voller süßer Plätzchen. Welcher Segen, dass sie danach nicht noch ins Wohnzimmer gegangen war. Dann nämlich hätte sie den Anrufbeantworter abgehört und wäre nicht mit jenem wohligen Gefühl zu Bett gegangen.

Jetzt griff sie nach der erst halb geleerten Flasche und nahm ein Glas aus der Vitrine. »Nachricht Nummer drei«, verkündete der Anrufbeantworter, und schon vernahm sie die Stimme ihres Nelsons. »Hallo, Sie haben doch gesagt, dass ich mich bei Ihnen melden kann, wenn was ist. Der Kater Nelson wird morgen operiert. Ich glaube, er ahnt was. Er ist immer um mich rumgelaufen und hat mit der Vorderpfote gescharrt und die Pfote geschüttelt. Hier passt ihm das alles nicht mehr. Er gibt mir zu verstehen, dass er seine Freiheit und nach Hause zu seinem Herrchen will. Er fühlt sich hier wie in einem Krankenhaus, und zwar ohne krank zu sein. Das hat er mir vermittelt. Natürlich habe ich ihm nicht gesagt, was ihm bevorsteht. Aber da ich es weiß, scheint er es über mich zu spüren. Oder kann er vielleicht in die Zukunft schauen? Bitte, können Sie das mit dem Eingriff noch irgendwie rückgängig machen?«

Irene schüttelte den Kopf und nahm einen ziemlich großen Schluck von dem Rotwein. Klar, beide Nelsons waren männliche Wesen. Da breitete sich schon mal so etwas wie Solidarität in ihm aus. Andererseits hatte der vierbeinige Nelson garantiert schon genug Nachwuchs in die Welt gesetzt, um den er sich – typisch Kater – nicht mehr kümmerte. Das war nun mal ein Gesetz seiner Spezies. Und morgen nach dem Eingriff würde er sich zudem tatsächlich für ein paar Stunden krank fühlen und dann nicht mehr so verächtlich über seinen derzeitigen Aufenthaltsort jammern. Was bildete der Vierbeiner sich eigentlich ein? Keine Dankbarkeit für die Rettung aus einem kalten und mit leeren Näpfen gefüllten Haus. Verhungert wäre der inzwischen. Aber das sah er nicht ein. Er reagierte nur auf den Augenblick.

Im ersten Moment wollte Irene den jungen Mann zurückrufen, um ihn über die Notwendigkeit einer »Entfruchtung« aufzuklären. Sie tat es nicht. Manches musste einfach seinen Lauf nehmen. Außerdem war er sicher schon von Cindy über alles aufgeklärt worden, und zwar nicht auf die einfühlsamste Art.

Stattdessen trat Irene mit dem Weinglas in der Hand ans Fenster und blickte nachdenklich auf die frisch verschneite Straße. Weder Menschen noch Tiere waren unterwegs. Unberührt lag die weiße Pracht vor ihren Augen. Von noch keinem Fußabdruck gekränkt. Auf dem Platz des Wochenmarkts thronte nun eine ziemlich große Tanne, deren Lichterkette hell leuchtete.

Als kleines Mädchen hatte sie Weihnachten geliebt, wie vermutlich alle Kinder auf der ganzen Welt. Die Tür zum großen Zimmer, in dem der Weihnachtsbaum stand, blieb während des Heiligen Abends den ganzen Tag über verschlossen, weil, und das behauptete die Mutter, eine Heerschar von Engeln dort ein und aus ging. Aber sie, Irene, hatte den Vater schnaufen gehört und sich dabei gedacht, dass er die Engel hochhob, damit sie auch die Spitze des Baums schmücken konnten. Schwergewichtige und reichlich rundliche Engel mit noch schwereren silbernen und goldenen Kugeln in den Händen.

Später hatte sie mit Mutter, Großmutter und Großvater in die Christmette gehen müssen, während der Vater allein zu Hause blieb und *vorglühte,* wie die Oma das verächtlich nannte. Und obwohl in der Kirche so viel von Liebe und Erlösung gesprochen worden war, hatte die Großmutter, kaum waren sie wieder draußen, auf ihren Staubsauger verkaufenden Schwiegersohn geschimpft und die Mutter klagend nach Luft gerungen. »Bitte, reißt euch wenigstens heute Abend zusammen!« Das war ein Satz, der ebenso zum Weihnachtsfest gehörte wie der Kartoffelsalat mit Wiener Würstchen zum Abendessen.

Irene selbst hatte genau diesen Satz als erwachsene Frau auch einige Male benutzt, und zwar immer dann, wenn ihre Eltern über den angeblich nichtsnutzigen Arend herfielen. »Nicht mal studiert hat der!« In den Augen der Mutter wäre gerade mal ein König und zur Not ein Prinz an Irenes Seite genehm gewesen. Aber ein Bauzeichner, das war ja fast schlimmer als ein Staubsaugervertreter. Arend hatte es auch nicht leicht gehabt. Komisch, nie zuvor hatte sie so etwas gedacht. Wie es dem wohl mit seiner Miss Piggy ging? Hoffentlich waren deren Eltern netter zu ihm. Wie kam sie nur immer auf solche Gedanken?

Und überhaupt wurde Weihnachten grundsätzlich überschätzt. Oder sie selbst lag falsch damit. Denn unter dem vom Vater gemeinsam mit einer Heerschar von Engeln geschmückten Tannenbaum hatten immer nur Geschenke gelegen. Irene hätte lieber einen leibhaftigen Engel getroffen und etwas Liebe gefunden. Offenbar aber gab es die nicht mehr. Ausverkauft.

In der Nacht von Donnerstag auf Freitag war der Kater Nelson unruhig und vor allem hungrig durch sein Einzelzimmer im Quellenhof getigert. Als die Tierpflegerin Tessa morgens zu ihm kam, beschwerte er sich laut jammernd über den schlechten Service und setzte sich vorwurfsvoll vor seinen leeren Napf.

»Das ist normal, zu einer Operation muss man einfach nüchtern erscheinen.« Mit geübtem Griff hob Tessa ihn hoch und verfrachtete ihn in den vor der Tür stehenden Transportkorb. Nelson tobte.

»Es ist nur ein kleiner Eingriff und nur zu deinem Besten«, beruhigte ihn Tessa. Aber der Vierbeiner schien der Echsenfrau nicht zu trauen und knurrte weiter wütend vor sich hin.

»Wenn du später aufwachst, ist jemand bei dir«, versprach sie ihm. »Entweder Irene oder dein neuer Freund, der auch noch deinen Namen trägt. Ihr seid ja offensichtlich seelenverwandt.«

Nelson in der Transportbox blieb gleichermaßen unbeeindruckt wie empört.

»Dir wird es besser gehen, sobald der Eingriff überstanden ist. Dann hört dein Magenknurren auf, und es gibt auch wieder etwas zu essen«, versprach die Echsenfrau und verfrachtete den Kater auf den Beifahrersitz ihres Autos. »Wenn du zurückkommst, musst du dich auch nicht mehr um alle Katzendamen in deinem Viertel kümmern, sondern kannst dich den wirklich wichtigen Dingen widmen.«

Das nun zu vernehmende Gemisch aus Knurren und jaulendem Protest-Miauen ließ vermuten, dass der Kater die Lage ganz anders einschätzte.

»Und außerdem gibt's danach dein Lieblingsfutter. Hab ich schon bereitgelegt.«

Ungerührt schimpfte Nelson weiter.

»Er hätte schon vor der Geschlechtsreife kastriert werden müssen«, meinte der Arzt. »Dieser Kater ist doch bestimmt schon vier Jahre alt. Wenn es ein Wohnungskater ist, hat er sicher auch dort seine Duftmarken hinterlassen.«

Tessa gab ihm recht. »Seinem Herrchen war das wohl egal. Er hat den Kleinen Nacht für Nacht rausgelassen, damit unser Nelson alle rolligen Katzen im Viertel beglücken konnte. Na ja, dem Mann wurde ja auch nicht der Nachwuchs präsentiert. Dann hätte er sich schnell anders entschieden. Gut, dass Nelson bei uns gelandet ist! Jetzt werden wir ihn von der Unruhe des Begehrens befreien.«

Der Tierarzt lachte. Er mochte die Tierpflegerin mit dem Echsentattoo. Leider war sie ein bisschen zu jung für ihn. Aber wäre er jünger gewesen…

»Die Unruhe des Begehrens… wo haben Sie das denn her?«

»Wir haben eine Ehrenamtliche, die ist Wissenschaftlerin und sagt manchmal solche Sachen. Die hat übrigens auch das Wort *entfruchten* eingeführt. Das klingt doch viel schöner als kastrieren, oder?«

Nelson, der bereits narkotisiert war und tief und fest schlief, wurde an den Hinterläufen gefesselt und für die Operation vorbereitet.

»Eindeutig! Dann werden wir ihn mal entfruchten«, stimmte der Tierarzt zu und gab seinem Assistenten ein Zeichen. »Dann wollen wir mal.« Er wandte sich an das junge Mädchen mit dem Echsentattoo. »Was aber genau bedeutet die Unruhe des Begehrens?«

Zu seiner Freude wurde Tessa rot. »Irene meint, dass das weitaus besser klingt als beispielsweise Brunft oder Geilheit.«

»Das stimmt. Eine wirklich kluge Frau. Jetzt fangen wir an. Sie können draußen warten.«

»Gern, nichts lieber als das.«

Vor genau zehn Tagen war Nelson im Quellenhof abgeliefert worden, und in dieser Zeit hatte sich sein Leben ganz schön verändert. Das dachte Tessa, als sie nun mit dem frisch operierten Kater ins Tierheim zurückkehrte. »Habt ihr inzwischen eigentlich etwas von seinem Herrchen gehört?«, fragte Tessa und wies auf das erwachende Tier in der Transporttasche. »In zwei Stunden darf er auch etwas essen. Aber es wäre schon gut, wenn er demnächst wieder nach Hause dürfte.«

»Alle Katzenmädels werden dann enttäuscht sein«, feixte Cindy. »Der kleine Casanova aus der großen Vorstadt kehrt entmannt und potenzlos zurück.«

»Also echt!« Edda schüttelte den Kopf und wies auf Nelson. »Lass ihn das bloß nicht hören!« Sie sah die Protokolle der letzten Tage durch. »Nein, hier hat sich noch niemand gemeldet. Der Herr scheint immer noch im Krankenhaus zu liegen.«

»Weiß man, wie es ihm geht?« Tessa fühlte sich für Nelson verantwortlich. »Der sollte in seine vertraute Umgebung zurück.«

»Nelsons Chef geht's gut«, mischte sich Cindy ein. »Ich war vorgestern im Krankenhaus und habe ihn darüber informiert, dass sein Vierbeiner in Sicherheit ist und dass wir ihn zu seinem Besten einem kleinen Eingriff unterziehen.«

»Und?«

»Er hat einfach nur genickt, es schien ihm egal zu sein.«

Edda schüttelte den Kopf. »Wie konntest du nur? Warum hast du das nicht mit mir abgesprochen? Und warum steht das nicht in unserem Protokoll, damit alle informiert sind?«

»Es war easy, ganz easy. Ich wusste von der Feuerwehr, aus welchem Haus Nelson geholt worden war, und so war es leicht, an den Namen des Mannes zu kommen. Solange der noch im Krankenhaus liegt, dachte ich, hole ich mir das Okay von dem Typen. Am besten, bevor er so richtig checkt, was wir wirklich mit seinem Kater planen.« Cindy ging nur auf den ersten Teil von Eddas Frage ein. »Außerdem habe ich mir von ihm eine Einverständniserklärung unterschreiben lassen.« Triumphierend holte sie ein Stück Papier aus ihrem Spind.

»Du kannst hier nicht deine eigenen Regeln aufstellen, das ist übergriffig.« Nie zuvor hatte Tessa beobachtet, dass Edda fauchte.

In diesem Augenblick läutete das Telefon. Es klingelte fordernd und ungeduldig. Edda hatte schon vor Zeiten gelernt, allein am Vibrieren des Apparats zu erkennen, wie die Laune des Anrufers war. Sie wusste, dass sich ihre Mitarbeiterinnen an die Stirn gefasst hätten, wenn sie das Thema angesprochen hätte.

Jetzt aber rief jemand an, der oder die ziemlich geladen war. Der Apparat schien rote Blitze auszustoßen. Sie meldete sich besonders förmlich und distanziert.

»Stimmt es wirklich, dass mein Nelson bei Ihnen ist?«

Edda nickte und hielt die Hand vor die Sprechmuschel. »Da haben wir die Bescherung!«, raunte sie.

Tessa und Cindy horchten auf.

»Ja«, erwiderte Edda betont förmlich. »Seit fast zwei Wochen. Sie wurden ja schon von meiner Kollegin darüber informiert. Der Kater war in keinem guten Zustand, als man ihn zu uns brachte. Inzwischen geht es ihm wieder besser.«

Pause.

»Und wie geht es Ihnen?« Edda linste auf die Unterschrift der Einverständniserklärung. »Herr Lüthus?«

»Auch besser«, sagte der Mann am anderen Ende der Leitung so laut, dass sogar die beiden Tierpflegerinnen seine Antwort hörten. »Unkraut vergeht nun mal nicht so schnell«, fügte er verbindlicher hinzu, und Edda wusste sofort, dass er jetzt etwas von ihnen wollte. »Ich heiße Eckhard Lüthus, das wissen Sie ja schon. Es ist so …«, fuhr er dann auch schon fort. »Ich werde morgen, also am Samstag, entlassen. Deshalb kommt mein Nachbar gleich vorbei und holt den Kater schon mal ab. Er sollte in der Wohnung sein, wenn ich komme. Das ist für uns beide besser.«

Tessa schüttelte heftig den Kopf, und selbst die pragmatische Cindy schien damit überhaupt nicht einverstanden zu sein.

»Das ist nicht möglich«, erklärte Edda energisch und

hoffte inständig, dass dieser Herr seinen hilfsbereiten Nachbarn noch zurückpfeifen konnte.

»Und warum nicht?« Lüthus klang plötzlich besorgt.

»Wir haben Ihren Nelson gerade operieren lassen.«

Am anderen Ende der Leitung blieb es erst einmal still. »O Gott, ist er krank?«, kam dann die besorgte Frage.

»Nein, aber wir haben ihn kastrieren lassen. Sie waren ja damit einverstanden. Ihre Erklärung liegt uns vor.« Edda bemühte sich um einen freundlichen Ton. »Ihr Vierbeiner scheint in Ihrem Viertel alle rolligen Katzen beglückt zu haben, und so können wir uns alle sicher sein, dass es damit nun ein Ende hat.«

Erneute Stille. Dann ein Gepolter aus der Lüthus-Verbindung. »Sie haben *was?* Ja, spinnen Sie? Das ist doch ein radikaler Eingriff in seine Persönlichkeit!«

Edda war drauf und dran, zu kontern. Ihr Kater hat ganz klar keine Verantwortung für seinen Nachwuchs übernommen und Sie offensichtlich auch nicht. Sonst hätten Sie inzwischen hundert Katzen statt einer. Stattdessen sagte sie: »Sie haben unterschrieben. Und damit ersparen Sie vielen neuen Katzen großes Leid. Die Hauskatzen sind sterilisiert, und die Streuner sollten besser keine Jungen kriegen. Die sind ständig unterernährt und auf der Suche nach einem sicheren Platz und Nahrung. Wie sollen sie da ihren Nachwuchs durchbringen? Und überhaupt breiten sich unter den Streunern viele Krankheiten aus. Manchmal kriegen wir so einen Wurf vorbeigebracht. Den sollten Sie mal sehen, alles elende Würmchen, die mit viel Zuwendung aufgepäppelt werden müssen. Und nur selten sind alle überlebensfähig. Ihr Nelson hat den Katzendamen kein Glück gebracht.«

»Sie erwarten doch wohl nicht, dass ich Ihnen das auch noch bezahle!« Herrn Lüthus' Stimme war nun voller Wut und Schmerz. »Mein armer Nelson!«

Edda hatte das Gefühl, als krümme er sich in mitfühlendem Leid und spüre an sich selbst die Folgen des Eingriffs. Laut und vernehmlich atmete er durch zusammengebissene Zähne.

»Es geht ihm besser… danach«, beruhigte sie ihn. »Er ist nun nicht mehr so triebgesteuert«, fügte sie tröstend hinzu.

Die beiden Tierpflegerinnen starrten ihre Chefin an. Dass die so etwas sagte!

Stille am anderen Ende der Leitung.

»Also«, stellte Edda klar. »Heute können Sie ihn noch nicht abholen. Er wird in ein, zwei Stunden wieder richtig wach sein, und dann braucht er Ruhe. Frühestens morgen Nachmittag. Kann ich Sie da schon zu einem bestimmten Termin eintragen, Herr Lüthus?«

»Ich melde mich noch mal. Vermutlich morgen am späteren Nachmittag. Mein Nachbar holt mich hier im Krankenhaus ab.«

Edda straffte sich. »Der Pensionspreis für Katzen beträgt übrigens neun Euro bei uns. Für zehn Tage werden das neunzig Euro. Am besten bringen Sie das Geld gleich mit.«

Die Vorstellung, nur noch vom Backen zu leben, sozusagen das auszuleben, was ihr wirklich Freude bereitete, und dafür auch noch Geld zu bekommen, hatte Regina Schlössl solchen Auftrieb gegeben, dass sie seit zwei Tagen nur noch in der Küche stand, bewundert von ihrer aufmerksam auf einem Stuhl sitzenden Katze Luna, und mit mehlbestäubten

Fingern Plätzchen ausstach, formte, füllte und dekorierte. Gelegentlich strich ihr Luna um die Beine und verkündete mit einem zufriedenen »Miau«, dass sie mit der Tätigkeit ihres Frauchens einverstanden war.

Auf dem Esstisch im Wohnzimmer dagegen wuchs der Berg einzuscannender Belege. Offensichtlich richteten sich nun alle Firmen auf den Jahresabschluss ein und sichteten Schubladen und Ablagekörbchen nach übersehenen Quittungen. Da kamen vor allem Portozettelchen von achtzig Cent bis zu einem Euro fünfundfünfzig sowie Parkscheine zusammen.

Leider hatte Luna die sechs nach Kunden vorsortierten Häufchen durcheinandergewirbelt. Die kleinformatigen Papiere segelten einfach so herrlich flatterhaft durch die Luft. Wie plumpe Vögelchen.

Jetzt wusste Regina nicht mehr, welche Firma wann für zwei Stunden am Marktplatz geparkt hatte und ob das Unternehmen A oder B den Firmenwagen einen ganzen Nachmittag in der Großstadt abgestellt hatte. Wie sollte sie da noch die eingescannten Belege zuordnen? Was mussten die Leute auch immer verreisen? Sie blieb ja auch zu Hause. Notgedrungen.

Kopfschüttelnd wandte sie sich erneut ihren unterschiedlichen Teigschüsseln und -kugeln zu und fragte sich, ob es auffiele, wenn sie diese Kleinstbeträge nach Lunas Vorsortierung zuordnete. Vermutlich nicht.

Doch vorher gab es Wichtigeres zu tun. Es ging nämlich darum, den ersten Schwung Gebäck zum Quellenhof zu bringen.

Als Gegengabe für eine Dose mit sämtlichen Weihnachtsplätzchensorten würde der junge Mann aus dem Vorderhaus sie wieder hinfahren. Wie im letzten Jahr und im Jahr davor. Der Termin wurde von Jahr zu Jahr neu ausgemacht: immer am Samstag vor dem zweiten Advent, der heute auf den 5. Dezember fiel, denn genau eine Woche später sollte die Waldweihnacht im Quellenhof stattfinden.

Und was gab es Schöneres als die Gewissheit, dass ihre Backwaren dort auf sie warteten und nur noch für den Verkauf ausgebreitet werden mussten? Die Hälfte ihres so erzielten Einkommens spendete sie grundsätzlich dem Quellenhof. Schließlich stammte ihre Luna ja auch von dort. Ihr Glück.

»Luna?« Nach hektischem Geraschel war es im Wohnzimmer plötzlich verdächtig still. Regina schlich zur angelehnten Tür, drückte sie ein wenig auf und entdeckte ihre Katze. Luna hockte mitten auf einem Berg unbearbeiteter Belege. Es schien so, als habe sie sie alle vom Tisch gewischt, auf dem Linoleumboden aufgehäuft und trampele sie nun flach. Und dann – nicht zu fassen – hob sie den Schwanz, zitterte ein wenig mit dem Hinterteil und pinkelte in aller Ruhe auf den Papierberg. Dabei suchte sie vielsagend Reginas Blick. Die war erst einmal sprachlos.

Den ganzen Nachmittag über schimpfte Eckhard Lüthus vor sich hin und störte damit die Ruhe seiner zwei Mitpatienten, die sich auf ein Tennismatch im Fernsehen konzentrieren wollten.

»Meine Güte, das ist doch nur ein Tier!«, murmelte der Mann zu seiner Linken. »Und seien Sie doch froh, dass das Tierheim das für Sie geregelt hat!«

»Die haben ihn entmannt!«, fauchte Eckhard und krümmte sich in mitfühlendem Schmerz.

»Wir hatten auch mal einen Kater. Solange der geschlechtsreif war, hat der überall seine Markierungen hinterlassen. Also das hat ganz schön gestunken. Ist Ihnen das nicht unangenehm?« Der rechte Mitpatient hatte sein Herz am rechten Fleck. Er war verständnisvoll.

»Nein«, sagte Eckhard. »Nelson ist doch immer draußen. Und ab morgen kann er dann auch wieder raus, wann und wie er will.« Empört wiegte er den Kopf. »Die haben ihn entführt, eingesperrt und verstümmelt. Das ist nicht zu fassen. Und alles ohne meine Einwilligung.«

»Soweit ich weiß, haben Sie bei dem weißen Michelinfrauchen, das vor Kurzem hier auftauchte, was unterschrieben. Cindy hieß die und kam vom Tierheim.« Der Nachbar zur Linken grinste. »Bei molligen Frauen liegt man warm und weich.«

Eckhard Lüthus wusste weder etwas von einem Besuch noch von einer Unterschrift. »Ich kann mich an nichts erinnern.«

Nun mischte sich der Nachbar zur Rechten ein. »Seien Sie froh! Wenn die Rettung von der Feuerwehr nicht nach dem Rechten gesehen hätte, wäre Ihr Kater vermutlich verhungert und verdurstet. Zehn Tage ohne Wasser und Brot schafft nicht mal die fitteste Katze. Freuen Sie sich, dass Schwester Ingeborg richtig reagiert hat!«

»Ich könnte mir vorstellen, dass es in Ihrer Wohnung ziemlich stinkt«, mischte sich der besserwisserische Nachbar zur Linken ein. »Die markieren doch ihr Revier. Haben Sie das nie gerochen?«

Eckhard Lüthus schüttelte den Kopf. »Ich habe ein großes Haus, da verduftet so einiges. Außerdem bin ich ein olfaktorischer Blindgänger.« Er grinste selbstkritisch. »Ich rieche nichts. Mich kann niemand mit einem tollen Parfüm betören. Auch als Weintester wäre ich verloren. Und lassen Sie mich bloß nie in einem Rosengarten stehen. Aber da ich schon als kleines Kind nicht riechen konnte, vermisse ich auch nichts.«

»Oh, ist das traurig. Kein Sonntagsbraten, keine Weihnachtsgans, kein Vanillepudding, kein Zigarrenrauch.«

»Wieso, essen kann ich ja. Nur nicht riechen.« Er schwieg eine Weile, während die anderen mit gerunzelten Stirnen das Tennismatch weiter verfolgten und sich über den Linienrichter empörten. »Das war doch ein Netzroller!«, rief einer.

»Eindeutig. Was ist das bloß für'n Depp, dass der das nicht sieht?«

»Mit dem Riechen«, wechselte Eckhard Lüthus das Thema, »haben Sie vielleicht recht. Meine Zugehfrau reißt immer alle Fenster auf, bevor sie mit dem Putzen anfängt.«

»Und die hat nie was gesagt? Vielleicht ein Wink mit dem Zaunpfahl?« Der Kranke an Lüthus' rechter Seite starrte trotz dieses Kommentars weiter auf den Fernsehschirm. Er konnte offensichtlich beides. Ein wichtiges Gespräch führen und über den Linienrichter klagen. Ein Multitasking-Talent. So hieß das doch heute.

»Die denkt sicher, dass der da so stinkt«, meldete sich der Nachbar zur Linken und kicherte in sich hinein.

Was für ein Kindskopf, dachte Eckhard. Gut, dass er morgen nach Hause konnte. Und Nelson dann auch. Spätestens um drei Uhr stünde sein Chauffeur an der Pforte und gäbe sich als Nachbar aus. So war es ausgemacht.

Draußen auf der Klinikzufahrt leuchteten die Straßenlaternen vor einem dunklen Himmel. Wie ein Vorhang fielen die Schneeflocken. Dicht an dicht. Seit Ewigkeiten hatte Eckhard Lüthus sich nicht mehr so sehr auf sein Haus, seinen Garten und sein Alleinsein gefreut. Er hätte sich vielleicht doch ein Einzelzimmer leisten sollen, statt auf nette Unterhaltung zu hoffen. Nett war nur der Bettnachbar zur Rechten.

15. KAPITEL

Am bereits sehr späten Vormittag dieses 4. Dezembers baute Regina Schlössl während eines heftigen Schneetreibens vor ihrem Gartenhaus erst eine Pyramide aus gefüllten Blechdosen auf, die sich aber nach und nach zu einem so großen Quadrat entwickelte, dass sie sich dahinter hätte verstecken können. An diesem Samstag fürchtete sie nichts so sehr wie Lunas unbemerktes Ausbüxen. Daher wartete sie auch nicht darauf, dass Ingo aus dem Vorderhaus ihr half. Lieber ging sie selbst mindestens dreißigmal hin und her und ermahnte dabei in regelmäßigen Abständen die hinter der Tür lauernde Katze. Luna hätte zu gern jede einzelnen Schneeflocke gefangen und geschleckt.

»Du bleibst hier. Wenn wir noch Zeit haben, ziehe ich dir dein Geschirr an. Dann drehen wir eine Runde und schneiden noch ein paar Barbarazweige aus dem Forsythienstrauch.« Sie sah der Katze an, dass sie ihr nicht wirklich glaubte.

In ihrem weißen Mantel und mit dem dunkelblonden, von weißen Strähnen durchzogenen Haar wirkte Regina wie eine zum Leben erwachte emsige Schneefrau. Ihr Gesicht leuchtete rot vor Aufregung. Luna schien zu ahnen, dass es mit dem Spaziergang nichts mehr würde. Sie zog sich hinter eine Fensterscheibe zurück und blickte beleidigt nach draußen.

»Das nächste Mal muss ich mir wohl einen Lastwagen leihen«, bemerkte der junge Mann aus dem Vorderhaus, als er wie verabredet um zwei Uhr in den hinteren Hof fuhr, ausstieg und sich eine fellbesetzte Kapuze über den Kopf zog.

»Diesmal war ich besonders inspiriert«, gestand Regina Schlössl. »Was sicher auch daran liegt, dass Luna nun bei mir lebt.« Die Katze hinter der Glasscheibe gähnte ausgiebig.

»Und die bleibt zu Hause? Oder flutscht sie auf den letzten Drücker noch in eine dieser Kisten?«

»Um Himmels willen!« Regina Schlössl lachte empört. »Möglicherweise rieche ich heute Abend ja ein bisschen nach Tierheim. Dann bringe ich ihr eine Duftmarke mit. So nennt man das doch unter Vierbeinern, oder?«

Der schmächtige junge Mann, der ihr auch im vergangenen Jahr schon geholfen hatte, hob die Schultern. »Damit kenne ich mich nicht so aus.«

Schweigend packten sie. Er hatte die Rücksitze des Kombis flach gelegt, und dennoch passte nicht alles auf die Ladefläche. »Den Rest müssen Sie wohl auf den Schoß nehmen. Aber gar nicht so schlecht«, lachte er. »Dann können Sie mir während der Fahrt die ersten Plätzchen zum Probieren in den Mund stecken. Schließlich habe ich gerade Schwerstarbeit geleistet und falle sonst noch vom Fleisch.«

Schwerstarbeit für einen guten Zweck, dachte sie und strahlte ihn an. »Klar, so machen wir das!«

Dies war für sie der wichtigste Tag des Jahres. Endlich! Am nächsten Sonntag, dem dritten Advent, fände die Waldweihnacht auf dem Gelände des Quellenhofs statt, und sie stünde dort in einem nur für sie reservierten Stand und dürfe wieder ihr selbst gebackenes Gebäck verkaufen. Diesmal sogar in veganen und gluten- sowie weizenfreien Varianten. Die Leute wurden ja immer empfindlicher, und sie wurde in gleichem Maß fürsorglicher, erfindungsreicher und dachte mit.

Sie war in diesem Augenblick einfach nur glücklich.

Im vergangenen Jahr war sie bereits während der ersten zwei Stunden alle Plätzchen losgeworden und hatte unvermittelt inmitten von leeren Dosen gestanden. Wie peinlich! So etwas durfte nicht wieder geschehen. Diesmal würde sie die Abgabe auf hundert bis zweihundert Gramm pro Sorte beschränken. »Nur in haushaltsüblichen Mengen!« Die dazugehörigen Tütchen hatte sie bereits auf das entsprechende Maß gefaltet und beschriftet. Inzwischen hatte sich der Ruf ihres Backwerks ja auch schon weiter verbreitet, zumindest behauptete das Edda. »Du wirst sehen, es wird richtig voll bei uns.«

Regina seufzte voller Seligkeit und ließ sich in die – welcher Luxus! – heizbaren Sitze des Wagens fallen.

Der junge Mann aus dem Vorderhaus hieß Ingo, war ein auffallend dürres Kerlchen und schien gutes Gebäck zu schätzen. Er arbeitete auf irgendeiner Behörde, und so, wie er aussah, ernährte er sich in den Mittagspausen offensichtlich nur von trockenem Brot und – wenn's hochkam – einem zusätzlichen Apfel. Da gab es wohl keine Kantine! Tiefes Mitleid überkam Regina, und sie reichte ihm einen mit weißer Schokolade überzogenen Lebkuchen.

»Da wird sich meine Freundin aber was denken«, gestand

er stolz. »Wenn es in meinem Wagen wie in einer Bäckerei duftet und auch noch überall Krümel herumliegen. Hoffentlich wird sie nicht eifersüchtig.«

Regina Schlössl betrachtete ihn von der Seite. Komisch, sie hatte nicht einmal in Betracht gezogen, dass Ingo eine Freundin haben könnte. Wenn sie ehrlich war, so dachte sie bei allen Menschen, dass die ebenso allein vor sich hin lebten wie sie selbst. Na ja, sie hatte es mal vor einigen Jahren versucht, aber die Sache mit Frederic war schiefgelaufen, und nun hatte sie ja immerhin Luna. Was für alberne Gedanken! Sie schalt sich eine Närrin, es ging doch gar nicht, dass ein jeder für sich und ohne Kontakt zu anderen lebte. Wo wären dann schließlich alle die Kinder hergekommen?

Luna war auch mal ein Katzenkind gewesen. Kaum dachte Regina an ihre vierpfotige Mitbewohnerin, schon bekam sie einen roten Kopf. Wie sollte sie ihrem Steuerbüro jemals die Geschichte mit den unansehnlichen Belegen erklären? Ein Drama! Das konnte sie den Job kosten. Nein, bloß nicht daran denken! Dann würde ihr Leben noch mehr aus den Fugen geraten.

»Ich habe Sie noch nie gefragt, wo und was Sie arbeiten«, wandte sie sich nun an den jungen Mann. »Haben Sie Ihre Freundin bei der Arbeit kennengelernt?« Wie eine verschratete Alte plapperte sie weiter und schüttelte innerlich den Kopf über sich selbst. »Das hat man ja oft, dass die Menschen sich im beruflichen Miteinander verlieben. Da ist man schließlich die meiste Zeit des Tages zusammen.«

Ihr eigenes berufliches Umfeld bestand bedauerlicherweise nur aus Zetteln.

Er sah zur Seite und lachte. »Oh, wie mir scheint, kennen

Sie sich gut aus.« Dann aß er den Lebkuchen. Kaute mindestens zweiunddreißigmal, so wie es sich gehörte. Sie, Regina, nahm sich nie so viel Zeit, und Luna schlang ihre Mahlzeiten sowieso gierig in sich hinein.

»Ich arbeite im Ordnungsamt«, gestand er dann. »Und da habe ich auch Concordia kennengelernt.« Wie um Zustimmung heischend sah er zur Seite. »Ist das nicht ein toller Name? Concordia, die Göttin der Eintracht. Aber ich darf sie Conny nennen. Und wir haben uns noch nie gestritten.«

Er schien sehr verliebt zu sein.

»Aber etwas an ihr war dann ja wohl nicht in Ordnung«, warf Regina ein. »Sonst müsste sie ja nicht ins Ordnungsamt kommen«. Sie fühlte sich übermütig wie ein Kind.

Er stutzte. »Alles an Concordia ist in Ordnung. Sie kam zu mir, weil ich Gewerbescheine ausstelle.« Er klang leicht genervt. »Krieg ich noch einen Lebkuchen?«

»Logisch.«

Gewerbeschein! Alles in ihr klingelte, und ihr Übermut war kurzzeitig verschwunden. Dieses Wort hatte sie doch vor gar nicht so langer Zeit gehört. Und zwar im Zusammenhang mit ihrer möglichen Zukunft als Bäckerin. Hatte Irene Thannberg das nicht so gesagt? Meine Güte, die wusste wirklich alles! Regina seufzte und wandte sich an den kauenden Chauffeur. »Und mit Conny feiern Sie in diesem Jahr Weihnachten?«

»Ja, sie soll meine Eltern kennenlernen.«

Das war ja schon fast wie eine Verlobung. »Oh, ist das schön! Viel Glück!«, rief sie.

»Danke.«

»Wenn Sie wollen …«, meinte er nach den zwei Vanillekipferln, die er nach den Lebkuchen gegessen hatte und jedes Mal mindestens dreißigmal gekaut hatte. »Also, wenn Sie wollen, kann ich Sie später wieder im Tierheim abholen. Ich habe heute sonst nichts vor.«

Sie zögerte. »Heute ist es egal, aber nächsten Sonntag? Da wäre es mir fast lieber. Von zehn bis fünf Uhr findet der Verkauf statt. Da bin ich sicher froh, wenn mich jemand mit meinen – hoffentlich – leeren Dosen abholt und heimfährt.«

»Und einem Sack voller Geld.« Er lachte. »Von Haus aus müssten Sie sich ja bei mir einen Gewerbeschein holen. Das wissen Sie sicher. Aber ich verbuche mal ganz großzügig die Winterweihnacht im Tierheim als Ihre ganz private Veranstaltung auf Spendenbasis. Dann nämlich können Sie Ihre Plätzchen als Geschenk deklarieren. Damit ist man immer auf der richtigen Seite.«

Regina Schlössl biss sich auf die Lippen und fragte sich, wie viele Kekse sie wohl für sein Schweigen abdrücken musste. Immer war irgendetwas. Und niemand machte etwas umsonst. Wenn sie eins in ihrem Leben gelernt hatte, dann das. Ihre ganze Hoffnung konzentrierte sich daher auf Irene Thannberg. Das war eine Frau von Welt und eine Frau Doktor. Die konnte alles lösen. Die hatte schließlich studiert.

Hoffentlich war die auch heute im Quellenhof.

Und überhaupt… Ingo wusste gar nichts über seine Nachbarin aus dem Gartenhaus im Hinterhof. Er war noch nie in ihrer Küche gewesen. Welch ein Glück, denn er ahnte nicht einmal, dass dort der Katzennapf auf dem Boden stand und Luna tatsächlich gelegentlich mitten auf dem Tisch Platz nahm, weil es dort die beste Rundumsicht gab. Falls er sie jetzt konkret nach solchen Einzelheiten fragen sollte, würde sie natürlich lügen. Notlügen wären das. Aus echter Not geboren.

Das große zweiflügelige Tor zur Einfahrt in den Quellenhof öffnete sich, als Regina ihr Anliegen in die Sprechanlage rief.

»Ich habe schon ein Büro für Sie leer geräumt«, antwortete Edda. »Am besten fahren Sie gleich bis zur Tür vor der Waschküche. Da steht Tessa und hilft Ihnen.«

Ingo hielt sich an die Anweisung und wunderte sich, weil Tessa zwar eine Mütze, dicke Handschuhe, Moonboots und eine gefütterte Skihose trug, dazu aber einen Strickpullover mit ungewöhnlich tiefem Ausschnitt. Erst beim zweiten Hinsehen nahm er das Echsentattoo auf der linken Schulter der Tierpflegerin wahr. Die Echse schien ihn anzufauchen. Vor Schreck hätte er fast eine der schweren Keksdosen fallen gelassen, die er auf Reginas Geheiß ins Haus trug. Die Welt war tatsächlich voller kurioser Dinge. Wenn er das seiner Conny erzählte …

Unbemerkt von allen, hatte sich ein zweiter Wagen hinter die Lieferung des Weihnachtsgebäcks geklemmt und stand nun dick und breit mitten im Hof. Ein Herrschaftsauto. Ihm entstiegen zwei Herren mit mürrischen Mienen.

Edda trat auf den Hof. »Heute ist nur Anlieferung. Wie sind Sie überhaupt hier hereingekommen?«

»Wir sind diesem Wagen gefolgt. Und wir sind auch gleich wieder weg. Uns geht es um eine Abholung. Wo ist mein Nelson?«

Der hagere Mann mit dem Vollbart und den glühenden Augen schien demnach Eckhard Lüthus zu sein.

»Im Gespräch mit Nelson«, antwortete Edda, ohne sich viel dabei zu denken, und nahm wahr, dass ihr Gegenüber sie befremdlich betrachtete. Dessen Begleiter allerdings grinste breit unter seiner Baskenmütze. »Dein Kater sitzt also vor dem Spiegel und führt Selbstgespräche.« Er drehte sich einmal um die eigene Achse und schnupperte. »Was riecht denn hier so gut?«

»Das sind die Plätzchen, die am dritten Advent auf unserem Weihnachtsmarkt verkauft werden.« Edda bedachte die beiden Herren mit strengem Blick. »Sie fahren Ihren Wagen sofort wieder nach draußen und parken auf dem vorgesehenen Platz. Erst danach können wir hier drinnen die Formalitäten erledigen.«

Sie klang gereizt.

»Gibt's dazu Weihnachtsgebäck? Es riecht so wunderbar.« Der Mann mit der schneebedeckten dunklen Kappe schleckte sich mit gleicher Hingabe die Lippen, wie es auch die Katzen nach getaner Mahlzeit taten.

Was sollte Edda dazu sagen? Besser, sie schwieg.

»Ich riech nix«, stellte der hagere Bartträger fest und wandte sich an seinen Begleiter. »Du kannst ja schon mal rausfahren, ich will zu meinem Kater. Und zwar sofort!«

Streng nahm er die Leiterin des Tierheims in den Blick. »Wie geht es ihm?«

»Bestens. Er hat alles gut überstanden.«

»Er wird nicht mehr der Gleiche sein«, konstatierte Eckhard Lüthus und unterstrich diesen Satz mit einem vorwurfsvollen und zugleich klagenden Seufzer. »Da haben Sie mich echt überrumpelt. Bei vollem Verstand hätte ich das nie unterschrieben.«

»Er wird ruhiger und gelassener sein«, versprach Edda. »Und vor allem wird er damit aufhören, sein Revier zu markieren. Sie werden es merken. Schon bald ist es vorbei mit dem typischen Kater-Odeur.«

»Was ihr immer mit euren Duftmarken habt! Ich kann ja sowieso nichts riechen, aber Nelson ist ein sauberes Tier. Wenn er irgendwo Marken hinterlässt, dann garantiert nur draußen. Bei mir putzt er sich ständig. Und jetzt will ich ihn sehen. Nie hätte ich gedacht, dass mir das Tier so fehlt.«

»Er ist im Katzenhaus.« Edda griff zum Handy. »Cindy, kommst du bitte? Nelson wird abgeholt. Den Besitzer des Katers kennst du ja schon.« Dann wandte sie sich an Herrn Lüthus. »Und nehmen Sie sich bitte zwei von den Überziehern, oder lassen Sie Ihre Schuhe draußen stehen.«

Der verdrehte genervt die Augen. »Meine Güte, was für ein Gedöns!«

Edda tat so, als hätte sie ihn nicht gehört.

Da saß er mit angelegten Ohren, wandte den Kopf und sah sein Herrchen mit so schlechtem Gewissen an, als hätte er etwas verbrochen. Neben ihm ein blasser und hoch aufgeschossener Junge, der beruhigend auf ihn einredete. »Alles wird gut, wirst schon sehen. Bald kannst du wieder raus.«

»Was heißt bald? Heute schon!«, polterte der Herr im Gang des Katzentrakts und zwinkerte seinem Liebling zu. »Na, alter Schwede, nur damit du's weißt, ich hätte dir das nie angetan. Wieso lässt du dich auch so einfach entführen?«

Beide Nelsons wandten sich zu ihm um.

Der Vollbärtige wandte sich an den Jugendlichen. »Was stellst du mit meinem Kater an?«

»Er hilft hier aus«, sagte die weiß gekleidete Cindy mit dem streng zurückgekämmten Haar. »So etwas wie eine studentische Hilfskraft. Ist das tatsächlich Ihr Kater?«

»Na klar. Sie haben mich doch diesen Wisch unterschreiben lassen und dabei meine hilflose Lage ausgenutzt.«

»Erkennt er Sie?« Cindy gab sich weiterhin äußerst professionell.

»Das sieht man doch!« Nelson miaute und sah sein Herrchen an.

»Gut, dann erledigen wir jetzt erst einmal die Formalitäten.«

»Wie, ich soll Nelson hier allein im Käfig zurücklassen? Jetzt?«

»Erstens ist das kein Käfig, sondern sein Zimmer, und zweitens ist er nicht allein.« Cindy zog am Mantelärmel des bärtigen Besuchers. »Auf geht's! Sie zahlen und holen den Transportkorb. Damit ist das Kapitel abgeschlossen, und wir haben wieder ein freies Zimmer. Bis gleich!« Sie wandte sich den beiden Nelsons zu und herrschte den jungen Mann mit Kommandostimme an. »Am besten jetzt schon mal klar Schiff und alles sauber machen!«

Eckhard folgte ihr und dachte, dass das nur die Tierärztin sein konnte. Ganz jung war die noch und sicher männerfeindlich. Ob sie selbst seinen Nelson entmannt hatte? Zuzutrauen wäre es ihr gewesen. Fast hätte er sich schützend die Hand vor das Gemächt gelegt. Dennoch, dem Kater ging es gut. Gesund sah er aus und gar nicht unzufrieden.

Und heute Abend wären sie wieder zu Hause. Beide. Das war die schönste aller Aussichten. Er und Nelson in dem großen Haus, auf dem Ledersofa vor dem Fernseher.

Regina hatte inzwischen auf dem Besprechungstisch eine große Dose mit der Auswahl ihrer diesjährigen Gebäckvarianten geöffnet und auf ein gutes Dutzend Teller verteilt.

»Die sind zum Probieren«, lud sie die Mannschaft des Quellenhofs ein. Hinzu trat auch ein rundlicher Mann mit schwarzer Baskenmütze, Brille und auffällig abstehenden Ohren, der ungefragt in die Vollen griff.

»Halt!« Edda schrie es fast. »Die sind für unsere Crew, nicht für Besucher! Sie können sie am Sonntag in einer Woche auf unserem Weihnachtsmarkt kaufen. Von zehn bis siebzehn Uhr!« Aber die Baskenmütze hatte sich schon eine Auswahl auf den Handteller geladen und seufzte glückselig. »Köstlich! Ein Traum!«

Irene, die von einem Krankenbesuch beim weiterhin leicht humpelnden und immer noch verwirrten Kater Trolly kam und naturgemäß immer noch eine Wut auf Frau Groll hegte, beäugte den Kekse kauenden Besucher mit abschätzendem Blick. Der kam ihr gerade recht. »Was Sie sich hier genommen haben, entspricht einem Ladenpreis von mindestens neun Euro. Zahlbar an die Bäckerin.« Dabei wies sie auf Regina Schlössl.

Die schüttelte abwiegelnd den Kopf. »So streng müssen wir ja auch wieder nicht sein.«

»Doch, wehret den Anfängen!« Irene blieb hart. Sie hatte den Ton und den Habitus, als stünde sie auf einem Podium vor lauter Studenten. Und so fühlte sie sich auch. Als hielte sie einen Vortrag in ihrem Institut, allerdings nicht über die Soziale Konstruktion von Zuwendungsformen in prekären Lebensverhältnissen, sondern diesmal über die Notwendigkeit, das vorgelegte Backwerk zu würdigen. »Frau

Schlössl hat das alles für unsere Mitgeschöpfe vorbereitet, wochenlang geknetet, geformt und gebacken. Das darf nicht so einfach mit einem Happen vernichtet werden und ohne Wertschätzung in gierigen Bäuchen verschwinden. Das braucht Wertschätzung und Anerkennung!« Nie zuvor hatte sie unaufgefordert so viel und so laut geredet. Fast erschrak sie vor sich selbst. Alle hatten sich zu ihr umgewandt. Selbst die Echse auf Tessas Schulter schien vor Ehrfurcht zu erstarren.

Aus den Augenwinkeln nahm sie wahr, wie zwei Personen das Katzenhaus verließen und in die große Halle an den festlich geschmückten Weihnachtsbaum traten. Einer der beiden hatte einen Transportkorb für Tiere an sich gedrückt, das musste Nelsons Besitzer sein. Der menschliche Nelson an seiner Seite hob fast schüchtern eine Hand als Gruß und winkte in Irenes Richtung. Winken konnte der andere nicht, denn er hatte die Finger beider Hände fromm miteinander verschränkt und hielt in beiden Armen die Tasche mit dem vierbeinigen Nelson. Der Kater duckte sich angesichts der vielen fremden Gesichter.

Egal, Irene war mit ihrer Rede noch nicht fertig und fand, dass es ruhig alle hören sollten. »Wissen Sie, ich habe Regina in den letzten Wochen des Öfteren besucht.« Sie staunte über die Selbstverständlichkeit, mit der ihr diese Lüge über die Lippen kam, schließlich war sie nur zweimal dort gewesen. »Und dort habe ich miterleben dürfen, mit welcher Liebe und Freude sie das Gebäck für unseren Weihnachtsmarkt herstellt. Und noch etwas! Was die meisten von Ihnen wahrscheinlich nicht wissen… die Hälfte des Verkaufserlöses kommt unseren Mitgeschöpfen hier im Haus zugute, mit der anderen Hälfte kauft sie im nächsten Winter frische Zutaten für das Gebäck der nächsten Saison. Und so wächst dank Regina Schlössls Hilfe jener kleine finanzielle Vorrat, mit dem wir notwendige operative Eingriffe bezahlen.« Die versammelte Mannschaft des Quellenhofs applaudierte.

Nun fasste Irene jenen Herrn ins Auge, der die Tasche mit Nelson an sich drückte. Der polterte drauflos. »Wollen Sie mich etwa erpressen? Muss etwa *ich* diesen Eingriff bezahlen? Ich habe den Wisch im Zustand geistiger Umnachtung unterschrieben. Wäre es nach mir gegangen, dann wäre mein Kater noch vollständig.«

Jetzt mischte Edda sich ein. »Nein, aber es war notwendig. Auch zugunsten des Tiers. Damit haben wir vielen zukünftigen Katzen großes Leid erspart. Sonst kümmert sich ja keiner!«

Der Herr mit der Baskenmütze, den ungewöhnlich großen und abstehenden Ohren sowie den Kekskrümeln in den Mundwinkeln stieß den Katzenträger an. »Komm, Eckhard, gehen wir! Du hast das Finanzielle doch schon erledigt, oder? Dann sind wir mit denen quitt.«

»Ja, ja, gleich …« Eckhard kniff die Augen zusammen und nahm Irene in den Blick. Die war hinter Edda Kallmayer getreten und duckte sich, als müsse sie sich verstecken. Sie schien immer noch erschrocken über ihren eigenen Mut und ihre unüberhörbare Rede. Außerdem kam ihr der Mann irgendwie vertraut vor.

»Ich habe da noch was zu klären«, sagte er, drückte der Baskenmütze den Katzenkorb in die Hand und ging auf Edda zu.

Eckhards Begleiter und offensichtlich auch Chauffeur

seufzte und schielte begehrlich auf die Schalen mit dem Weihnachtsgebäck. »Kann man die Plätzchen kaufen?«

»Erst bei unserer Waldweihnacht. Kommen Sie doch einfach wieder vorbei!« Die Echse an Tessas Schulter zwinkerte ihm zu.

»Das ist ein Angebot.«

Irene sah den Mann auf Edda zukommen und huschte davon. Die Damentoiletten befanden sich im ersten Stock, und dort schloss sie sich ein. Wie ein Schulmädchen, das erwischt worden war. Und genauso fühlte sie sich auch. Dieser Typ mit dem Nelson-Kater war ihr schon mal begegnet, aber sie wusste nicht, ob er zu ihrer Arbeitswelt oder noch in die Arend-Welt gehörte. Auf jeden Fall war er hier fehl am Platz.

Aber wie konnte sie auch denken, dass sie hier im Quellenhof von ihrem früheren Leben getrennt war?

Der Mann schien sie nämlich auch zu kennen. Warum sonst war er so zielstrebig auf die Leiterin des Tierheims und die neben ihr stehende Irene zugeschossen?

»Sind Sie denn an der Waldweihnacht am nächsten Sonntag auch alle mit dabei?« In diese Frage bezog Eckhard Lüthus die ganze Tierheimcrew mit ein. Edda sah ihm an, dass er eigentlich etwas ganz anderes fragen wollte. Sie nickte. »Auch Sie sind herzlich willkommen.«

»Wird dann endlich das Gebäck verkauft?«, krähte Eckhards Begleiter und schien an der Auskunft der Echsenfrau zu zweifeln.

Edda nickte. »Klar, dazu wurde es ja gemacht.« Dann wandte sie sich an Nelsons Herrchen. »Passen Sie gut auf Ihren Kater auf! In den nächsten vierundzwanzig Stunden sollte er unbedingt das Haus hüten.«

»Mal schauen. Man sieht sich.« Dann ging Eckhard Lüthus von dannen. Ein Mann von Welt, der sich seinen Schatz zurückerobert hatte.

Edda und Irene begegneten sich im ersten Stock vor den Toiletten. »Danke, dein Plädoyer war große Klasse. Regina hat sich die Tränen aus den Augen gewischt. Hast du das bemerkt?«

Irene wiegelte ab. »Die ist sowieso ziemlich nahe am Wasser gebaut. Wäre ich nicht eingeschritten, hätte dieser Typ ihr alle Kekse weggefressen. Für lau!«

»Zu unserer Waldweihnacht kann er kommen und Plätzchen kaufen«, meinte Edda lakonisch. »Übrigens habe ich eine Rundmail an alle unsere Besucher geschickt, und fast alle haben für morgen zugesagt. Auch Lorenz Erlenburg«, fügte sie mit vertraulichem Raunen hinzu.

Doch Irene hörte nicht richtig zu. »Sag mal, wie heißt der Mann, der Nelson abgeholt hat. Und damit meine ich den Kater Nelson, nicht den anderen?«

»Eckhard Lüthus.«

»Aha.« Irgendwas in ihrem Gedächtnis reagierte auf diese vier Silben.

16. KAPITEL

Am Abend des zweiten Advents öffnete Lorenz Erlenburg nach langer Zeit mal wieder das Mailkonto auf seinem Computer. Alle drei bis vier Tage löschte er die dort eingehende Werbung. Sonst kam ja nichts. Aber heutzutage hatte jeder eine elektronische Postadresse, und seine Freunde und Kollegen hatten ihm gesagt, dass eine Visitenkarte ohne E-Mail-Adresse nichts wert sei. Darauf hatte er sich eingelassen, nicht aber auf eine Homepage. Er wollte malen und nicht am Computer sitzen. Gebracht hatte es noch nicht viel, auch wenn er seine Karten großzügig verteilte. Vermutlich gab es irgendwo eine Stelle, die leichtfertig verteilte Visitenkarten einsammelte und dann die E-Mail-Adressen an Hinz und Kunz weiterverkaufte. Denn warum sonst sollte ausgerechnet er mit Sonderangeboten für Damenwäsche beworben werden? Katzenspielzeug, ja, das hätte ihn interessiert. Aber so etwas Spezielles kam nicht.

Stattdessen aber ploppte ganz ungewohnt ein Bild mit zwei Katzen, einem Hund und einer Ziege auf. »Winterweihnacht im Quellenhof«. Persönliche Einladung. War wirklich er damit gemeint? Er zwinkerte dem Tierbild in seinem Computer zu, denn dies war ein guter Tag gewesen.

Er hatte acht Stunden lang im Atelier gearbeitet und sich von Bruno beim Malen beobachten lassen. Ganz still war es gewesen, nur das Wischen der Pinselstriche auf der Leinwand sowie das leichte Plopp, wenn er Farben aus den Tuben auf die Palette drückte, hatte die Ruhe durchbrochen. Draußen schneite es, und die dicht fallenden Flocken verschluckten sämtliche Straßengeräusche. Es lief gut. Er hatte einen neuen Stil gefunden, seinen ganz persönlichen, eigenen Stil, quasi seine Handschrift. Manchmal scharrte Bruno auf dem Boden oder verkündete mit dezentem Miauen, dass er sich in seinem Korb eine neue Stellung suchte. Stille Zweisamkeit.

Während das große Bild trocknete, hatte Lorenz ganz dicht neben dem Ölofen im Atelier gesessen und in aller Ruhe das Bruno-Porträt fertiggestellt. Auf der zwanzigmal zwanzig Zentimeter kleinen Leinwand erschien der Kater nun ein wenig verfremdet und gleichzeitig überhöht. Aber wer genau hinschaute, würde ihn auf diesem Porträt natürlich erkennen, und alle anderen brauchten sowieso nicht zu wissen, um wen es sich handelte.

So dachte Lorenz. Seine Kunst war ihm heilig.

Inzwischen lag das Bild auf seinem Schreibtisch, und während er die Einladung zur Winterweihnacht im Quellenhof auf sich wirken ließ, signierte er das Gemälde und beschloss, das Katzenporträt dem Quellenhof zu spenden, zumal er in der Einladung gelesen hatte, dass der größte Teil der Verkaufserlöse und der Tombola dem Tierheim zugute käme.

Insgeheim aber war er froh, einen Vorwand für einen erneuten Besuch gefunden zu haben. Denn wenn er Glück hatte, wäre auch die unerreichbare Frau Irene Thannberg anwesend. Und dann konnte sie ihm nicht mehr entkommen.

Da er sie nach immerhin drei Versuchen nicht erreicht hatte, nannte er sie nun für sich selbst »die Unerreichbare«. Immerhin war sie für ihn inzwischen so etwas wie eine Zauberfee aus einem Kindermärchen geworden. Hoffentlich eine gute. Er zwang sich zur Vernunft. Schließlich war es reiner Zufall gewesen, dass er ausgerechnet an jenem Tag ihres bisher einzigen Besuchs in seiner Wohnung den so lange erwarteten Flow verspürt hatte. Mit der realen Irene hatte es nichts zu tun, dass er damals zu seiner neuen und bahnbrechenden Stilrichtung gefunden hatte, und zwar genau nachdem sie den verloren geglaubten Kater entdeckt hatte.

Ob Kater Bruno damals schon seit Stunden auf dem Handtuchstapel im Bad gelegen hatte? Scheinbar ganz bewusst hatte er sich die grau-weiß gestreiften Frotteetücher ausgesucht, die so perfekt zu seinem Fell passten … ein Tarnkater. Garantiert war er in einem anderen Leben Geheimagent oder Erfinder von Tarnanzügen gewesen. Lorenz lächelte. Seitdem Bruno bei ihm lebte, ertappte er sich immer häufiger bei einem Lächeln. Was war nur los mit ihm?

»Ich komme gerne«, mailte er nun zurück. »Ich könnte auch etwas zum Versteigern mitbringen, falls Sie Platz dafür haben.«

»Unbedingt!«, kam Eddas Antwort so gut wie postwendend. »Welche Ehre, einen so prominenten Gast begrüßen zu dürfen!« Und schon wieder glitt ein Lächeln über Lorenz' Gesicht. Edda Kallmayer, den Namen musste er sich merken. Diese Frau war ein Segen für Mensch und Tier.

Obwohl sie nicht wie ein Rauschgoldengel aussah, entsprach die Leiterin des Tierheims genau dem Bild, das Lorenz sich von Engeln machte. Sie hatte ihn von oben bis unten betrachtet und ihm das Gefühl vermittelt, dass er ein einzigartiger und ganz besonderer Mensch war. Dass alles an ihm gut und richtig war. In diesem Augenblick hatte er sich, sein Sein und sein Tun als fehlerlos, wenn nicht gar makellos empfunden. Entweder war sie tatsächlich ein himmlisches Wesen oder aber einer jener seltenen Menschen, die ganz und gar in sich selbst ruhten. In ihrer Gegenwart war alles gut. Sie wäre auf jeden Fall anlässlich der Winterweihnacht in Passbrunn … und wenn er ganz viel Glück hatte, dann auch die Unerreichbare *Eireen*.

Jetzt wandte er sich an den Kater, der mit ihm das Atelier verlassen hatte und es sich in der Nähe des Kachelofens bequem machte. »Bruno, du bleibst dann aber hier. Und dass du dich bloß nicht wieder versteckst! Du bist erstens in diesem Leben kein Geheimagent mehr, und zweitens lagern hier nirgends geheimnisvolle Informationen. Am nächsten Sonntag übrigens schaue ich mir mal diese Edda und deine Irene an. Falls sie da sind. Soll ich Irene von dir grüßen?«

Der Kater schien die Schultern zu heben. Dann gähnte er. »Ich sage ihr, dass es dir bei mir gefällt«, versprach er. »Und ich lade sie nochmals zu uns ein. Aber nur noch ein einziges Mal, denn irgendwann gebe ich die vergeblichen Versuche auf.«

»Miau!«, gab ihm der Kater recht. Vielleicht miaute er aber auch nur, um endlich seine Ruhe zu haben. Lorenz war sich da nicht so ganz sicher.

Etwa zur gleichen Zeit trug Irene im Foyer des Quellenhofs gemeinsam mit Regina Schlössl die benutzten Tassen und Teller in die Küche zurück.

»Hoffentlich habe ich genug gebacken«, murmelte Regina, die gleich nach der Ankunft ihren hellen Wintermantel an die Garderobe gehängt hatte und nun in einem gestopften grünen Pullover und einer fadenscheinigen Hose auf schiefen Absätzen aufgeregt hin und her lief. Sie wirkte irgendwie ärmlich und abgerissen. Irene schämte sich fast für sie. »Aber ich habe ja noch eine Woche Zeit, um weitere Plätzchen zu backen. Wenigstens ist das meiste nun schon hier.«

»Was werden Sie denn an dem großen Verkaufssonntag anziehen?« Irenes Frage klang skeptisch, und Regina schien zu ahnen, was damit gemeint war. Kurz bedachte sie Irene mit einem überprüfenden Blick. Nein, von der konnte sie keine abgelegten Altkleider anziehen. Figurmäßig passten sie einfach nicht.

»Am dritten Advent trage ich Schwarz mit einer schneeweißen Schürze«, antwortete sie schnell. »Das mache ich schon seit Jahren so. Mein Quellenhof-Kostüm. Meine einzig guten Sachen! Danach kommt alles wieder für ein Jahr in den Schrank.«

Hoffentlich haben sich da inzwischen keine Motten eingenistet, dachte Irene und zwang sich innerlich zur Ordnung. Das alles war doch wirklich nicht ihr Problem. Und jeder durfte sich anziehen, wie er wollte.

»Ob das wohl genug sind?«, wiederholte Regina Schlössl ihre Frage, und Irene, die an den Lieferwagen voller Keksdosen dachte, nickte zuversichtlich. »Garantiert!«

»In dieser Woche kann ich höchstens noch sechs weitere

Sorten backen, und dann muss ich ja noch die Tütchen aus Pergamentpapier falten und ordentlich beschriften.« Regina seufzte, aber es war ein wohliges Seufzen.

»Die Frage ist eher, ob Sie auch alles loswerden. Ich glaube nicht, dass Weihnachtsgebäck in der Kühltruhe übersommert.«

»Alles, was übrig bleibt, will ich schon seit Jahren dem Personal vom Quellenhof zu Weihnachten schenken. Aber es ist noch nie etwas übrig geblieben.« Sorgenvoll sog sie die Luft ein, lud sich erneut einen Tellerstapel auf und stapfte in die kleine Küche.

»Übrigens«, flüsterte sie dort, als alle außer Hörweite waren, »ich weiß nicht, wie ich das deuten soll, aber Luna hat sich vor zwei Tagen ein wenig danebenbenommen.«

Irene sah sie an. »Was heißt das … *danebenbenommen?*«

»Sie hat sich auf meine Arbeit gesetzt, also auf die Arbeit für das Steuerbüro, und dann ihr Bächlein darauf fließen lassen. Ich frage mich, ob sie bei mir unglücklich ist. Wissen Sie, sonst geht sie immer brav auf ihr Katzenklo, und das mache ich dann sofort wieder sauber. Aber irgendwas hat ihr an dem Tag nicht gepasst. Sonst hätte sie das doch nicht gemacht. Oder?«

Irene dachte an Nelson Bode. Möglicherweise konnte der etwas klären. »Kommen Sie mal mit!« Spontan griff sie nach Regina Schlössls Arm und erschrak über die plötzliche Nähe.

Währenddessen schlenderte Nelson Bode unschlüssig durch die Halle und umrundete den Tannenbaum sowie den Berg an Tiergeschenken und Spenden von Freunden des Quellenhofs, Tiernäpfe, Dosenfutter, Katzenklos, Hundehalsbänder,

Kratzbäume, Hundesofas und Katzenhöhlen. Er fragte sich, ob Edda Kallmayer wohl alle hundertdreißig Katzen sowie die zehn Hunde vor den mit roten Kugeln und weißen Engelchen dekorierten Weihnachtsbaum setzen würde. Gleichzeitig wusste er, dass kein einziger der Vierbeiner daran Gefallen fände. Besser, er fragte nicht danach oder erkundigte sich bei einer Katze, sobald das Weihnachtsfest vorbei war.

Er wollte gehen. Aber eigentlich hätte er noch zwei Stunden Dienst abzuleisten, jetzt, da er sowieso schon hier war. Und nun kam auch noch Cindy Plödereder um die Ecke und stellte sich breitbeinig vor die Porzellanplatte mit den restlichen Plätzchen der Vorverkostung. Mit dieser Cindy wollte er es lieber nicht zu tun haben, die kommandierte ihn nur dauernd herum. Nun aber wandte sie ihm den Rücken in den viel zu engen weißen Klamotten zu und wollte sich über die Restbestände der Probierplatte hermachen. Edda hatte das Wort *Verkostung* erwähnt, als sie Regina und deren Plätzchen vorstellte. Nelson war fest entschlossen, das heutige Abendessen mit seinen Eltern auch als gelungene Verkostung zu preisen. So ein schönes Wort! Es durfte nicht in Vergessenheit geraten. Hunger aber hatte er nicht.

Hinter sich hörte er, wie jemand seinen Namen rief, und wandte sich erleichtert um. Es war Irene, die mit der Plätzchenbäckerin auf ihn zukam und ihn mit einer Lüge vorstellte. »Dies ist Nelson Bode. Er macht hier sein Praktikum und hilft uns mit den Katzen.« Nelson war froh, dass sie nichts von Sozialstunden und dem Abarbeiten einer Strafe erzählte, und widersprach nicht, als sie zu Lobgesängen ansetzte. »Bisher konnte ich mir nicht vorstellen, dass es Katzenflüsterer gibt, aber Nelson hat mich eines Besseren belehrt. Nelson unterhält sich mit den Tieren und übersetzt deren Anliegen, sodass wir begreifen, worum es den Vierbeinern geht.«

»Nur Vierbeiner?« Regina betrachtete ihn skeptisch. »Oder auch Vögel und Fische?«

Der junge Mann sah der Plätzchenbäckerin an, dass sie ihm nicht glaubte. Ihr erstaunter Blick war voller Zweifel.

»Der könnte doch mal mit Luna reden«, schlug Irene vor und hätte sich im gleichen Moment auf die Finger hauen können. Wieso mischte sie sich dauernd in die Angelegenheiten anderer ein?

Die Bäckerin musterte Nelson aufmerksam. Er überragte sie um mehr als Haupteslänge.

»Die jungen Menschen wachsen heutzutage alle in den Himmel«, verkündete sie. »Unsereins stand nur ihr Leben lang mit beiden Füßen fest in den Wolken.«

Ein bisschen sieht sie auch so aus, dachte Irene. Als hätte sie sich erfolgreich geweigert, jemals mit beiden Füßen auf dem Boden der Realität zu landen. Aber jetzt, mit dieser unseligen Mieterhöhung, war es wohl geschehen. Schade.

»Und Sie würden tatsächlich auch mit meiner Luna reden?«, wollte die selbst ernannte Wolkenwanderin wissen.

Nelson nickte ernsthaft. »Wenn sie mit mir sprechen mag, natürlich. Dazu gehören nun mal immer zwei.«

»Aber wie machen wir das? Ich meine, praktisch?«

Wieder mischte Irene sich ein. Was war nur los mit ihr? Waren dem Kaffee oder Tee etwa Substanzen beigemischt worden, die alle Menschen in hilfsbereite und gute Feen verwandelten? Oder stand der Quellenhof auf einem Zauberberg? Fast war sie geneigt, Letzteres anzunehmen. Hier zeigte sie ein Verhalten, von dem sie früher nicht einmal geträumt hatte.

»Ich könnte Sie mit meinem Wagen nach Hause bringen, und Nelson sollte gleich mitkommen. Luna ist ausgeruht und hat bestimmt viel zu erzählen.«

Nelson schüttelte den Kopf. »Mein Fahrrad steht doch noch draußen. Wie soll ich dann morgen herkommen?«

»Ich fahre dich natürlich heim und hole dich morgen wieder ab.« Sie wandte sich an Frau Schlössl. »Dann können Sie sich in Ruhe auf die Tier- und Waldweihnacht in einer Woche vorbereiten … und heute Abend vielleicht noch ein Blech backen.«

»Oh, ich freue mich!« Wie ein Kind klatschte Regina in beide Hände, sie war offensichtlich wieder auf ihren Wolken gelandet.

Nelson betrachtete die beiden Frauen und verspürte wieder das vertraute Kribbeln. Es sollte wohl so sein. Er nickte. »Gut, ich komme mit.«

Ausgerechnet jetzt drehte sich die eifrig kauende Cindy um. »Ihr geht? Etwa alle drei?«, fragte sie mit krümelverschmiertem Mund.

Ein dreifaches Nicken antwortete ihr. »Nelson hat noch einen Privatauftrag für uns zu erledigen«, erklärte Irene. »Und schreib bitte zwei Einheiten Hausbesuch auf seine Stundenliste!«

»Das ist nicht euer Ernst, oder? Ich soll das alles hier etwa allein aufräumen?« Dramatisch wies sie auf ein halbes Dutzend herumliegender Servietten und eine Handvoll Plätzchen, die übrig geblieben waren.

»Das schaffst du schon!« Irene nahm ihren Mantel vom

Haken und wandte sich an die beiden Mitfahrer. »Kommt ihr?«

Mit verständnislos gerunzelter Stirn biss Cindy in einen der letzten Lebkuchen, und in genau diesem Moment wusste Irene wieder, woher sie den Mann kannte, der mit Chauffeur und Katzenkorb vorgefahren und wieder abgereist war. Es hatte einmal einen norddeutschen Kollegen im Institut gegeben, dessen Name von allen anfangs zum Wort Hütte verballhornt worden war, da er Lüthus hieß, was Kleines Haus bedeutete. Später nannten sie ihn Il Palazzo, da ausgerechnet er von einem entfernten Verwandten elf mehrstöckige Häuser in der Stadt geerbt und sich dann von einem Tag zum anderen aus dem Institut zurückgezogen hatte.

Erneut sah sie ihn bei seinem Abschiedsfest im kleinen Konferenzsaal des Instituts am Kopfende des Tischs sitzen und sich entschuldigen. Als sei ihm das alles äußerst peinlich, ja, fast so, als schäme er sich dafür. Dennoch hatte er sich nicht lumpen lassen und aus Anlass seines neuen Reichtums vom edelsten und teuersten Spezialitätenhändler der Stadt kalte Platten liefern lassen und seine Kollegen mit Prosecco zum Anstoßen animiert.

Aus dem stillen und zurückgezogen arbeitenden Wissenschaftler – Irene und er waren sich an Wochenenden oft im Kopier- oder Druckerraum begegnet – war über Nacht ein Mensch geworden, der nicht mehr wusste, in welche Kategorie er nun hineingehörte und welche Rolle er spielen sollte. Er musste sich gänzlich neu erfinden und einsehen, dass er auch zuvor keinen wirklich festen Stand innegehabt hatte. Hilflos begegnete er jenen Kollegen, die ihn bisher so gut wie gar nicht wahrgenommen hatten, nun aber freundlich und zugewandt nach seinem Befinden fragten, mit ihm etwas trinken gehen wollten und ihn kurz darauf um ein Darlehen angingen. Er war ebenso menschenscheu wie Irene und zog sich in den letzten Tagen seines Angestelltendaseins noch weiter in sich zurück.

Geld verdirbt doch den Charakter, hatte sie damals gedacht, zumindest den Charakter jener Kolleginnen und Kollegen, die sich plötzlich an den über Nacht reich gewordenen Eckhard heranwanzten und dessen Nähe suchten. Der Neid troff ihnen aus sämtlichen Poren. Darüber hätte sich eine soziologische Studie angeboten. Mit den Probanden im eigenen Institut. Es hätte keiner Feldstudien bedurft. Einfach nur einige Meetings in kleineren und größeren Gruppen. Bestimmt schwitzten die Neider des Herrn Lüthus ihre Missgunst auch über die Poren aus. Glücklicherweise verfügte er über keinen Geruchssinn.

An einem ruhigen Sonntagnachmittag vor einer gefühlten Ewigkeit waren sie sich im Druckerraum fast in die Arme gelaufen, und sie hatte sich mehrfach entschuldigt, weil sie am Tag zuvor ein Knoblauchbaguette gegessen hatte. Er hatte sie darauf angesehen, als wäre sie ein Wesen vom anderen Stern, und die Nüstern gebläht. »Ich rieche sowieso nichts.«

Sie erinnerte sich nun an ihre erstaunte Rückfrage. »Gar nichts?«

»Nein, weder Essen noch Parfüms.«

Damit war das Gespräch beendet gewesen.

Jetzt fragte sie sich, wie er wohl reagiert hätte, wenn sie ihn gefragt hätte: »Können Sie mich eigentlich riechen?«

Hätte er gelacht? Hatte er Humor?

Zumindest hat er ein Gefühl für Anstand, dachte sie

nun. Nachdem er unerwartet und unverhofft in die Liga der Immobilienbesitzer aufgestiegen war, empfand er es offenbar als unseriös, sich weiterhin mit der Erforschung von Armut zu befassen. Dabei wäre er, der jede Wohnung betreten konnte, ohne sich an den Ausdünstungen von Essen, Zigarettenqualm oder gar frisch gefüllten Windeln zu stören, ideal für die Feldforschung gewesen.

Und nun besaß er einen ganz normalen Kater, den er über alles liebte und dessen Markierungen er nicht roch. So erleichtert und liebevoll hatte er die Tasche mit Nelson an sich gedrückt. Schließlich hätte er auch für viel Geld einen hochgezüchteten Rassekater kaufen und bei sich aufnehmen können. Gelegentliche Liebestreffs mit ausgesuchten Katzen hätte er sich dann sogar honorieren lassen können. Der Zuhälter seines eigenen Katers! Aber all das hatte er nicht getan. Nelson war ihm über den Weg gelaufen, und die zwei hatten sich auf Anhieb verstanden. So war das ja oft mit Katzen, der erste Blick entschied.

Der erste Blick… Ob er sie auch erkannt hatte? Vermutlich, denn warum sonst war er so zielstrebig auf sie und Edda zugeschossen?

»Was ist?« Ihre beiden Mitfahrer standen nun neben ihr. »Haben Sie etwas vergessen?«

Eckhard Lüthus, dachte sie, als sie mit ihren Passagieren den Quellenhofberg hinunterfuhr. Dabei ließ sie es zu, dass ihre Gedanken sich verselbstständigten. Vielleicht gehörte dem Mann ja das Gartenhäuschen, in dem Regina wohnte. Dann hätte man sicher über einen Mietnachlass statt einer Mieterhöhung reden können. Schon wieder kümmerte sie sich um die Angelegenheiten anderer!

Nelson saß auf dem Rücksitz neben Regina Schlössl und aktivierte sein Handy. Liebevoll strich er über die Fotos der beiden Kater Trolly und Nelson.

»Warum hast du die denn fotografiert?« Regina klang neugierig.

»So bleibe ich mit ihnen in Kontakt«, antwortete der junge Mann und schien sich fast dafür zu schämen. »Wenn ich mich ganz stark auf sie konzentriere, fühle ich, wie es ihnen geht.«

»Ach was«, meinte Irene und ging vom Gas. »Fast so, als würdet ihr telefonieren?«

»Genau.«

»Und wie geht es dem Kater Nelson?«

»Na ja, er spürt schon, dass irgendetwas anders ist, er hat größeren Hunger und will dauernd schlafen. Aber eigentlich ist es ihm ganz recht so. Er hat nicht mehr so viel Stress. Das hat er mir gestern Abend vermittelt.«

»Wunderbar.« Irene seufzte innerlich und dachte, dass der Junge ganz schön einsam sein musste. Andere Jungs in seinem Alter hatten eine Clique, oder wie immer das heutzutage hieß, außerdem Whatsapp-Gruppen jeglicher Couleur. Aber dieser Teenager kommunizierte mit Tieren. Eine Freundin hatte er offenbar auch noch nicht.

»Mit einem Foto von Luna kann ich überall mit ihr in Kontakt treten, natürlich nur, wenn sie es will.«

»Dann machen wir das!« Regina war Feuer und Flamme.

»Wie lange wohnen Sie schon mit Luna zusammen?« Regina kicherte. Das war die richtige Formulierung und klang so, als wäre sie in Lunas prächtigen Palast eingezogen und nicht umgekehrt Luna in ihr ziemlich heruntergekommenes, verwahrlostes und demnächst wohl unbezahlbares Gartenhaus.

»Sie können dann gehen.« Eckhard Lüthus öffnete die hintere Tür seiner Limousine, griff nach dem Tragekorb mit dem Kater und stieg aus. Draußen zog er die Kapuze seines fellgefütterten Wintermantels über den Kopf und wischte sich den Schnee von den Augenbrauen. Er drückte die Tasche mit Kater Nelson an sich und wandte sich an den Mann mit der Baskenmütze. »Vergessen Sie nicht, den Wagen ordentlich in der Garage abzustellen!«

Der Herr hinter dem Steuer des Lüthus'schen Wagens nickte beflissen. »Mach ich, Chef.« Für einen winzigen Moment hätte man meinen können, dass auch dessen auffällig große abstehende Ohren mit ihrem Wackeln Zustimmung signalisierten.

Knud von der Heide war sich immer noch nicht ganz im Klaren darüber, welche Rolle er bei Herrn Lüthus spielte. Bezahlt wurde er als Chauffeur und Gärtner, aber Eckhard neigte gelegentlich auch dazu, ihn Dritten gegenüber als hilfsbereiten Nachbarn vorzustellen. Als sei es ihm vor bestimmten Leuten peinlich, einen Dienstboten zu haben. Teils duzte er ihn, teils siezte er ihn. Es gab keine Regelmäßigkeiten und keinen Dienstplan. Oft wurde der Chauffeur mit dem Adelstitel tagelang nicht gebraucht, dann wieder mehrmals täglich. Knud von der Heide war immer in Bereitschaft und hatte es schon vor Jahren aufgegeben, nach einem Muster oder so etwas wie Regelmäßigkeit zu suchen. Dafür wohnten er und seine Familie mietfrei in einem Nebengebäude des Gutshofs. Mit seiner Vergangenheit hätte Knud von der Heide nirgends einen Job bekommen. Trotz des vornehmen Namens.

Eckhard aber hatte ihm seinerzeit während des Bewerbungsgesprächs lediglich ein Glas Wein angeboten, ihn dabei aber sehr genau beobachtet. »Ich brauche jemanden, auf den ich mich hundertprozentig verlassen kann«, hatte er dann erklärt.

»Dann bin ich der Richtige.«

»Und Ihre Frau würde sich einmal in der Woche um meinen Hausstand kümmern?«

»Selbstverständlich! In der Zeit kümmere ich mich um die Kinder.«

Es waren drei an der Zahl.

Damit war der Deal perfekt gewesen, und die Symbiose funktionierte nun schon seit mehr als zehn Jahren.

Knud von der Heide schloss die Beifahrertür und öffnete mit dem Transponder am Autoschlüssel das elektronische Garagentor. Sein Arbeitgeber war ein komischer Kauz. Ging gern selbst einkaufen, allerdings nur Katzenfutter und Obst, und wollte jeden Donnerstagnachmittag in den Feinkostladen der übernächsten Großstadt gefahren werden, da er sich dort unerkannt wähnte. In jener Stadt lud er auch seine verschmutzte Wäsche in einer Wäscherei mit Reinigung ab. Knuds Vorschläge, dass seine Frau das doch günstiger erledigen könne, überhörte er geflissentlich.

Wenn er auswärts aß, dann immer allein und immer in einfachen italienischen Restaurants. Einmal hatte er seinem Faktotum gestanden, dass er den Frauen nicht traue. Zum einen, weil er sie nicht riechen könne, zum anderen, weil die aufgrund seines Wohlstands augenblicklich Eurozeichen in den Augen bekämen und garantiert sofort an eine Hochzeit sowie eine darauf folgende Scheidung dächten, bei der sie absahnen könnten.

Er hatte so gut wie nie Besuch und wohl auch keine Verwandten. Er wollte nicht, dass Knud eine Uniform trug, und hatte als einzigen Tick ein Faible für sehr teure Kleidung sowie die dienstäglichen Besuche in der Staatsbibliothek. Dort las er sich durch sämtliche Enzyklopädien und freute sich, dass er schon alles wusste. Auf dem Rückweg bekam Knud das Wissen dann ungefiltert vermittelt. Aber damit ließ es sich leben.

»Und was ist nächsten Sonntag?«, fragte er Eckhard nun und betrachtete das Gesicht unter der Pelzmütze.

»Was soll da schon sein?«

»Dritter Advent und Waldweihnacht im Tierheim.«

»Morgen ist doch erst zweiter Advent«, stellte Eckhard klar, stutzte kurz, musterte seinen Kater und lächelte. Ja, warum eigentlich nicht? »Ich schicke dir rechtzeitig eine Whatsapp. Halt dein Telefon bereit!«

Als wäre ich jemals unerreichbar gewesen!, dachte Knud von der Heide.

Eckhard Lüthus sah ihm nach und bestieg mit der Katzentasche die tief verschneite Freitreppe zum Haupteingang seines Refugiums. Jetzt bloß nicht ausrutschen!

Nelson miaute unerbittlich und konnte es kaum erwarten, bis der Reißverschluss seines Reisekoffers endlich geöffnet wurde. Mit großen Sprüngen flitzte er in alle Ecken des riesigen Hauses, schnüffelte, kratzte und raste die ausladende

Freitreppe mit den handgedrechselten Streben inmitten der Diele auf und ab. Die Operation – mit Schaudern verbot sich Eckhard, das Wort *Kastration* auch nur zu denken – war für ihn schon vergessen.

Auffällig war nur, dass er an diesem Abend gar nicht vor die Tür wollte.

Auch gut, so saßen sie miteinander in dem großen Ledersessel und nahmen an einer Quizshow im Fernsehen teil. Eckhard wusste alles. Zeit seines Lebens verfolgte er schon Ratesendungen, als Kind im Radio, seit Jahren im Fernsehen. Auch diesmal hätte er wieder jeden Einzelnen der angetretenen Kandidaten in die Tasche gesteckt, aber so was von! Vermutlich war das der Grund, warum er noch nicht von den Fernsehanstalten eingeladen worden war. Er wäre ihnen teuer zu stehen gekommen. Allerdings hatte er sich auch noch nicht beworben. Knud von der Heide hätte mich doch längst schon als Kandidaten vorschlagen können, dachte Eckhard. Aber der Mann war einfach total unselbstständig. In allem. Was den Niedergang der Adelsgeschlechter nur bestätigte. Knud hatte nie eigene Ideen.

Der Kater neben ihm reckte sich. Unter seinem Bauch war er rasiert, eine kaum sichtbare Erinnerung an das Unaussprechliche, das ihm angetan worden war. Ob diese Frau die Finger im Spiel gehabt hatte? Plötzlich wusste Eckhard wieder, wie sie hieß! Irene. Irene Thannberg. Sie stammte aus einem längst vergangenen Leben und aus einer Zeit, in der er noch ein mittelloser Mann und schüchterner junger Wissenschaftler gewesen war. Mittlerweile hingegen war er dickköpfig, reich und hatte tausend Marotten. Das fühlte sich um einiges besser an, auch wenn er nicht mehr jung war.

Irene Thannberg, Soziologin, die das Gleiche studiert hatte wie er. Ihre Projekte hatten nahezu übereinstimmende Inhalte, aber sie hatten sich nie zusammengetan. Sie wollte niemanden an ihrer Seite und vor allem niemanden, mit dem jeder Satz durchdiskutiert werden musste und von dem jede Annahme infrage gestellt wurde. Und ihm ging es ebenso.

Während sie sich mit staatlichen Zuwendungsformen in prekären Lebensverhältnissen befasste, hatte er über die unbewusste Weitergabe problematischer und prekärer Biografien geforscht und war davon ausgegangen, dass der Spruch »Einmal arm, immer arm« durchaus seine Berechtigung hatte. Noch vor Beendigung seines Projekts war er reich geworden. Tatsächlich hatte ein eigenwilliges Schicksal sein so engagiert angegangenes Forschungsvorhaben konterkariert.

Irene Thannberg selbst allerdings hatte damals nicht so gewirkt, als stamme sie aus prekären Lebenslagen. Ihm war positiv an ihr aufgefallen, dass sie sich ebenso wenig wie er in die große Institutsfamilie einfügen wollte. Weder er noch sie nahmen an den Sommerfesten mit Wein und Gesang oder an den jährlichen Betriebsausflügen nebst Wanderungen an der frischen Luft teil.

Stattdessen genossen sie beide an diesen Tagen die Stille des Forschungsgebäudes, er im nordöstlichen, sie im südwestlichen Flügel, aber auf dem gleichen Stockwerk, sodass sie sich immer mal wieder im großen Druckerraum begegneten und sich anlässlich dieser Treffen bestätigten, wie wunderbar konzentriert man doch in dieser herrlichen Ruhe arbeiten könne. Die Telefone klingelten nicht, und niemand stand auf dem Flur vor ihren Arbeitszimmern und jammerte lauthals über ein Zuviel an Arbeit.

Ob sie mit ihrem Prekariat weitergekommen war oder gar die Welt verändert hatte? Sicher nicht. Staatliche Gelder flossen immer noch auf die gleiche Art und Weise und mussten weiterhin anhand von komplizierten Formularen angefordert werden. Das von Irene geforderte bedingungslose Grundeinkommen war bislang noch keine Realität geworden und hätte auch eine ziemlich große Zahl von kontrollierenden Beamten überflüssig gemacht.

Eckhard glaubte nicht mehr an die Forschung. Hoffentlich war Frau Doktor Thannberg in der Zwischenzeit nicht selbst in solche Armut abgerutscht, dass sie sich als Rentnerin im Tierheim ein Zubrot verdienen musste. Angesehen hatte man es ihr nicht. Aber warum sonst war sie vor ihm davongelaufen? Er hatte es genau registriert.

Garantiert wäre sie am nächsten Sonntag auch auf der Waldweihnacht im Quellenhof. Da konnte sie ihm dann nicht mehr entwischen. Vor ihm rannte man nicht weg, das wäre ja noch schöner gewesen! Ihm rannte man höchstens mal nach, und dabei dachte er an die falschen Kollegen von einst, die doch tatsächlich in dem Moment nett geworden waren, als aus seiner sprichwörtlichen Hütte ein Palazzo geworden war.

Nelson dagegen rannte ihm nach, seitdem er den Kater bei einer Spazierfahrt verletzt am Straßenrand gefunden und zum Tierarzt gebracht hatte.

Knud von der Heide hatte das Tier fotografiert und auf Eckhards Geheiß überall Gefunden-Plakate aufgehängt, aber niemand hatte sich bei ihm gemeldet. Das war gut so, denn

Eckhard und Nelson waren schon nach wenigen Tagen eine glückliche Notgemeinschaft, in der jeder den anderen so sein ließ, wie er nun mal war.

17. KAPITEL

Horst Mönninghoff, Mathematiklehrer und Liebhaber historischer Fahrzeuge, kämpfte sich nach dem sonntäglichen und viel zu üppigen Mittagessen die Treppe zu seinem Arbeitszimmer hoch. Anna meinte es einfach zu gut mit ihm. Mit gesenktem Kopf hielt er sich am Treppengeländer fest und stieß trotzdem immer wieder gegen unzählige aufgehängte Sterne. Zum Glück waren die entweder aus Papier gefaltet oder aus Stroh geflochten. In den Wochen vor Weihnachten war die Milchstraße – verglichen mit dem Sternenmeer im Mönninghoff'schen Haushalt – ein Waisenkind. Seit Jahren bastelte seine Frau ab Ende November ganze Universen, und alljährlich wurden es mehr. Glücklicherweise fristeten diese Sternennebel an elf Monaten des Jahres eine dichte Existenz in inzwischen sieben riesigen Umzugskartons, die von Januar bis November auf dem Dachboden lagerten. Vielleicht würde sich ja einer der Sterne in ein schwarzes Loch verwandeln und alle anderen Papier- und Strohplaneten verschlingen. Eine wunderbare Vorstellung! Immer wieder versuchte ihm Anna Mönninghoff die genaue Herstellungsart beispielsweise der kompliziert zu faltenden und fast mathematisch aufgebauten

Fröbel- und Bascettasterne vorzuführen oder gar zu erläutern. Für solchen Unsinn hatte er aber keine Zeit. Er war Mathelehrer und kein Kindergärtner oder gar Spezialist für Origami-Falttechniken. Manchmal fragte er sich, ob Anna ihm zuliebe diesen Sternentick entwickelt hatte. Denn als sie sich kennenlernten, träumte er noch von einer Zukunft als Astronom, bis es ihn immer mehr verwirrte, dass die Sterne so unerreichbar weit entfernt waren. Nun war er also Pädagoge, und die Schüler kamen ihm manchmal erschreckend nahe.

An elf Monaten des Jahres war er eigentlich ganz zufrieden mit seinem Leben und sollte somit nicht klagen. Dann jedoch setzte sich seine Anna pünktlich mit dem ersten Advent in die Küche, holte Papiere und Strohhalme aus diversen Schachteln und kreierte neue Objekte für die heimische Milchstraße. Das Haus wurde weihnachtlich dekoriert. Seit gefühlten Ewigkeiten verfiel sie dann ihrem Dekowahn, hängte vorhandene sowie neue Schätze auf oder verarbeitete ihr Material zu Mobiles. Dann waren die Fensterscheiben des gemeinsamen Eigenheims eine einzige dunkle, versternte Szenerie. Niemand konnte hereinschauen, niemand hinaus. Horst gewöhnte sich nur schwer daran, sämtliche Sternenhaufen und Mobiles innerhalb des Hauses zum Schwingen zu bringen. Entweder hingen sie zu niedrig, oder er trug den Kopf zu hoch. In der Vorweihnachtszeit fühlte er sich in seinen eigenen vier Wänden auf ungute Weise eingeengt.

Eigentlich gab es nur einen Fluchtort inmitten der Glitzerwelt, sein Arbeitszimmer unter dem Dach. Das war sternenfrei und sollte auch so bleiben. Anna und er hatten lange darüber diskutiert, und er hatte sich durchsetzen können. Allerdings beschlich ihn auch diesmal wieder das unangenehme Gefühl, dass sich das früher so übersichtliche Sternbild des Orion an der Tür zu seinem Refugium im Lauf der Zeit zu einem Sternenhaufen verdichtet hatte. Immer wieder nahm er sich vor, nach Orions Gürtelsternen in Höhe der äußeren Türklinke zu suchen. Keine Chance. Anna hatte nun mal einen vorweihnachtlichen Sternenkoller.

Er seufzte. Sein Leben war augenblicklich ein von Papp- und Strohsternen verdunkeltes Jammertal. Wann würde dieser Unsinn endlich aufhören? Und warum hatte seine Frau ausgerechnet diesen Tick? Konnte sie nicht einfach Socken stricken oder putzen und backen wie andere Ehefrauen? Er verstand es nicht.

Von Sternen hatte er daher in der Zeit vom ersten Advent bis zum zweiten Weihnachtstag die Nase voll. Auf diesen Zeitraum hatten sie sich geeinigt. Anschließend baute Anna ihr Werk dankenswerterweise ebenso schnell wieder zurück, wie sie es zuvor hatte entstehen lassen.

Sterne, wozu brauchte man die eigentlich? Selbst Seefahrer hatten heutzutage Navis und waren daher weder auf Sextanten noch auf deren Höhenwinkel-Messung angewiesen. Gut, dass er rechtzeitig von der Astronomie zur Mathematik gewechselt hatte. Dazu beglückwünschte sich Horst immer noch. Sterne waren einfach zu weit weg. Und Schüler? Nun gut, manchmal waren sie leider ein bisschen zu nahe. Aber man konnte nun mal nicht alles haben.

Jetzt wurden schon Kinder nach Sternbildern benannt. In der zweiten Klasse seiner Waldorfschule, wo Horst Mönninghoff Mathematik unterrichtete, gab es einen Jungen namens Wolf, abgeleitet vom Sternbild des Lupus. Wolfs Mutter hatte dem astronomisch interessierten Lehrer anvertraut, dass ihr Sohn in einer südlichen Nacht unter der Konstellation des Wolfs entstanden war, an einem Strand und mit Meeresrauschen. So genau hatte Horst es gar nicht wissen wollen.

Ein netter Junge, dieser Wolf, und hilfsbereit, nicht so hochnäsig wie seine Schwester Paula, die er in Mathe unterrichtete und die allen Jungs der oberen Klassen den Kopf verdrehte und keinen ansah, da sie vor allem auf ihrem Smartphone herumwischte.

Neulich hatte er während einer Pausenaufsicht auf dem Schulhof gehört, wie Wolf stolz erzählte, dass er vor wenigen Tagen einen Kater gerettet habe, der mittlerweile vom Tierheim Quellenhof aufgenommen worden sei. Und nun endlich war die Belohnung für diese Rettung gekommen, ein Gutschein für eine Schnupperstunde Reiten. War das nicht toll?

Die anderen Schülerinnen und Schüler hatten ihn voller Bewunderung angesehen. »Echt, das ist ja geil! Da muss ich auch mal nach Tieren Ausschau halten, die gerettet werden können. Super endgeil! Spitzenmäßig geil!«

An diesem Punkt des Expertengesprächs hatte Horst eingegriffen und das letztgenannte Wort zu einem verbotenen erklärt. Das war unklug gewesen, denn die Jugendlichen in der Folgestunde hatten alle seine Erklärungen zu den anstehenden Multiplikationsaufgaben mit einem »Geil!« kommentiert.

Tabuisierte Dinge machten also am meisten Spaß. Kurz hatte er sich überlegt, neue Worte und Sätze als Tabus auszugeben. Beispielsweise: »Sehr klug!« und »Das hast du gut gemacht!« oder »Was täte ich ohne dich?«. Dann würden die Schüler immer, egal, ob es passte oder nicht, diese Phrasen heraushauen. Andererseits, wann hatte er zuletzt selbst derart positive Rückmeldungen erhalten? In seiner Kindheit? Auf jeden Fall war es Ewigkeiten her. Und zu Annas Sternen würde er keinesfalls sagen: »Das hast du gut gemacht.« Niemals!

Anlässlich des belauschten Pausengesprächs waren die Worte »Tierheim«, »Quellenhof« und »Passbrunn« gefallen, und so kam es, dass Horst Mönninghoff an diesem dritten Advent nach dem Betreten seines Arbeitszimmers kurz auf dem Kanapee ruhte, um im Anschluss daran die Flucht aus der häuslichen Sternenwelt zu ergreifen. Überhaupt war es schon längst an der Zeit, sich nach dem Engagement von Nelson und Torben zu erkundigen. Die sagten ja nix.

»Ich muss noch mal los, dienstlich!«, rief er seiner Frau zu, die bereits wieder am Küchentisch saß, Goldpapier zu Sternenzacken schnitt und faltete.

»In diesem Jahr kommen Herrnhuter Sterne dazu. Die habe ich noch nie gefaltet!«, verkündete sie stolz.

Wäre auch besser, wenn es so bliebe, dachte Horst und nickte halbherzig. »Sehr schön.«

»Das heißt, ich soll nicht mitkommen?« Anna Mönninghoff klang erleichtert. »Aber zum Abendessen bist du wieder da, oder?«

»Natürlich.« Er setzte sich die Pelzmütze auf, stieg in seine dicken Stiefel und griff nach seinem Parka. Was war das für ein Winter! Es hörte überhaupt nicht auf zu schneien. Zum Glück fuhr gerade ein Räumfahrzeug durch die Straßen.

Bis zum Tierheim waren es höchstens vier Kilometer. Auf mehr ließ er sich an einem Tag wie diesem sowieso nicht ein. Schon allein um sein historisches Fahrzeug nicht überzustrapazieren. Ob die im Quellenhof sonntags überhaupt geöffnet hatten? Na ja, einen Versuch war es wert.

Offensichtlich hatten viele Menschen den gleichen Gedanken gehabt wie er. Der Parkplatz vor dem Quellenhof war so belegt, dass er seinen Wagen am Straßenrand abstellen musste. Nun ja, im Tierheim war es warm und gemütlich, und für Kinder wäre der Ausflug wie ein Zoobesuch. Heutzutage boten die Eltern ihren Kindern am Wochenende ja so allerhand. Direkt vor ihm hielt ein großer dunkler Wagen. Das Gefährt sah aus, als plane sein Besitzer Fahrten durch die Antarktis oder die Wüste. Erhöhte Sitze und getönte Fenster, und sicher gab es in dem Wagen mehr als vier Gänge und – der Gipfel des Luxus – einen Vierradantrieb.

Diesem riesigen Geländewagen entstieg ein kleiner Herr mit auffällig abstehenden Ohren unter einer schwarzen Baskenmütze.

»So, Eckhard, da sind wir! Ich glaube, dein Kater freut sich, dass er zu Hause bleiben durfte. Hier ist ja heute die Hölle los.«

»Das denke ich auch.« Ein hagerer Mann mit dichten Augenbrauen verließ den Wagen und griff nach einem schwarzen Stockschirm. Horst Mönninghoff fragte sich, was dieser Mann im Tierheim wollte. Der hatte doch ganz offenkundig schon ein Tier zu Hause, das dort auf ihn wartete. Sollte er sich doch lieber darum kümmern! Auch erkannte er auf einen Blick, dass dieser Herr ungewöhnlich teuer gekleidet war. Er kannte sich damit aus, weil Anna ihn in adventsfreien Zeiten durch die Einkaufsstraßen von Großstädten schleppte. Dort konnte man für einen Anzug, einen Kaschmirpullover oder einen Designerschirm fast genauso viel hinblättern wie für einen Gebrauchtwagen. Eingedenk dieser Erfahrung, streichelte er seinen Golf mit dem historischen Kennzeichen und freute sich, dass dieser schon bald Seltenheitswert haben würde. Aber er würde sein zitronengelbes Schätzchen niemals gegen einen SUV eintauschen. Was konnte man schon mit einem Auto anfangen, das auf keinen Parkplatz passte?

»Und jetzt?« Horst Mönninghoff sah, wie der edel Gekleidete amüsiert auf den Herrn mit der Baskenmütze hinabblickte und sich dabei des Zuschauers im gelben Kleinwagen bewusst war. »Herr von der Heide, wir richten uns nun erst mal nach deinem Plan. Was meinst du?«

»Wir gehen jetzt dort rein«, antwortete der Mann mit Adelstitel, aber ohne adlige Kleidung, und schloss mit einem Druck auf den Autoschlüssel alle Türen des Wagens.

Da Horst nur eine einzige Tür benutzt hatte, brauchte er auch nur eine abzuschließen. Und zwar ganz klassisch, indem er den Schlüssel ins Schloss steckte. In gebührendem Abstand folgte er seinen beiden Vorgängern.

Das Tor zum Quellenhof stand sperrangelweit offen. Da kann doch jederzeit ein Hund oder eine Katze entwischen, dachte Horst besorgt. Erst dann nahm er die Verkaufsstände, Würstchenbuden und Glühweinschenken innerhalb des Vierseithofs wahr. In der Mitte der Aufbauten wuchs eine Linde empor, die keine Blätter mehr trug, dafür aber eine

Girlande mit vielen bunten Lichtern. Aber keinen einzigen Stern. Welche Erleichterung! Auch schien hier, im Innern des Gehöfts, selbst der Winter gezähmt. Die Schneeflocken fielen weich und sanft, und der kalte Wind wurde von den Außenmauern zurückgehalten.

Die beiden Herren aus dem SUV steuerten geradewegs auf ein hölzernes Knusperhäuschen mit weihnachtlichem Gebäck zu. Eine Mittvierzigerin in schwarzem Kleid und mit weißer Schürze stand hinter dem Tresen und strahlte so, wie Horst sich das Strahlen eines Honigkuchenpferds vorstellte. Nämlich überglücklich. Das von grauen Strähnen durchzogene dunkelblonde Haar war zu einem frommen Knoten hochgesteckt, und die Frau wirkte auf den astronomieaffinen Mathematiklehrer wie ein Wesen von einem besseren Stern oder aus einer besseren Zeit. Auf jeden Fall ungewöhnlich. Vor ihrem Häuschen hatte sich bereits eine kleine Menschenmenge versammelt, als mathematisches Mittel schätzte Horst etwa sieben Personen. Demnach musste das Angebot extrem begehrt sein. Er reihte sich hinter die SUV-Herren in die Schlange ein und überschlug die Zeit, bis er bedient werden würde, acht bis zehn Minuten garantiert. Eine ideale Möglichkeit, um nach Torben und Nelson Ausschau zu halten. Wenn die Jungs klug waren, würden sie auch am heutigen Sonntag hier arbeiten. Jetzt war wenigstens mal was los! Vermutlich waren sie sonst hauptsächlich mit dem Ausmisten von Ställen und dem Putzen von Katzenklos beschäftigt. Möglicherweise durften sie ja hin und wieder ein Pferd striegeln. Aber das Reiten war für wahre Helden wie beispielsweise Wolf vorgesehen.

»Weißt du, seit meiner Kindheit auf dem Anwesen meiner Großmutter habe ich nicht mehr so gute Plätzchen gegessen«, verkündete jetzt der Baskenmützenherr vor ihm.

»Ach, du mit deinem Schloss!« Der Hochgewachsene schüttelte den Kopf. »Das war einmal... Sei froh, dass du nun für lau in einem meiner Häuser wohnst. Da gibt's nicht so viele Fenster und Flure, und es ist um einiges leichter zu beheizen.«

»Aber die Nebenkosten!«, gab die Baskenmütze zurück.

»Also, wirklich, Herr Nachbar! Über Geld spricht man nicht, erst recht nicht in besseren Kreisen. Aber klar, über eine Gehaltserhöhung könnte man nach der langen Zeit durchaus mal diskutieren. Ich will dich ja nicht verlieren.«

Die abstehenden Ohren des kürzeren der Herren wackelten zustimmend. »Hast ja recht. Aber du wirst es schmecken, dieses Weihnachtsgebäck ist ein Traum. Vor einer Woche, als du Nelson wieder nach Hause geholt hast, habe ich heimlich davon genascht. Sein Duft zieht Menschenscharen an. Siehst du, wie sie alle schnuppern?«

»Ich kann doch nicht riechen!«

»Ach ja, das vergesse ich immer wieder! Vermisst du das eigentlich?«

Der edel Gekleidete hob die Schultern. »Wie soll man etwas vermissen, das man nicht kennt? Es hat auch Vorteile.«

»Nee, sag bloß!«

»Ich kann beispielsweise neben einem Güllewagen herspazieren. Da ergreifen alle anderen die Flucht.«

Der verhinderte Astronom und verbeamtete Mathematiklehrer Horst Mönninghoff fragte sich, warum jemand, um Himmels willen, neben einem Güllewagen spazieren gehen wollte und ob dieser Vorteil alle anderen Nachteile aufhob. Er beispielsweise fühlte sich augenblicklich in dem köstlichen Plätzchenduft auf wunderbare Weise aufgehoben und hatte noch nie in Begleitung eines Güllewagens eine Wanderung unternommen oder gar an einem Picknick zwischen Kuhfladen teilgenommen.

»Zweieinhalb Kilo Lebkuchen und drei Pfund Vanillekipferl«, orderte der wuselige kleine Freiherr oder Baron … oder wer auch immer mit lauter Stimme.

Die Frau mit der makellos weißen Schürze riss die Augen auf und schüttelte fassungslos den Kopf. »Ich verkaufe nur hundertgrammweise, wenn's hochkommt, mal zweihundert Gramm pro Sorte. Es sollen doch alle etwas bekommen.«

»Ich zahle es auch in bar.«

»Die anderen zahlen in Euro.«

Horst grinste. Auf den Mund gefallen war die nicht. Vor ihm stieß der Kleine den Großen an. »He, wenn du willst, kannst du doch alles kaufen. Die ganze Bude. Das hat sie dann davon.«

»Will ich aber nicht.«

»Und warum nicht?«

»Ich habe schon elf Häuser und nun auch noch den Gutshof. Möglicherweise bald auch noch ein Gasthaus. Was soll ich da mit so einer windigen Knusperbude?«

»Auf den Inhalt kommt es an.«

Horst fragte sich, ob damit die Verkäuferin oder die Plätzchen gemeint waren. Auf ihn wirkten beide gleichermaßen appetitlich.

»Na gut«, der kleine Mann zeigte sich einsichtig. »Dann nehme ich von jeder Sorte hundert Gramm.«

»Von allen siebenundzwanzig Kategorien, auch den veganen?« Die Verkäuferin kam aus dem Staunen nicht heraus.

»Genau. Und kann ich mich dann noch mal hinten anstellen?«

Die Backfee nickte. »Wenn es sein muss. Alle werden der Reihe nach bedient. Wollen Sie mal?« Sie beugte sich vor und schob dem offensichtlich mürrisch dreinschauenden hochgewachsenen Herrn, der neben ihrem Kunden stand, ein weiß schokoliertes Dominosteinchen zu. Halbherzig griff der zu.

Das ist wieder mal typisch, dachte Horst Mönninghoff. Der Kerl besitzt schon elf Häuser, einen Gutshof und bald ein Gasthaus, und so einem wird dann auch noch etwas geschenkt, wofür weniger Wohlhabende ihre letzten Euro zusammenkratzen müssen. Das Leben ist durch und durch ungerecht.

Der hochwertig und hochpreisig gekleidete Herr steckte sich das Konfekt ohne Ansicht von Form oder Struktur zack, zack in den Mund. Horst sah ihn kauen und schlucken. Dann nickte er der eifrig Tütchen um Tütchen zusammenstellenden Verkäuferin zu. »Nicht schlecht. Das haben Sie gut gemacht. Das schmeckt sogar mir! Da nehme ich doch auch gleich ein Tütchen mit.«

Horst lächelte. War das nicht genau der Satz, den er noch vor Kurzem gedacht hatte? »Das haben Sie gut gemacht.«

Als Horst Mönninghoff endlich dran war, nahm er Kokosmakronen und Pfeffernüsse, weil Anna die so liebte. Fast hätte er auch noch Zimtsterne genommen, aber Sterne kamen ihm prinzipiell nicht mehr ins Haus, egal, in welcher Form! Er zahlte und suchte den Blick der Verkäuferin. »Wo finde ich den Chef?«

»Sie meinen, die Chefin? Frau Kallmayer steht dort drüben. Die mit dem rot-weißen Nikolausumhang.« Horst hatte sie schon entdeckt. Sie war die Einzige, die in dieser Weise gekleidet war. »Aber«, fügte die Frau hinzu und reichte ihm das Wechselgeld, »wenn Sie ein Tier mitnehmen wollen … das geht erst ab Mitte Januar.«

»Ich brauche kein Tier!« Das klang fast beleidigt. Schließlich hatte er ja schon eine Frau. »Ich brauche nur eine Information.«

Auf dem Weg zur Nikolausin wäre er fast in das ungleiche Paar aus dem SUV hineingelaufen, der Hagere hatte seine Hundert-Gramm-Tüte gleich geöffnet und stopfte einen Keks nach dem anderen in sich hinein. »Ich sehe mir mal die anderen Sachen an«, verkündete er. »Wir treffen uns in einer Stunde an der Linde.« Er blickte auf seine goldene Armbanduhr.

»Toll, dann kann ich mich gleich mehrfach bei den Plätzchen anstellen.« Die Segelohren unter der Baskenmütze glühten vor Freude.

Irene Thannberg stand mit den Tierpflegerinnen Tessa und Cindy am Glühweinstand und füllte dicke Steinguttassen mit einer dampfenden Mischung aus Johannisbeer-, Sauerkirsch- und Orangensaft. Über allem hing der Duft von Zimt, Kardamom und Nelken. Edda hatte beschlossen, in diesem Jahr nur alkoholfreie Getränke auszugeben, zum einen, weil Passbrunn nur mit dem Auto oder Fahrrad zu erreichen war, zum anderen, weil damit Erwachsene und Kinder gleichermaßen bedient werden konnten.

Irene gab gerade einen gut gefüllten Becher an einen

etwa Elfjährigen aus, dessen Eltern in diesem Sommer einen Hund aus dem Quellenhof zu sich genommen hatten, als Eckhard in ihr Blickfeld trat. Brav stand er da, als wolle auch er einen Glühwein, aber sie ahnte, dass das nicht sein Anliegen war. Andernfalls hätte er nicht schon vor gut einer Woche ihre Nähe gesucht.

»Wer hätte je gedacht, dass wir uns ausgerechnet hier wiedersehen«, begann er den Small Talk. »Sie wissen doch sicher noch, wer ich bin, oder?«

Anstatt zu antworten, hob sie die Brauen. »Glühwein?«

»Gern.« Er hielt ihr einen Zehneuroschein hin. »Der Rest ist für die Kaffeekasse.«

Würde er sich nicht wie ein arroganter Krösus aufführen, dachte sie bei sich, könnte er eigentlich ganz sympathisch sein.

Die neben ihr stehende Cindy nahm den Geldschein entgegen und strahlte den generösen Kunden an. »Wow, das ist aber nett! Danke!«

Mit einem wohltätigen Grinsen nickte er kurz in Richtung der weißen Kompaktheit und suchte Irenes Blick. »Haben Sie nachher noch Zeit?«

»Das kann ich jetzt noch nicht sagen. Vielleicht …« Sie beschloss, nicht allzu abweisend zu sein, möglicherweise war er ja der Besitzer des Schlössl'schen Gartenhauses, und dann sollte er die Mieterhöhung zurücknehmen. Sie lächelte sogar. »Am vergangenen Samstag habe ich miterlebt, wie Sie Ihren Kater wieder abgeholt haben. Wie geht es Nelson?«

»Bestens, aber er wollte in der Nacht nicht raus. So kenne ich ihn gar nicht. Vermutlich ist er noch erschöpft. Nun, Sie kennen ja den Grund.«

»Wir haben ihm mit der Operation natürlich auch die Unruhe des Begehrens genommen«, dozierte sie und nahm wahr, dass fast alle Umstehenden lachten.

Nun zeigte sich auch Eckhard souverän. »Sehr schön gesagt… der arme Kerl. Ich komme später noch mal vorbei.« Er nippte an seinem heißen Glühwein und verließ den Kreis der wartenden Kunden. Irene sah, wie er sich mit seinem sündteuren Wildledermantel auf die bemooste Bank unter die Linde setzte und trank.

»Ihr kennt euch?« Tessa staunte. »Der sieht ja so was von nach Kohle aus!« Dazu wippte ihr Echsentattoo. Trotz der Kälte und des Schneefalls trug sie eine Jacke, die ihr viel zu groß war und ihr dauernd – und zwar in kontrolliertem Zufall – über die linke Schulter rutschte. Irene hatte sich schon gefragt, ob sie dort absichtlich ein Gewicht eingenäht hatte.

»Ja, der war neulich auch schon da und hat ihr nachgeguckt. Aber da ist er mir als Typ gar nicht so aufgefallen.« Cindy nickte. »Trotz Kohle ist der leider zu alt für uns. Und überhaupt, der hat nur Augen für Irene.«

»So ein Quatsch! Wir waren früher mal Kollegen.« Irene drehte die Flamme des Elektrokochers höher und ging dabei in die Hocke. Als sie sich wieder aufrichtete, war Eckhard verschwunden. Zum Glück.

Quer über den Hof hinweg nahm sie die strahlende Regina Schlössl wahr. Eigentlich hätte es keinerlei Weihnachtslichter an deren Stand bedurft. Die war wirklich in ihrem Element, zumal sie Nelson als Assistenten hatte, der nach ihren Anweisungen Nachschub an Plätzchen heranschaffte und gerade wieder aus dem Lagerraum auftauchte.

Irene sah ihn permanent hin und her rennen und gefüllte Dosen anschleppen. Wahrscheinlich würde für die Quellenhof-Mannschaft und für Eddas Familie wieder nichts übrig bleiben. Sie beschloss, sich in der nächsten Pause einige Tütchen reservieren zu lassen. Bevor es zu spät war.

»Das ist für mich wie Weihnachten!«, jauchzte Regina, als Irene sich kurz darauf dem Verkaufsstand näherte. »Und natürlich lege ich für Sie beide etwas zurück, schon allein wegen des Katzengesprächs mit meiner Luna.«

Ach ja, der letzte Samstag! Tatsächlich war Nelson, kaum hatte er im Gartenhäuschen von Regina Schlössl die Katze gesichtet, mit ihr in Kontakt getreten. Fast körperlich spürbar war das Band, das die beiden zueinander knüpften, und beide Frauen waren sich einig gewesen: Luna hatte ihren Übersetzer nicht nur erwartet, sondern sogar telepathisch herbeigerufen. Regina brachte es gleich auf den Punkt. »Die hat ihm dann wohl einiges zu erzählen. Lassen wir die beiden am besten allein!«

Luna würdigte weder ihr Frauchen noch Irene eines Blickes. Alles in ihr konzentrierte sich auf den Gesprächspartner.

Nelson hatte sich daraufhin an die Dielenwand gelehnt und war, mit dem Holzpaneel im Rücken, in Zeitlupe nach unten gerutscht. Dann saß er mit ausgestreckten Beinen auf dem gefliesten Boden. Irene sah, wie ihn ein Zittern überlief. »Frierst du? Hast du dich erkältet? Wir holen dir ein Kissen.«

»Nein.« Er schüttelte den Kopf. »Ich rede jetzt mit ihr.«

Es war klar, dass die Frauen draußen bleiben sollten.

Und ihm zuliebe ließen sie ihn mit Luna allein. Was aber

nicht hieß, dass sie nicht lauschten. Jede von ihnen hatte ein Ohr eng an die Tür gepresst, die vom Wohnzimmer zur Diele führte. Doch sie hörten nichts.

»Komisch, mit Nelson hat er geflüstert«, verriet Irene.

»Das ist ja auch ein Kater. Kater sind nicht so sensibel wie meine Luna. Mit meiner Katze kommuniziert er mittels Gedanken, damit keiner mithört.« Regina Schlössl klang wie eine Expertin für Katzenkommunikation.

Das wäre ein interessantes Forschungsprojekt, dachte Irene, aber vermutlich passte es in keinen sozialwissenschaftlichen Rahmen und würde daher weder vom Familienministerium noch vom Innenministerium gefördert. Ob der reiche Eckhard Lüthus für so etwas Geld herausrücken würde? Vermutlich nur, wenn er daran glaubte.

»Wir sollten einen Tee trinken«, schlug Regina vor. »Er wird uns sein Ergebnis schon noch mitteilen. Und Sie müssen wegen des Jungen ja auch noch einen Umweg fahren.« Sie trat ans Fenster. »Meine Güte, der Schnee hört auch gar nicht auf in diesem Winter! Bald liegt er so hoch, dass ich nicht mehr zur Tür hinauskomme oder die Fenster öffnen kann.«

Irene trat an ihre Seite und bewunderte die Familie von Männern, Frauen und Kindern aus Schnee, die von den Bewohnern des Vorderhauses im Hinterhausgarten gebaut worden war. Sogar eine liegende Schneekatze mit Schnurrhaaren aus grünem Gartendraht und einer durchlöcherten Mütze auf dem Kopf gehörte dazu. Die Familienmitglieder des Hauses Schnee trugen schwarze Topfhüte, rote Karottennasen und standen artig Spalier.

Nelson hatte auf dem Weg zum Gartenhaus mit seinem Handy ein Foto von der Versammlung gemacht, und seine Stimme hatte ein wenig traurig geklungen. »Als ich klein war, haben meine Eltern mit mir auch Schneefamilien gebaut, sogar Schneehunde und Schneebären. Und einmal, als der Winter sehr kalt und lang war, sogar ein richtiges Iglu. Das war echt klasse!«

Als der Tee auf dem Tisch stand, kamen Nelson und Luna gleichzeitig aus der Diele ins Zimmer. Luna sprang auf Reginas Schoß und schnurrte. Beide Frauen musterten den jungen Mann. »Wie war euer Gespräch?« Regina schob ihm eine Teetasse zu.

Nelson legte beide Hände um die Steingutschale, hob die Schultern und wandte sich an Regina. »Ich verstehe nicht alles, was sie erzählt. Aber sie musste Ihnen ein Zeichen geben, damit Sie endlich mit dieser Arbeit aufhören. Das ist nicht Ihr Beruf oder Ihre Berufung. Ganz genau konnte ich es nicht aus ihr herauskriegen.«

Regina erschrak. »Aber womit soll ich dann mein Geld verdienen?«

Nelson suchte Lunas Blick. Irene nahm wahr, dass er erneut leicht ins Zittern geriet. Offenbar eine Folge der Kontaktaufnahme. Mit höchster Konzentration betrachtete er die Katze. »Sie sagt, da ergibt sich schon bald etwas«, murmelte er. »Zufall fällt uns vom Schicksal zu.«

»Hat sie das gesagt? Die Katze?« Irene schien ihren Ohren nicht zu trauen.

»So kommt es bei mir an, obwohl ich nicht weiß, was das heißen soll.«

Regina nickte. »Luna weiß mehr, als wir ahnen. Und wenn sie das so sagt, dann heißt das, alles wird wieder gut. Nicht irgendetwas, nein, einfach *alles!*«

Sie schien in einem Flow zu sein, angekommen auf Wolke sieben. Hatte sie selbst nicht einmal gesagt, sie stehe mit beiden Füßen fest in den Wolken? Irene warf ihr einen sorgenvollen Blick zu. Hoffentlich fiel sie da nicht herunter! So etwas konnte schnell gehen, und solche Stürze taten nicht nur körperlich weh.

Das war vor einer guten Woche gewesen, und Regina tanzte auch heute, an diesem Winterweihnachtssonntag, auf dem Quellenhof auf Wolke sieben. Sie lebte ganz im Hier und Jetzt, als würde heute Abend nicht alles wieder zusammen- und abgebaut, als würde heute Abend nicht noch einmal Geld gezählt und aufgeteilt, und als müsse sie danach nicht wieder zehn bis elf lange Monate warten, bevor sie wieder backen durfte. Irene fragte sich, warum ihr das nun alles durch den Kopf ging. Sie konnte nichts daran ändern. Jeder war seines Glückes Schmied, und dass sie persönlich beim Schmieden ihres eigenen Glücks nicht sonderlich erfolgreich gewesen war, hatten die vergangenen Jahrzehnte bewiesen. Besser, sie hielt sich im Fall Regina Schlössl mit guten Ratschlägen zurück. Und überhaupt … das ging sie alles nichts an.

18. KAPITEL

Horst Mönninghoff beobachtete, wie sich die zwei ungleichen Herren aus dem SUV trennten. Der hochgewachsene Mann mit den edlen Klamotten schlenderte zum Glühweinstand, der kleine Edelmann in Alltagskleidung dagegen stellte sich abermals am weihnachtlichen Knusperhäuschen an. Wenn der von allen Sorten hundert Gramm gekauft hatte, so schleppte er nun schon mehr als zweieinhalb Kilo Süßwaren mit sich herum und bemühte sich offenbar um Nachschub. Und das Ganze dann mal zwei oder drei? Wer, um Himmels willen, sollte das denn alles essen? Vermutlich hatte der Herr von und zu einen ganzen Stall blaublütiger Kinder, die versorgt werden mussten. Auf jeden Fall wies die überdimensionale Einkaufstasche darauf hin, dass hinter allem ein sorgfältiger Plan steckte.

Mönninghoffs Einkäufe hingegen passten gut in eine Jackentasche. Ohne von seinen Schätzen zu naschen, steuerte er konsequent jene Frau an, die ihm als Chefin vorgestellt worden war. Tierisch gut sieht die aus, dachte er und lächelte angesichts der Doppeldeutigkeit seiner Überlegung.

Vermutlich war sein Lächeln so ansteckend, dass auch sie

ihn anstrahlte und freudig begrüßte. »Wie schön, dass Sie gekommen sind! Wir freuen uns über jeden Besucher.«

»Ich will aber kein Tier vermittelt haben«, stellte er sogleich klar. Obwohl, eine junge Katze, die alle diese Sterne vom häuslichen Himmel holte… darüber hatte er bisher noch nicht nachgedacht.

»In diesen Wochen wird auch nichts vermittelt«, erklärte sie ihm, und er begriff: Sie hatte ihn um seiner selbst willen so freundlich begrüßt. Einfach so. Er staunte.

»Sie waren noch nie bei einer unserer Waldweihnachten, oder?«

Er schüttelte den Kopf und kam augenblicklich zu seinem eigentlichen Anliegen. »Es geht mir um die beiden Jugendlichen Nelson und Torben, die bei Ihnen Sozialstunden ableisten. Also, um auf den Punkt zu kommen… ich bin im Rahmen meiner Aufsichtspflicht gekommen. Sind Sie mit den beiden zufrieden? Leisten sie gute Arbeit? Mir erzählen die ja nichts.«

Die Nikolausin in ihrem rot-weißen Umhang hob kurz die Brauen. »Torben ist schon lange nicht mehr bei uns. Er war nur einmal hier und hat dann zum Bauhof gewechselt. Aber Nelson ist ein Schatz. Wir sind glücklich, dass wir ihn haben. Sicher wird er auch nach Ablauf seiner Strafe weiter zu uns kommen.«

»Und wie macht er sich so im Miteinander?«

»Was meinen Sie damit?«

»Verhält er sich sozial?«

Die Frau mit den goldenen Kreolenohrringen schüttelte ungläubig ihr schwarzes Haar, lachte erneut und zeigte dabei strahlend weiße Zähne. »Welche Frage! Natürlich! Aber wenn Sie es genau wissen wollen, dann wenden Sie sich am besten an Frau Dr. Thannberg. Sie ist sozusagen seine Mentorin.«

»Und wo finde ich die?«

»Dort, sie schenkt mit meinen Mitarbeiterinnen Glühwein aus.«

»Ist Nelson heute auch hier?«

»Ja, klar! Nun sagen Sie bloß, Sie haben ihn noch nicht gesehen! Er hilft Frau Schlössl beim Plätzchenverkauf.«

»Tatsächlich? Da habe ich doch gerade so lange angestanden.« Er schüttelte über sich selbst den Kopf und dachte wieder einmal, dass man fast immer nur das wahrnahm, wonach man auch tatsächlich Ausschau hielt. Alles andere geriet erst gar nicht in den Blick. »Dann schaue ich dort später auch noch mal nach.«

Lorenz Erlenburg parkte seinen Citroën auf einem Parkplatz, der gerade frei wurde, als eine Familie mit drei Kindern einstieg und fortfuhr. Jedes der Kleinen hielt eine Tüte mit heißen Maronen in der Hand. Er sah ihnen nach und fragte sich, was er eigentlich hier verloren hatte. So viele Leute! Und die waren nicht wegen Kultur oder einer Vernissage, sondern allein wegen einer Waldweihnacht im Freien angereist. Hier gehörte er doch eigentlich gar nicht hin, in ein Tierheim! Da hatte so einer wie er doch nichts zu suchen. Andererseits kam sein Bruno von hier, und das verband ihn mit diesem »Lebens(t)raum für Mensch und Tier«, wie der Quellenhof auch genannt wurde. Außerdem hatte er das Katzenbild im Auto, das versteigert werden sollte. Nun ja, wenn es niemand von diesen Banausen wollte, würde er es

Frau Kallmayer schenken oder dieser Irene, sozusagen als Ersatz für Bruno, der ja nun sein Atelierkater war.

Edda verabschiedete gerade einen Herrn mit Pelzmütze und schickte ihn mit einem Fingerzeig quer über den Hof. Sie entdeckte Lorenz Erlenburg in der Nähe des Eingangs und winkte ihm zu. Nun gab es kein Zurück mehr! Da musste er durch. Er seufzte.

»Wie schön, dass Sie es doch noch einrichten konnten! Wir haben die Versteigerung für halb fünf angesetzt. In der Eingangshalle des Tierheims. Kommen Sie mit! Ich zeige Ihnen die Bühne.«

»Da muss ich aber nicht rauf, oder?« Eine plötzliche Panikattacke überflutete ihn.

»Nein, wenn Sie nicht wollen … aber die Leute sehen auch gern jene, die die Dinge erschaffen haben, die heute versteigert werden. Mit entsprechendem Applaus können Sie dann auch rechnen.«

Er folgte ihr ins Foyer des Tierheims und stand kurz darauf inmitten eines Sammelsuriums von selbst gebasteltem Katzen- und Hundespielzeug, kunstvoll geflochtenen Hundeleinen, handgezimmerten Vogelhäuschen, gestrickten und gehäkelten Spielmäusen für Katzen, die ziemlich intensiv nach Baldrian und Katzenminze rochen. Aber auch Schals, Handschuhe, Mützen und Socken waren im Angebot, alles handgestrickt oder gehäkelt. Eins war klar, sein Bild mit kubistischer Anmutung passte da so gar nicht. Worauf hatte er sich nur eingelassen?!

»Sie haben Ihr Bild ja auch selbst gemalt«, stellte Edda Kallmayer sachlich klar. Ja, aber ich bin Maler, und das ist wohl etwas ganz anderes, dachte er mit unerwarteter Arroganz.

Als er durchs Fenster nach draußen linste, entdeckte er die Frau, derentwegen er eigentlich gekommen war, nachdem er sie anders nicht hatte erreichen können. Nun denn, wenn der Prophet nicht zum Berg kam, dann musste der Berg eben zum Propheten kommen. Irene Thannberg wurde von zwei jungen Frauen begleitet. Einer von ihnen rutschte die übergroße Jacke ständig über die linke Schulter, bei der anderen hatte er den Eindruck, als sei alles straff gestriegelt und fest eingeschnürt. Offensichtlich trug sie einen beigefarbenen Skianzug, aus dem sie bereits vor Jahren herausgewachsen war.

Lorenz nahm wahr, wie ein blässlicher Herr mit Brille und Pelzmütze auf Irene zutrat und auf sie einredete. Ganz ruhig blieb sie vor ihm stehen und schien gelassen darauf zu warten, dass er seinen Vortrag beendete. So wie der sich aufführte! Das war sicher ein Lehrer. Lorenz lächelte in sich hinein.

Die beiden jungen Mädchen dagegen reagierten auf jeden Satz des Vortragskünstlers mit zuvorkommendem Kopfnicken, Kopfschütteln und Erklärungen, die er nicht hören konnte. Nur zu gern hätte er gewusst, worum es dort draußen ging. Um wie viel interessanter war doch diese Frau, die ganz ruhig hinter ihrem Glühweinkessel stand und den Redner gewähren ließ. Im Vergleich zu den aufgeregt schwätzenden jungen Mädchen verhielt sie sich bewundernswert gelassen. Vielleicht stimmte es ja, dass es im Alter mehr auf innere Werte als auf äußere Schönheit ankam. Plötzlich wurde ihm bewusst, dass er Irene unbedingt näher kennenlernen wollte.

Die oder keine … Seltsam, das Gleiche hatte er gedacht, als er sich für den Kater Bruno entschieden hatte. Und es war richtig gewesen.

Edda hatte das Bild inzwischen ausgepackt und auf eine Staffelei gestellt. »Unglaublich! Faszinierend. Wie haben Sie das denn geschafft? Sie scheinen die Charaktereigenschaften aller unserer Katzen in einem einzigen Porträt gebündelt zu haben. Jede von ihnen sehe ich darin, sogar die ewige Ausreißerin Misia und natürlich auch Bruno.«

Misia, das passt, dachte Lorenz. So hieß doch die Muse von Toulouse-Lautrec, Renoir und Picasso. Nun ist sie auf meinem Bild wiederauferstanden, als Katze.

Demonstrativ blickte er auf seine Armbanduhr. »Bis zur Versteigerung bleibt ja noch etwas Zeit. Da drehe ich einfach eine Runde über den Weihnachtsmarkt.«

»Übrigens setzen wir uns heute Abend alle zusammen. Dann trinken und essen wir die Reste der angebotenen Lebensmittel. Sie sind doch auch dabei, oder? Bitte!«

Er hob die Schultern. »Ich denke darüber nach.« Er war einfach kein geselliger Typ, und was sollte er mit diesen Leuten? Andererseits hatte er das Gleiche von Irene gedacht, als sie in seine Wohnung gekommen war und Bruno wiederentdeckt hatte. Und nun erwies sie sich als leutselig und aufgeschlossen. So konnte man sich irren! Er sah, dass Irene den immer noch auf sie und die jungen Frauen einredenden Herrn rigoros weiterschickte, und zwar in Richtung Plätzchenstand.

»Bis später dann!«

Edda winkte ihm nach.

»Hallo, Nelson!« Der junge Mann zuckte heftig zusammen und ließ fast eine der großen Blechdosen fallen, die er aus dem Haupthaus geholt hatte. Wie erstarrt blieb er stehen.

»Ich muss einfach mal nachsehen, wie du dich so machst.« Horst Mönninghoff gab sich als Kumpel.

Nelson wurde rot bis über beide Ohren.

»Sie wollen mir doch nicht etwa meinen besten Assistenten abspenstig machen!« In gespieltem Protest zog die Verkäuferin die Stirn kraus. »Haben Sie nicht vorhin schon Plätzchen gekauft? Sie kommen mir so bekannt vor. Brauchen Sie noch eine zweite Portion?«

»Warum nicht?« Er nickte brav und sah, wie Nelson ihr etwas zuflüsterte. Mein Lehrer, raunte er ihr wahrscheinlich ins Ohr.

»Ja dann, für besondere Gäste gibt es auch besondere Gaben.« Sie reichte ihm ein weiteres Hundert-Gramm-Tütchen mit der »himmlischen Mischung«, wie sie selbst es handschriftlich auf der Papiertüte notiert hatte. »Danke auch, dass Sie ihm so wenige Schulaufgaben aufgegeben haben. Deshalb hat er heute Zeit und kann mir helfen.«

Mönninghoff aber ließ sich nicht so leicht einwickeln. »Ja, wie ich sehe, ist er tatsächlich eine große Hilfe.« Die Frage »Wer hätte das gedacht?« schluckte er gerade noch hinunter und wandte sich an Nelson. »Wo steckt eigentlich dein Freund Torben?«

»Wir arbeiten inzwischen an unterschiedlichen Stellen.«

»Der Torben ist also tatsächlich im Bauhof?«

»Ja, da fühlt er sich wohler. Sagt er. Aber da ist heute Sonntagsruhe.«

Mönninghoff schüttelte den Kopf und widersprach. »Heute

bestimmt nicht. Die sind doch schon den ganzen Tag mit Räumfahrzeugen unterwegs. Aber sag mal, gefällt es dir hier?«

»Logo!« Nelson reichte der schwarz gekleideten Verkäuferin mit der blendend weißen Schürze eine gigantisch große Blechdose mit gefüllten Kekstüten und nahm zwei leere entgegen, mit denen er sich auf den Weg ins Haupthaus machte. Dabei wandte er sich an seinen Lehrer. »Ich hab grad echt viel zu tun.«

»Bring mir die Dosen mit den Vanillekipferln und den Pfeffernüssen!«, rief Regina ihm nach.

Nelson nickte. »Wird gemacht.«

»Ja, dann habe ich ja gesehen, was ich sehen wollte.« Mönninghoff griff nach dem Tütchen mit der »himmlischen Mischung« und schenkte Regina Schlössl ein schiefes Lächeln.

Bei diesem Nelson hatte er ein gutes Gefühl. Aus dem würde noch mal was werden! Bei Torben war er sich da nicht so sicher. Aber den würde er sich vorknöpfen. Und plötzlich hatte er einen Einfall. Und was für einen!

19. KAPITEL

Um genau halb fünf Uhr an diesem Tag betätigte Edda Kallmayer die große Schiffsglocke, die sie sich eigens für diesen Anlass von ihrem Mann im Innern des Hauses hatte aufstellen lassen, und griff zum Außenlautsprecher. Eine fliegende Holländerin im Nikolauskostüm. Lorenz kam sich vor wie auf einer Opernbühne. Ihm war nach Verschwinden zumute. Allerdings hatte er es immer noch nicht geschafft, bis zu Irene vorzudringen.

»Da es nun dunkel ist«, verkündete Edda, »lade ich alle Anwesenden ins Foyer des Quellenhofs ein. Die Versteigerung beginnt! Zusätzlich zu der Auswahl werden nun auch jene Dinge aufgenommen, die an den Verkaufsständen übrig geblieben sind. Da ist sicher so manches Schnäppchen zu machen. Der Erlös ist übrigens für unsere Vierbeiner bestimmt.«

Im gleichen Maß, wie die Lichter an der Tanne erloschen, füllte sich die Halle des Tierheims mit Menschen. Irene hatte schon mittags die Bestuhlung im Foyer begutachtet und sich gefragt, ob das Angebot an Sitzplätzen für sechzig Leute nicht doch ein bisschen zu hoch gegriffen war. Nachher saßen da höchstens zehn und fühlten sich zwischen den leeren Stühlen unwohl und verloren. Jetzt aber wurde sie eines Besseren belehrt, zumal mittlerweile auch noch einige Familien in Begleitung einstiger Tierheimhunde auf der Schwelle der geöffneten Flügeltüren zum Flur standen.

Edda nahm hinter dem Auktionspult Platz und warf mit gekonnter Eleganz die dunkle Lockenpracht zurück. Ihre großen goldenen Ohrringe verliehen ihrem Aussehen besondere Eleganz. Hinter ihr schleppte Nelson die wenigen hutschachtelgroßen Dosen mit Reginas restlichen Köstlichkeiten herbei.

Irene, die immer noch unter der Fuchtel ihres Rechenticks stand, kalkulierte, dass etwa neunzig Prozent der Waren den Besitzer gewechselt hatten. Regina hatte ihr beim Betreten zugeraunt, dass ein total Verrückter mit etwa fünf Kilo ihrer Köstlichkeiten abgerauscht war. »Einer ganz allein!«

»Hat er auch bezahlt?«

Die Bäckerin nickte und lächelte verschmitzt. »Und zwar in Euro.« Dann trat sie selbstbewusst an den Gabentisch und legte die vorgepackten und handbeschrifteten Hundert-Gramm-Tütchen aus. Wie viel Zeit hat sie wohl darauf verwendet, das alles vorzubereiten?, dachte Irene erneut. »Das ist für mich keine Arbeit, das ist für mich wie Weihnachten«, hatte sie Reginas Geständnis noch im Ohr. Mit Erleichterung darüber, dass sie nichts anzubieten hatte, suchte sie sich einen Platz am äußersten Rand der vorletzten Reihe, wie es ihr im Kino und im Theater zur Gewohnheit geworden war. »Ständig fluchtbereit«, hatte Arend dieses Verhalten früher kommentiert. Und vielleicht kam das der Wahrheit recht nahe. Nein, hier will ich ja gar nicht weg, dachte sie und rutschte um einen Stuhl nach innen. Und schon wurde der Platz neben ihr besetzt.

Es war Eckhard Lüthus. Seinen edlen Ledermantel hatte er unbeaufsichtigt an der Garderobe zurückgelassen und saß nun in schwarzem Feincord, grafitgrauem Kaschmirpullover und paisleygemustertem dunkelgrauen Seidenschal neben ihr. Eigentlich hätte er auch nach einem sündhaft teuren Aftershave duften müssen. Aber sie nahm nichts dergleichen wahr. An seiner rechten Hand blitzte ein goldener Siegelring. Die hob er nun lässig zum Gruß. »Hallo! Wir waren übrigens mal per Du«, flüsterte er.

»Dann sollten wir zu dieser Gewohnheit zurückkehren«, raunte sie zurück. »Wo steckt denn dein Freund und Nachbar?«

»Du sprichst von Knud, unserem Freiherrn von der Heide? Der hat was zu erledigen und bringt zudem seine Einkäufe nach Hause. Ich klingele ihn an, wenn er mich abholen soll.« Er wies auf sein Handy.

»Du benutzt ihn als Chauffeur?« Irene schüttelte den Kopf.

»Unter uns …«, antwortet er leise. »Er *ist* mein Chauffeur.«

Was sollte sie dazu noch sagen?

Irene schwieg und betrachtete ihre Hände. Sie trug weder einen Ehe- noch einen Siegelring.

»Aber sag, wie ist es dir ergangen?« Eckhard beugte sich vor. Es schien ihn wirklich zu interessieren.

Irene log. »Super, ich habe bis zum Frühjahr, also bis zum Beginn meiner Rente, im Institut gearbeitet.« Als er unbeeindruckt blieb, setzte sie noch einen drauf. »Meine Projekte und Initiativen haben viel bewirkt.«

»Ach was«, murmelte er und erinnerte sich. »Weißt du noch? Unser Armutsding und deine Forschung zum bedingungslosen Grundeinkommen?«

»Klar, wie könnte ich das vergessen? Wir konnten es aber leider immer noch nicht durchboxen.«

»Da glaubten wir beide noch an unseren Einfluss auf die Politik.« In diesem Satz schwang fast ein wenig Wehmut mit.

Sie betrachtete ihn von der Seite und bemerkte, wie er den Ärmel seines Kaschmirpullovers hochschob und auf eine Armbanduhr mit Platinband blickte. »Wann geht das denn los mit der Auktion? Jetzt ist es schon Viertel vor fünf.«

»Jeden Moment«, gab Irene zurück und dachte, dass allein die Armbanduhr ihres Sitznachbarn so viel gekostet haben mochte, wie sie in einem Jahr verdient hatte. Eine ähnliche Uhr hatte sie einmal gemeinsam mit Arend im Fenster eines Juweliergeschäfts gesehen, und sie waren erstaunt über den Preis von neunundsechzigtausend Mark gewesen. Äußerlich war das der Uhr nicht anzusehen. Aber glücklich machte die Uhr ihren Stuhlnachbarn anscheinend auch nicht. Wenn sie ganz unvoreingenommen hinüberschaute, entdeckte sie in ihm den unsicheren Kollegen von früher. »Erzähl du mal! Wie ist es dir ergangen?«

»Ganz gut. Ich habe damals ja elf Häuser geerbt, verwaltet und inzwischen noch ein paar Hütten dazugekauft. Inzwischen wohne ich in dem Gutshof in der Buchenallee. Den kennst du vielleicht. Er liegt ziemlich am Ortsrand, und dahinter beginnt der Wald. Ideal für Nelson.« Bei diesem Satz wurde seine Stimme ganz weich. »Und Nelson kennst du inzwischen ja auch.«

»Natürlich, beide.« Dann ging sie sogleich auf das Eigentliche los. »Gibt es bei dir auch gelegentlich Mieterhöhungen?«

»Ja klar, alles muss den Lebenshaltungskosten angepasst werden. Warum fragst du?«

Statt zu antworten, musterte sie ihn mit gerunzelter Stirn. »Gehören dir auch Häuser in der Falkenstraße?«

»Nein. Warum?«

»Dort wohnt eine Bekannte von mir, und die hat eine so saftige Mieterhöhung bekommen, dass sie vermutlich ausziehen muss. Sie weiß nicht, wie sie das alles noch stemmen soll.«

»Oje.«

Irene wies auf die handbeschriftete Kekstüte auf Eckhards Schoß. »Es geht um Frau Schlössl. Die Bäckerin dieser Köstlichkeiten.«

Bevor er darauf reagieren konnte, begann die Versteigerung.

Erneut betätigte Edda die große Schiffsglocke, und alle Blicke richteten sich erwartungsvoll auf die Chefin. Assistiert wurde sie von Cindy Plödereder und Tessa. Letztere wiederholte mit ihrer dunklen Stimme nach Eddas »Zum-Dritten-Gebot« Preis und Namen des Käufers, sprang dann echsengeschwind in den Saal, überreichte das Ersteigerte und kassierte den Erlös. Cindy führte Buch und hielt das Wechselgeld parat. Ein eingespieltes Team.

Nach etwa einer Stunde hob Edda ein Bild auf das Pult und ließ das Auditorium die Rückseite der gespannten Leinwand betrachten. »Hier haben wir ein Gemälde des berühmten Malers Lorenz Erlenburg. Er ließ sich von uns ein Tier vermitteln, und vermutlich hat ihm Kater Bruno Modell gesessen.«

Sie hielt kurz inne, blickte ins Auditorium und winkte einladend. In der zweiten Reihe außen reagierte jemand mit einem rigorosen Kopfschütteln. Das konnte nur Lorenz sein.

Irene verspürte Gänsehaut und Herzklopfen zugleich und rutschte auf ihrem Stuhl zurück.

Theatralisch und sich durchaus ihrer Position bewusst, drehte Edda das Bild, und wie eine Welle wogte das Staunen durch die Menge. Fast jeder meldete sich. Die sieht ja aus wie Luna!, dachte Irene. Ein bisschen auch wie Bruno. Da hörte sie die Kommentare der anderen Gäste. »Das ist ja meine Lucy!« – »Nein, das ist mein Toni!« – »Mein Pupperl!« – »Meine Süßi!« – »Mein Schiely!« – »Mein Ragnar!« – »Schau mal, Mogli!« – »Nein, das ist doch Siggi!« Eine Frau hinter Irene seufzte glücklich. »Ein Porträt meiner Misia! Und so wunderbar getroffen. Das Bild muss ich haben!«

»Nein, das ist mein Nabaka. Eindeutig!«

»Das kann nicht sein! Ihr Nabaka ist doch schwarz!«

»Trotzdem!«

Irene kniff die Augen zusammen und sah sich das Ölgemälde noch einmal genauer an. Das konnte doch gar nicht sein! Dieser Lorenz konnte mit einem Bild doch nicht alle Katzen und Katzenrassen dieser Welt porträtieren! Oder war es genau das, was einen Künstler ausmachte? Warum hatte er ihr das Bild nicht gezeigt? Sie hätte es ihm sofort abgekauft!

»Also, mit dem Porträt hat er eindeutig meinen Nelson getroffen. Bis ins kleinste Schnurrhaar«, stellte Eckhard Lüthus befriedigt fest. »Das kaufe ich!«

Das aktuelle Gebot lag schon bei fünfzig Euro, aber er erhöhte gleich auf hundert. Cindy flüsterte Edda etwas ins Ohr, vermutlich, dass dieser Herr großzügig und zahlungskräftig war. Die Gebote für das Katzenbild überschlugen sich, und der Preis für den Zuschlag schnellte in die Höhe. Nach und nach gaben die meisten auf, lediglich Misias Frauchen und Nelsons Herrchen waren gegen Ende noch dabei. Inzwischen stand das Gebot bei dreitausend Euro. Das war der Zeitpunkt, an dem die Besitzerin der Siamkatze aufgab, sodass Nelsons Herrchen den Zuschlag bekam.

»So viel Geld habe ich augenblicklich nicht bei mir«, tönte er und hielt seine Armbanduhr hoch. »Kann ich Ihnen meine Rolex als Pfand dalassen? Ich löse sie morgen wieder aus.«

»Passt schon, Irene kennt Sie ja!«, rief Edda und bemerkte im gleichen Moment, dass Lorenz Erlenburg in der zweiten Reihe zusammenzuckte. Oje, der zog vermutlich falsche Schlüsse! Hoffentlich konnte sie da noch etwas klarstellen!

Nun brachte der als Praktikant vorgestellte Nelson die letzte gefüllte Dose aus Reginas Vorrat zur Versteigerung nach vorn. »Selbst gemachte Lebkuchen von Frau Schlössl!«, verkündete er ein wenig schüchtern und ließ den Blick über die Anwesenden schweifen, um gleich darauf mit hochrotem Kopf zu erstarren.

»Alles klar bei dir?«, fragte Cindy aus ihrem beigefarbenen Skianzug heraus und nahm ihm die große Dose aus der Hand.

Er schluckte. »Ja«, hauchte er und bewegte sich nicht von der Stelle. Denn dort, ganz hinten, hinter der geöffneten Flügeltür standen die unerreichbare Paula und ein kleiner Junge. Wow! Und Paula winkte ihm auch noch zu. Das war doch fast wie Weihnachten! Ihm zitterten die Knie.

Irene wandte sich an den neuen Besitzer des Katzenporträts. »Bist du jetzt auch noch unter die Kunstsammler gegangen?«

Er lächelte vieldeutig. »Kann ja noch werden. Auf jeden Fall hat dieser Erlenburg einen guten Namen in der Szene. Er hat Deutschland ja auch schon auf der Biennale vertreten.«

»Woher weißt du das?«

»Ich weiß alles«, verkündete er geheimnisvoll und gestand ihr, dass er süchtig nach Ratesendungen sei und sich daher alles merke, was irgendwann einmal abgefragt wurde. Eigentlich lerne er Tag für Tag den Inhalt seiner überregionalen Zeitung auswendig und beschäftige sich einmal pro Woche mit den Enzyklopädien in der Staatsbibliothek. »Man muss sich ja für irgendetwas interessieren«, murmelte er und nickte vor sich hin. »Ich würde in jeder Sendung gewinnen«, gestand er Irene nicht ohne Stolz. »Aber niemand lädt mich ein oder schlägt mich vor.«

»Das kann ich gut verstehen, denn das käme denen ganz schön teuer zu stehen.« Irene lachte.

Gegen achtzehn Uhr leerte sich das Foyer. Irene trat auf Eckhard zu und griff nach seinem Arm. »Du bleibst doch noch ein wenig bei uns, ja? Dann mache ich dich mit dem Maler bekannt.« Dabei wies sie auf den großen Tisch, an dem bereits die meisten Aussteller und Mitarbeiter des Quellenhofs saßen.

Ziemlich verloren wirkte Lorenz Erlenburg am Ende der Tafel, und er schien sich an seinem Glühweinbecher festzuhalten. Genau so, wusste Irene, säße sie jetzt dort, falls sie hier fremd wäre, und dächte nur an Flucht. Ebenso wie sie war Lorenz kein geborener Entertainer. Wäre jetzt auch noch Eckhard sein Nachbar, würde der Maler schnellstmöglich das Weite suchen. Daher bugsierte sie Eckhard Lüthus gezielt an Reginas Seite und stellte ihn vor. »Schauen Sie mal, ein einstiger Kollege von mir! Er hat Zugang zu mehreren Mietwohnungen hier in der Stadt. Vielleicht ergibt sich da was in nächster Zeit.«

»Tatsächlich?« Die sonst so gehemmte Regina schien immer noch auf Wolke sieben zu schweben. Gleich nach ihrer Ankunft hatte sie sich auf der Damentoilette die dicke Wollstrumpfhose ausgezogen, das Haar gekämmt und hochgesteckt und vermutlich mit jenem Stift, den sie nur einmal jährlich benutzte, die Lippen mit einem kräftigen Rot nachgezogen. Mit ihrem schwarzen Kleid und der immer noch schneeweißen Schürze sah sie zum Anbeißen aus. Auch Eckhard schien das zu registrieren. Er schenkte ihr ein schiefes Lächeln, das wohl charmant wirken sollte, das er jedoch schon lange nicht mehr eingesetzt hatte.

»Aber nur mit einer gekachelten Küche drin!«, stellte Regina im Brustton der Überzeugung klar, und Irene verdrehte heimlich die Augen. Das war nun wirklich nicht der ideale Ansatz, um eine neue Wohnung zu finden. Zumindest nicht, wenn man in Reginas derzeitiger Situation steckte. Aber Eckhard ging tatsächlich darauf ein.

Nun gut, die beiden waren versorgt.

Irene suchte Lorenz' Blick. Doch der war gerade von Cindy Plödereder mit Beschlag belegt worden. Lauthals verkündete sie ihm, dass auch sie gern male und zeichne. Vermutlich das Lieblingsthema für echte Künstler, überlegte

Irene und beschloss, den armen Maler – nicht ganz uneigennützig – von Cindys Talentoffensive zu erlösen.

»Wollen Sie Malerin werden?«, fragte Lorenz höflich zurück, aber sie widersprach vehement. »Nein, Tierärztin!« Die angehende Veterinärin in ihrem beigefarbenen Skianzug schwitzte wie in einer Sauna und wischte sich die Schweißperlen von der Stirn, aber sie wich nicht von Lorenz' Seite.

Irene setzte sich ihm schräg gegenüber und suchte seinen Blick. Er hob die Hand und grüßte hilflos. Sie schob ihm einen Teller mit Weihnachtsgebäck zu und lauschte dem Gespräch zwischen Regina und Eckhard.

»Klar hab ich so etwas«, verkündete der Hausbesitzer gerade und ließ den Blick über die ovale Festtafel schweifen. »Ich bin im Begriff, den *Grünen Baum* zu kaufen und in vier bis sechs Wohnungen umzuwandeln. Dort gibt es im Erdgeschoss eine große und voll eingerichtete Gastroküche. Sie ist ziemlich raumgreifend. Wenn ich die geplante Wohnung an Sie vermiete, muss ich die Küche nicht herausreißen lassen. Dafür würden aber die anderen Zimmer etwas kleiner. Dennoch, das alles spart erhebliche Kosten. Das ist zwar nicht gerade gewinnmaximierend, und mein Steuerberater wird sich die Haare raufen … aber ich kann es mir leisten.«

Regina Schlössl blieb unbeeindruckt. »Und wann könnte ich einziehen?«

Statt sich zu Lorenz zu setzen, schob sie ihm Plätzchen zu. Er hätte lieber mit ihr geplaudert, als sich von ihr das Maul stopfen zu lassen. Der Maler staunte über die Kränkung, die Irenes Geste bei ihm auslöste. Er hätte aufstehen und gehen sollen. Neben ihm saß dieses schwitzende Wesen und redete über Hobbymalerei, ringsum nur Leute, die sich kannten und etwas miteinander anfangen konnten, die über gemeinsame Vorhaben und Erinnerungen lachten. Zudem saß da drüben – und das beschäftigte ihn am meisten – dieser gut gekleidete ältere Herr, eingehüllt in eine Aura des Reichtums und der Selbstzufriedenheit. Und ausgerechnet der hatte das Katzenbild ersteigert! In Lorenz' Sinn ganz schön überteuert, aber der Mann konnte es sich offenbar leisten.

Vorsichtig erhob sich der Maler. »Ich muss mal vor die Tür. Ein bisschen frische Luft schnappen.«

»Ja, hier ist es ganz schön heiß«, gab ihm die schweißüberströmte Cindy sogleich recht und stellte mit gierigem Unterton gleich die nächste Frage. »Rauchen Sie da draußen? Und haben Sie zufällig Fluppen dabei? Dann komme ich nämlich mit.«

Was für eine Drohung! Er schüttelte den Kopf. »Ich rauche nicht.«

Enttäuscht griff sie nach den Plätzchen. »Dann eben Kekse. Das Glück ist nie vollkommen.«

Irene sah Lorenz nach und zögerte. Sollte sie ihm folgen? Sie spürte Eddas Zeigefinger im Rücken. »Hol ihn zurück! Bitte!« Es klang wie ein Befehl.

»Und wenn er allein sein will?«

»Der will nur weg von Cindy. Außerdem könntest du dann auch nach Nelson gucken. Der steht vermutlich draußen im Schnee und in der Kälte. Nicht, dass der da raucht!«

Im Innenhof, in dem bereits die Verkaufsstände und Knusperhäuschen von ehrenamtlichen Helfern auseinandergebaut und zusammengelegt wurden, rief Irene laut nach Nelson. Es war ja wohl für jeden nachvollziehbar, dass sie sich um ihren Schützling Sorgen machte. Niemand käme so auf den Gedanken, dass sie eigentlich nach Lorenz Ausschau hielt.

»Was ist?«

Hand in Hand mit jenem auffallend schönen jungen Mädchen, das ihr bekannt vorkam und das nun ausnahmsweise nicht auf dem Smartphone herumwischte, kam Nelson auf sie zu. Offenbar hatten die beiden rasch zueinandergefunden. Irene spürte das Knistern zwischen den beiden so körperlich, dass es fast auf sie übersprang. Neben den beiden lief, etwas verloren, jener Junge, der dem Kater Trolly das Leben gerettet hatte. Jetzt erst erkannte Irene Bruder und Schwester.

»Für dich gibt's eine Schnupperstunde Reiten«, stellte sie klar. »Weißt du schon Bescheid? Das habe ich durchgesetzt. In der großen Halle ist das auch im Winter möglich. Und du hast es dir ja wirklich verdient.«

Der Kleine nickte stolz.

»Kommt doch hinein!«, wandte sie sich an die drei. »Wenn ihr noch länger draußen bleibt, verwandelt ihr euch in Schneeskulpturen und geht damit in die moderne Kunst ein.«

»Dann müssen Sie uns aber immer im Kühlschrank aufbewahren«, ergänzte der Neunjährige Irenes Äußerung.

»Da steht der Künstler«, flüsterte Nelson und wies mit dem Ellbogen zur Linde hinüber. »Ob der mitten im Schneegestöber nach Sternen sucht?«

»Ich frage ihn mal. Und ihr geht rein und wärmt euch auf, ja?«

Auf dem Heimweg klemmte sich Horst Mönninghoff mit seinem gelben historischen Fahrzeug hinter ein städtisches Räumungsgerät. Das fuhr zwar nur mit dreißig Stundenkilometern, bot dafür aber einen brauchbaren Wind- und vor allem Schneeschatten. Rechts und links von ihm wuchsen weiße Berge bis ins schier Unermessliche. Als er in seine Straße einbog, kam ihm von dort ein Streufahrzeug entgegen, in dessen Führerhaus neben dem Fahrer der schlecht erzogene Torben hockte. In der linken Hand hielt er eine Dose Bier, in der rechten eine brennende Zigarette. Und er grüßte auch noch hoheitsvoll. Ein Glück, dass die beiden Jungs ihre Sozialstunden in verschiedenen Institutionen leisteten! Und was war schon ein Streufahrzeug gegen eine Winterweihnacht auf dem Quellenhof? Nichts!

Unvermittelt musste er lächeln, denn ihm wurde bewusst, dass er sich auch deshalb in dieser Winterweihnacht so wohlgefühlt hatte, weil es keinen einzigen Stand mit Sternen gab, von den sternförmigen Plätzchen mal abgesehen. Aber das würde er seiner Anna natürlich nicht erzählen.

Das Garagentor stand noch offen, und er stieg aus dem Wagen, nicht ohne vorher den Gang herauszunehmen und die Handbremse zu ziehen. Ein Mann wie er ging nun mal auf Nummer sicher. Dann schippte er in aller Eile in der Auffahrt zwei Spurrillen für sein historisches Fahrzeug frei. Endlich war er wieder zu Hause.

Die vier Stühle am Esstisch waren mit vier riesigen goldenen Sternen von mindestens einem halben Meter Durchmesser belegt. Voller Stolz wies Anna auf ihr Werk. Horst hingegen fühlte sich ausgeschlossen. Jetzt hockten Sterne auf seinem Platz, und er konnte im Stehen essen, oder wie?

Dennoch reichte er ihr das Tütchen mit dem Naschwerk. »Ich habe dir etwas mitgebracht. Die Jungs, die an unserem Auto rumgeschraubt haben, machen Dienst im Tierheim. Ich wollte nach ihnen sehen und geriet zufällig in eine Waldweihnacht.«

Sie sah zu ihm hoch. »Und wie machen sich die beiden?«

»Zumindest einer entwickelt sich bestens.« Er zog den Mantel aus, legte die verschneite Pelzmütze auf die Garderobe und schlüpfte in seine Hausschuhe.

20. KAPITEL

»Weihnachten … wie war das schön für mich als Kind!« Lorenz bückte sich, griff in den Schnee und formte einen Schneeball. Den warf er in die Luft. »Aber danach verschwand der Glanz irgendwie.«

Nur zu gut verstand Irene, was er meinte, und verspürte plötzlich eine gewisse Wehmut. »Mit dem Erwachsenwerden lösen sich die Wunder der Kindheit in Luft auf«, gab sie ihm recht. »Das ist die Natur der Dinge. Man sollte sie sich zurückholen.«

»Wie denn?« Hilflos hob er die inzwischen schneebedeckten Schultern. »Wie denn … Ach was, das ist ja doch nicht möglich! Ebenso wenig, wie man die eigene Kindheit zurückholen kann. Vorbei ist vorbei.«

Irene trat auf ihn zu. Dabei wischte sie sich den Schnee von der Kleidung.

Er ging in die Hocke und formte einen weiteren Schneeball. Ringsum riefen sich die ehrenamtlichen Mitarbeiter Anweisungen zu, Akkuschrauber wurden eingesetzt, Bretter gestapelt, auf Sackkarren geschichtet und in Nebengebäude verfrachtet. Und trotz des Lärms hatte Irene das Empfinden, sich gemeinsam mit Lorenz auf einer Insel der Stille zu befinden und von einer eigenartigen Ahnung der Zufriedenheit erfüllt zu sein. Oder war es sogar schon Glück? Fühlte sich das Glück etwa so an? Auf jeden Fall war es ihr schon schlechter gegangen.

»Wir könnten einen Schneemann bauen«, schlug der Mann neben ihr vor und musterte sie fragend. »Wann haben Sie das zuletzt gemacht?«

»Noch nie«, gestand sie nach kurzem Nachdenken. »Als Kind gab es nur selten solche Schneemengen, und wir hatten keinen Garten.«

»Tatsächlich nicht?« Er hob die Brauen und holte tief Luft. »Morgen?«, fragte er dann.

»Was meinen Sie damit?«

»Morgen treffen wir uns, fahren irgendwohin, wo sonst niemand ist, und bauen einen Schneemann. Oder auch zwei. Allerdings habe ich keine Möhren. Kohlen aber liegen in meinem Atelier neben dem Kachelofen. Was meinen Sie?«

»Hmm …« Sie sah zur Seite. Er sollte nicht merken, dass sie innerlich jubelte. »Ja, warum eigentlich nicht?«, murmelte sie dann verhalten.

»Super!« Für ihn schien es wie abgemacht. Nun formte er zwei Schneebälle und wollte damit jonglieren. Es klappte nur zwei- oder dreimal. »Keine Frage, ich bin nicht für den Zirkus gemacht.«

Drinnen im Haus wurde ziemlich laut *Leise rieselt der Schnee* angestimmt.

»So viel Gemütlichkeit ist ja kaum auszuhalten«, gestand er nach einer Weile und schüttelte sich.

»Vielleicht sind wir es nur nicht mehr gewohnt«, hielt sie dagegen und hob betont hilflos die Schultern.

»Mag sein. Wann haben Sie denn zuletzt ein richtig schönes Weihnachtsfest gefeiert, so mit allem Drum und Dran?«

Erwartete er wirklich eine Antwort? Sie biss sich auf die Lippen und dachte nach. »Vor einem halben Jahrhundert. Ich war noch ein Kind. Damals glaubte ich vermutlich zum letzten Mal an das Fest der Liebe und wartete auf das Gefühl der allumfassenden Liebe. Umsonst.«

»Das Fest der Liebe …«, wiederholte er ihre Worte und blinzelte in den dichten Flockenfall. »Ich muss auch noch ein Kind gewesen sein. Soweit ich mich erinnere, warteten meine drei jüngeren Geschwister, ich und meine Mutter ständig auf unseren Vater. Oft auch an Weihnachten. Als Lastwagenfahrer war der viel unterwegs. Aber einmal saß er zwischen uns und hatte für jeden ein Geschenk mitgebracht. Nur Kleinigkeiten, aber dennoch … Damals bekam ich von ihm zwei Rötelstifte, einer hell- und einer dunkelbraun. Und einen richtigen Zeichenblock. So fing alles an. Ja, da fühlte ich mich wirklich geliebt. Und …« Er schwieg.

»Und?«, fragte Irene nach und wartete ab.

Seine Stimme zitterte leicht. »Geliebt und erkannt«, gab er zu. »Von ihm. Ich war erst acht oder neun Jahre alt, aber damals, in jenem Augenblick, wusste ich, wie das Glück schmeckt. Und ich nahm mir ganz fest vor, es mir für alle Zeiten zu merken, leider vergeblich. Seitdem suche ich nach dem Glück. Aber was soll's? Ich finde, jetzt reicht's!«, stieß er hervor und schien sich zusammenzureißen. »Gehen wir wieder hinein?«

Irene schwieg. Mit abwesenden Vätern kannte sie sich aus.

Gemeinsam betraten sie das Foyer, in dem Edda, flankiert von Ehemann und Kindern, ziemlich lautstark noch immer den rieselnden Schnee besang. Die vier hatten das offenbar zu Hause eingeübt und legten eine fehlerlose Vorstellung hin. Lorenz und Irene suchten sich einen Platz am Tisch. Schräg gegenüber saßen Regina und Eckhard, die bereits Grundrisse für Reginas Wohnung entwarfen, während Cindy still vor sich hin schwitzte und verbrauchte Kalorien mit Glühwein und Gebäckresten ausglich. »Ich brauch fei auch 'ne neue Wohnung!«, rief sie den Planenden quer über den Tisch zu, wurde aber nicht erhört. Gerade verzichtete Regina zugunsten ihrer Profiküche auf ein großes Schlafzimmer im Erdgeschoss des umzubauenden *Grünen Baums.* Eine Träumerin!

Kurz überlegte Irene, sich dort einzumischen und Eckhard zu warnen. Aber mit welchen Worten? Etwa mit dem Satz: Frau Schlössl kann sich das doch niemals leisten!

Besser nicht.

Auch Tessa Miedermüller hatte sich umgezogen und trug nun ein dunkelgrünes Samtkleid, das schräg von der linken Schulter bis zum Brustansatz geknöpft war, und natürlich war jeder einzelne Knopf geöffnet. Wie sonst hätte die Echse einen Blick in die Runde werfen können?

Als die Sänger sich unter großem Applaus zerstreuten, stellte die Echsin einen CD-Player auf den Auktionstisch und wartete darauf, dass die Musik einsetzte. Dann sang sie mit wunderbarer Altstimme das Lied *Maria durch ein' Dornwald ging.*

Alle erstarrten in ehrfürchtigem Schweigen. »Du solltest eine Gesangsausbildung machen«, regte Edda Kallmayers Mann an.

»Mach ich schon!« Die Echse nickte geschmeichelt. »Früher habe ich nur meinen Katzen vorgesungen, aber jetzt traue ich mich auch schon unter die Menschen.«

Halb schüchtern, halb stolz sah sie zu Boden.

Irene schluckte. Unter die Menschen trauen … wie sich das anhörte! Die so selbstbewusst wirkende Tessa war möglicherweise gar nicht so von sich überzeugt, wie es den Anschein hatte. Vielleicht versteckte sie sich ja auch insgeheim hinter ihrer Echse, die sich vorlaut und mit schnellem Zungenschlag in jedes Gespräch einmischte. Keine schlechte Lösung. Sie sollte sich auch so ein kleines Tattoo stechen lassen, das dann stellvertretend für sie in die Welt hinausging und alles regelte, woran sie sich selbst nicht so recht herantraute.

Während sie noch darüber nachdachte, erhob sich Eckhard Lüthus von seinem Stuhl und wusste, dass dieses Lied mit dem Wunder des blühenden Dornwalds aus der Wandervogelbewegung kam.

Mit großen Augen sah Regina zu ihm hoch. »Mein Gott, was Sie alles wissen! Sie sind ja ein wandelndes Lexikon.«

»Als solches verstehe ich mich auch«, bekannte er und dozierte vor einem stiller gewordenen Publikum über das Lied, das seines Wissens nach etwas mit dem Lukasevangelium zu tun hatte. »Wie sich ein jeder von uns denken kann, ist das Motiv des verdorrten Walds ein Sinnbild der Unfruchtbarkeit und des Todes. Doch sobald Maria mit dem göttlichen Kind unter dem Herzen dort vorübergeht, erblühen die Rosen. Die Zeilen, die uns gerade so schön vorgesungen wurden, beschreiben somit das Geheimnis und das Wunder der Menschwerdung. Im Grunde genommen also das weihnachtliche Mysterium.«

Lorenz klatschte nach diesem Vortrag in die Hände. Diesen sichtbar und mit sämtlichen Statussymbolen des Reichtums ausgestatteten Mann bei einer derart eitlen Schwäche zu ertappen, machte ihn sympathisch. Irene fiel in den Applaus ein, und alle anderen zogen nach.

Der kluge Redner verbeugte sich und ließ sich betont lässig neben Regina Schlössl auf seinen Stuhl fallen. Die schüttelte weiterhin staunend den Kopf. »Unglaublich! Sie sind so gebildet!«

»Das ist mein Hobby«, gestand er und fand die Frau an seiner Seite von Minute zu Minute anziehender. »Ich will nun mal immer alles wissen.«

Sie nickte verständnisvoll. »Das Weltwissen der Sechzigjährigen«, murmelte sie, denn vor wenigen Wochen war ihr beim Einscannen der Steuerbelege eine Buchhandelsquittung in die Hände geraten. Eine Lehrerin hatte den Titel *Das Weltwissen der Siebenjährigen* gekauft und als Fachlektüre eingereicht.

»Ja, aber alles weiß ich auch nicht«, räumte Eckhard mit eitlem Unterton ein und freute sich offenkundig über Reginas Antwort. »Das kann ich mir nun gar nicht vorstellen.«

Irene und Lorenz sahen den beiden zu und lauschten dem Gespräch.

»Ich kann zum Beispiel weder singen noch Orgel spielen, ebenso wenig wie backen und kochen.«

»Oje, und was machen Sie da?«

»Es gibt ja CDs.«

»Aber die können Sie doch nicht essen!«

»Das stimmt. Aber ich kann Dosen öffnen und mir etwas aufwärmen. Dann hab ich eine Mikrowelle und auch eine

Kühltruhe. Für alles ist gesorgt. Aber meistens lasse ich mir etwas bringen. Wenn ich nämlich selbst koche und mir etwas anbrennt, dann rieche ich das nicht. Und ich dusche mindestens dreimal am Tag, weil ich nicht weiß, wie ich rieche.« So, wie er das sagte, klang es fast herzbewegend. Zumindest für die immer noch auf Wolke sieben schwebende Regina.

Irene sah geradezu, wie Frau Schlössl von Mitleid überflutet wurde und wie es in ihr arbeitete. Und tatsächlich legte sie los. »Wollen Sie damit etwa sagen, dass es in Ihrem Haus keine Küche gibt?«

»Doch, natürlich. Aber ich weiß nicht, was ich damit anfangen soll.«

»Ich könnte es Ihnen zeigen.« Sie sah ihm in die Augen.

Er blickte sie an und verspürte ein nie zuvor empfundenes Kribbeln.

»Kochen gehört zum Allgemeinwissen«, belehrte sie ihn und hob tatsächlich einen Zeigefinger.

»Gern!«, hörte er sich sagen und warf dabei alle seine Überzeugungen über Bord, vor allem die Devise, niemals eine fremde Frau in sein Haus zu lassen. Aber waren nicht alle Frauen erst einmal fremd und wurden erst mit der Zeit vertraut? War nicht auch der Kater Nelson, nachdem er ihn in seinem Haus aufgenommen hatte, ein Fremder gewesen, der sich nach und nach mit ihm vertraut machte?

Wollte sich diese Regina etwa mit ihm vertraut machen?

Was für ein Abenteuer! Und das in seinem Alter! Aber warum eigentlich nicht?

Dort drüben saßen auch zwei nebeneinander und wie in eine Kapsel des Glücks gehüllt. Sie schienen so überrascht von sich und voneinander, dass sie sich kaum anzusehen wagten. Ganz still saßen sie dort, Hand in Hand und wie auf einer Wolke der Ruhe und Gelassenheit. Turteltäubchen, dachte Eckhard. Einer von denen war jener Tierpfleger, den er vor einer Woche bei seinem Nelson gesehen hatte und der den gleichen Namen trug wie sein Kater. Das junge Mädchen war vorhin mit einem Kind an der Seite aufgetaucht. Vermutlich ihr kleiner Bruder, auf den sie aufpassen sollte.

Der aber hockte inzwischen mit den beiden Kindern der Tierheimleiterin unter dem Tannenbaum, und gemeinsam öffneten sie Geschenkpäckchen für die vierbeinigen Bewohner des Quellenhofs. Fast alles war für die Hunde und die Katzen. Edda aber versprach den Kindern, dass natürlich auch die Schafe, Ziegen, Pferde und Schildkröten vom Weihnachtsmann bedacht würden. »Hier kommt niemand zu kurz.«

Das stimmt, dachte Eckhard. Weder Tier noch Mensch. Und er beobachtete die drei Kinder, die immer wieder jubelten, wenn sie etwas ausgepackt hatten, als wäre es für sie bestimmt. Dabei saßen sie im Schneidersitz zwischen Futterdosen für Katzen und Hunde, Spiel- und Kauknochen, Plüschmäusen sowie Hundeleinen, Katzenstreu und Pferdedecken. Für sie selbst war noch nichts dabei. Aber darum ging es nicht. Es ging vor allem ums Auspacken, ums Überraschtwerden.

So hatte er auch als Kind gejubelt, wenn er die Geschenke auspacken durfte. Lange war es her.

Die Frau neben ihm sah auf die so gut wie leer gegessenen Steingutschalen und seufzte zufrieden. »Genau so sollte es sein.«

Er hatte zwar keine Ahnung, was sie damit meinte, gab

ihr insgeheim jedoch recht. Denn so, wie es war, fühlte es sich gut an.

»Was ist das für ein Mann?« Lorenz wies mit dem Kopf zu Eckhard hinüber und musterte Irene mit fragendem Blick. »Er hat mein Bild ersteigert«, fügte er hinzu, als müsse er sein Interesse erklären. »Und jetzt möchte ich natürlich wissen, wo das Katzenporträt hängen wird.«

Irene verstand. »Dem Bild wird es gut gehen.« Sie hatte das Empfinden, als spräche sie nicht über ein Ölbild, sondern über den Kater Bruno. Dessen Porträt war es ja … oder zumindest ein bisschen.

»Sie kennen den? Sie wissen, wer er ist?« Lorenz hob die Brauen und gab sich ahnungslos. Dabei hatte er schon gemerkt, dass sich die beiden nicht fremd waren.

»Ja.« Irene nickte. »Wir waren mal Kollegen. Das ist aber schon lange her. Sein Kater war einige Tage bei uns im Heim, während Eckhard im Krankenhaus lag. Und als er Nelson abholte, sind wir uns wieder begegnet.«

Erleichtert griff Lorenz nach einem Plätzchen und wandte sich mit einem aufgeschreckten Ruck erneut an Irene. Aus den Augenwinkeln hatte er bemerkt, wie Cindy tief Luft holte und ihr Expertengespräch über Malerei fortsetzen wollte.

»Hmm, Ingwer und Zitrone und das alles mit dezenter Süße«, wandte er sich an Irene. »Eine köstliche Mischung. Also, wie machen wir das morgen? Haben Sie Zeit? Es ist immerhin ein Montag.«

Sie räusperte sich. »Doch, ich kann mir meine Zeit einteilen.« Vorsichtshalber vergewisserte sie sich. »Sie meinen das mit den Schneeskulpturen?«

»Nun ja, das klingt arg hoch gegriffen. Ich dachte eher an einen klassischen Schneemann … oder auch an ein Pärchen.«

»Schade, dass ich keinen Garten habe«, seufzte sie.

»Ich auch nicht, Sie kennen ja meine Wohnung. Dreiundneunzig Stufen und ein winziger Balkon. Nein, da können wir keinen Schneemann bauen. Ich dachte, dass wir aufs Land fahren. Hier hinter dem Quellenhof liegen die Dörfer weit auseinander. Da sollten wir einen Spazierweg, frisch gefallenen Schnee und ausreichend Material finden.«

»Ja. Schnee-Eulen, Schneebären und weiße Drachen.« Irene betrachtete die Kinder inmitten der Berge von Geschenkpapier. Die würden sich auch über so etwas freuen.

Er grinste. »Oder eine kleine Armee, die in Reih und Glied vor uns steht. Und dann fallen sie alle um. Sobald sie von einem Sonnenstrahl getroffen werden. Wo kann ich Sie abholen?«

Sie erschrak und sah sich und ihn in ihrer kleinen und nicht gerade aufgeräumten Wohnung. Nein, die sollte er nicht betreten. »Ich fahre zu Ihnen, aber ich komme nicht hoch. Da gibt es doch gleich in der Nähe den Kirchplatz. Dort lasse ich meinen Wagen stehen und rufe Sie an. Gegen elf?«

»Perfekt! Und ich überlege mir inzwischen ein Ausflugsziel.«

Gemeinsam betrachteten sie die drei spielenden Kinder und die zwei Paare, die noch mit ihnen um diesen großen Tisch saßen. Nelson und diese Paula, die nun gar nicht mehr so arrogant auf ihrem Handy herumwischte, sowie die plötzlich sehr konzentriert dreinschauenden Wohnungsplaner Eckhard und Regina.

Edda und ihr Mann hatten bereits mit dem Zusammenstellen der Tische und Stühle begonnen. Wie eine leicht angeschmuddelte beigefarbene Schneefrau gesellte sich nun auch Cindy dazu, um mit anzufassen. »Hast du etwa nur diesen dicken Skianzug? Nichts anderes?«, wollte Edda wissen und bot ihrer drallen Mitarbeiterin fürsorglich einen Overall aus ihrem Spind an. »Der ist aus Baumwolle und frisch gewaschen sowieso.«

Doch Cindy schüttelte den Kopf. »Da passe ich ja doch nicht rein.«

Irene wollte aufstehen und helfen, doch die Echsin in ihrem schillernd grünen Samtkleid hob abwehrend die Hände. »Wir sind sowieso schon genug. Wenn Sie noch dazukommen, treten wir uns nur auf die Füße. Bleiben Sie lieber sitzen und unterhalten die Herrschaften.«

Ausgerechnet ich, dachte Irene und hätte am liebsten über dieses Ausmaß an Absurdität gelacht. Wenn sie eins nicht war, dann eine Alleinunterhalterin, und Witze konnte sie erst recht nicht erzählen. Außerdem kannte sie keine. Hilflos sah sie sich um. Zu sechst und fast wie bestellt und nicht abgeholt saßen sie nun an dem weiß gedeckten Tisch mit grünen Tannenzweigen, roten Kerzen und handgetöpferten Steingutschalen, die fast leer waren. Drei Männer und drei Frauen, aus denen der Zufall an diesem späten Nachmittag drei Paare geschaffen hatte. Und was für Paare!

Die Hintergrundmusik im Foyer des Tierheims wurde ausgeschaltet. Es war bereits nach neunzehn Uhr und draußen schon dunkelste Nacht. Irene sah durch die Glastür die Praktikantinnen und Praktikanten zu ihrer abendlichen Fütterungstour aufbrechen.

»Ich rufe meinen Nachbarn an, der soll mich abholen«, sagte Eckhard zu seiner Nachbarin. »Dann können wir Sie auch nach Hause fahren.« Er legte sein Handy auf einen grünen Tannenzweig. Damit verlieh er dem Gespräch einen Hauch von Feierlichkeit.

Regina wurde rot. »Ich weiß nicht, ob ich das annehmen kann. Dann muss der ja einen Umweg fahren. Ich wohne nämlich in der Falkenstraße. Und dann sind da ja auch noch die vielen leeren Dosen. Die wollte ich eigentlich schon heute mitnehmen.«

»Ach, das macht er gern. Und wir helfen Ihnen dann beim Ein- und Ausladen. Knud ist mir sowieso noch einige Gefallen schuldig«, trompetete Eckhard.

»Mein Nachbar hat mir auch versprochen, dass er mich abholt«, gab Regina halbherzig zu bedenken.

»Warum sollten wir zwei Nachbarn bemühen, wenn das alles auch von einem erledigt werden kann?« Eckhard griff entschlossen nach seinem Handy.

Währenddessen betrachtete Lorenz gedankenversunken die festlich geschmückte große Tanne. »So einen Baum hätte ich auch gern mal wieder«, gestand er. »Er erinnert mich an die Zeit der Wunder. Aber wer stellt schon für sich allein einen Tannenbaum auf? Und schleppt ihn dreiundneunzig Stufen hoch?«

»Sie könnten Freunde einladen«, schlug Irene vor. »Sie haben doch Platz.«

Er betrachtete sie nachdenklich und schüttelte den Kopf. »Meine Freunde sind alle gebunden. Die zieht es nicht zu so einem alten Hagestolz wie mir.« Plötzlich hielt er inne. »Und wie ist es bei Ihnen? Stellen Sie sich einen Weihnachtsbaum auf?«

Fast hätte Irene laut gelacht. Nicht einmal in den Jahren mit Arend hatte es einen Baum gegeben. Zuletzt in der elterlichen Wohnung, und das war fast ein halbes Jahrhundert her. »Nein, in meine winzige Wohnung passt ein Baum gar nicht hinein. Und was soll ich dann ganz allein davor sitzen?«

Lorenz biss sich auf die Lippen. Endlich erfuhr er, was er die ganze Zeit schon wissen wollte! Sie lebte also auch allein.

Zögernd sprach er aus, was ihm zuvor durch den Kopf gegangen war. »Und wenn ich einen Baum aufstellen und Sie zu mir einladen würde. Kämen Sie dann?«

Ein Satz mit Konjunktiven, dachte Irene. Aber die Würde, mit der er das sagte, war durchaus nicht zu verachten.

»Ich allein?«, schoss es aus ihr heraus.

»Nun ja, wir könnten ja noch Ihren einstigen Kollegen dazu einladen und diese wunderbare Bäckerin. Je länger ich darüber nachdenke, umso besser gefällt mir ein solcher Plan.«

Er beobachtete das gegenüber sitzende Paar. »Vier ältere Herrschaften und ein äußerst seriöses Fest. Bruno ist natürlich mit dabei. Also ich würde den Baum besorgen und ein bisschen dekorieren. Und Sie kümmern sich um den Rest, vor allem um die zwei zusätzlichen Gäste. Die kennen Sie ja besser als ich.«

Irene sah ihn lange an. »Ist das wirklich Ihr Ernst?«

Insgeheim und mit vorauseilender Enttäuschung erwartete sie sein Lachen und sein Geständnis. Natürlich nicht, würde er sagen. Warum sollte ich mich auf solchen Kinderkram einlassen? Aber er nickte, und in seinem Lächeln schwang tatsächlich freudige Erwartung mit.

»Gut«, sagte sie schließlich. »Wenn das so ist, rede ich mit denen.«

21. KAPITEL

Er hatte sich ausdrücklich den Heiligen Abend gewünscht, und da es sein Vorschlag war und bei ihm gefeiert werden sollte, hatte ihm niemand widersprochen. »So haben wir hinterher noch zwei Feiertage für uns«, hatte Irene die ebenfalls eingeladenen Regina Schlössl und Eckhard Lüthus getröstet, auch wenn sie inzwischen ahnte, dass die beiden keines Trostes bedurften. Ein ungleiches Paar! Unterschiedlich wie Tag und Nacht, aber glücklich miteinander.

Lediglich für sie, Irene, konnten sich die zwei Feiertage nach Heiligabend endlos in die Länge ziehen, denn sie wollte sie ja nicht ausschließlich im Tierheim verbringen, wo zudem Begegnungen mit Cindy drohten. Und auf die hatte sie so gar keine Lust. Vor allem nicht auf deren rücksichtslos polternde Gegenwart. Aber wo sonst sollte sie hin? Etwa in der eigenen Wohnung hocken und darauf warten, dass die Zeit verging?

An diesem Mittwoch, dem 24. Dezember, herrschte Bilderbuchwetter. Dicken weißen Kissen gleich lag der frisch gefallene Schnee auf Zaunpfählen, Briefkästen, Vogelhäuschen,

Autodächern und Hydranten. Die Sonne schien, und die Stadt wirkte wie frisch geputzt.

Überall glitzerte es. Trotz der klirrenden Kälte hatte die Sonne am wolkenlosen Himmel Kraft, und an manchen Stellen taute es. Die weiße Pracht wurde zu funkelnden Tropfen und fiel sanft und lautlos aus den Bäumen. Auch Irene war zum Dahinschmelzen zumute, ihr wurde das Herz so weit, dass sie sich nur wundern konnte. Warum war sie so glücklich? Sie blieb kurz stehen und beschloss, diesen Moment festzuhalten. Wie ein Foto, nein, besser wie ein von Lorenz gemaltes Bild. Genau diesen Augenblick konnte sie dann jederzeit aus ihrem Gedächtnis hervorholen und sich immer wieder daran erfreuen. In ihrem Herzen trug sie, fast versteckt vor sich selbst, ein solches Album der Glücksmomente. Viele waren in mehr als sechzig Jahren nicht zusammengekommen, aber die wenigen waren gewichtig. Einer beispielsweise bezog sich auf den Moment, als der Kater Bruno oben am Quellenhof zum ersten Mal in ihrer Gegenwart seine Höhle verließ und mit seiner Pfote ihren Fuß berührte. Da kannten sie sich schon fast vier Wochen. Sie war so stolz auf ihn und sich gewesen. Der jüngste Glücksmoment, und nun lächelte sie erneut, hatte etwas mit ihren Mantelknöpfen zu tun.

Komisch, waren eigentlich alle Winter so still? Müssten nicht alle Vögel jubilieren? Irene lauschte in sich hinein: nichts als sanfte Ruhe. Aber am nächsten Tag wäre alles schon wieder vorbei. Natürlich der Heilige Abend und das schöne Wetter voraussichtlich auch. Dennoch. Jetzt ging es ums Heute und Hier, und so schlenderte sie über den Markt und kaufte frisches Obst. Mehr durfte sie nicht mitbringen. »Um den Rest kümmern wir uns«, hatte Eckhard bei seinem letzten Telefonat bestimmt. Der Ton, mit dem er dieses *Wir* ausgesprochen hatte, zeigte ihr, dass Regina einen Platz an seiner Seite eingenommen hatte. Hoffentlich ging das gut, und hoffentlich hielt das ganz, ganz lange! Irene seufzte und deckte sich mit Orangen, Feigen, Kiwis und frischen Trauben ein.

Als sie sich auf den Heimweg machte, bauten gerade zwei Männer am Rand des Marktplatzes einen Verkaufsstand auf und wuchteten eine Sperrholztafel aus dem Auto, auf der in großen Lettern »Sterne zu verschenken« stand.

Irene ging näher heran und erkannte den widerspenstigen jungen Mann namens Torben sowie jenen älteren Herrn, der sich während der Waldweihnacht im Quellenhof nach seinen Schützlingen erkundigt hatte.

Jetzt hatte er also auch Nummer zwei gefunden, obwohl Torben augenblicklich nicht ganz so zufrieden wirkte wie sein Lehrer. Der Jüngere lehnte das handbemalte Schild an den gelben Kleinwagen und holte Kartons von dessen Rücksitz. Der Ältere legte ein Brett über zwei Böcke, stellte eine Kiste darauf und verteilte aus vollem Herzen und aus vollen Schachteln den Inhalt an jeden, der vorbeikam.

Niemand zückte seinen Geldbeutel, keiner quetschte seinen Stern in irgendeine Tasche und rannte hastig weiter, jeder hielt inne und ging mit dem auf seinen Handflächen ruhenden Stern fast andächtig weiter. Die Hände waren geöffnet, als kämen weitere Gaben von oben herab, und manchmal setzte sich ein verirrtes Schneeflöckchen auf einen Stern. Die Atmosphäre hatte etwas Feierliches. Irene trat auf die beiden freigebig Schenkenden zu, und Torben wurde augenblicklich feuerrot.

»Gibt's hier etwas umsonst?«, fragte sie überflüssigerweise, da ja schon das Plakat von der Verschenkaktion kündete.

»Ja, in der Tat. Wir verschenken Sterne.«

»Und warum?«

»Weil Weihnachten ist.«

Torben wand sich. Irene sah ihm an, dass er nicht ganz freiwillig seinen Dienst verrichtete.

»Wollen Sie einen?«, fragte der Mann mit der Pelzmütze.

»Fürs Tierheim oder für mich?« Irene suchte Torbens Blick.

»Ist mir doch wurscht«, antwortete der. »Meine Mutter hat mich dazu verdonnert, dass ich dem heute helfe«, fügte er erklärend hinzu. »Sonst gibt es keine Weihnachtsgeschenke. Verdammter Mist!«

»Von mir kriegst du einen nachtblauen Stern, die sieht man nicht so oft, schon allein deshalb, weil der Himmel selbst in der Nacht dunkel ist«, sagte der Lehrer und zwinkerte Irene zu. »Wissen Sie, bei mir zu Hause wachsen uns die Sterne sozusagen über den Kopf. Und jetzt habe ich noch drei ganze Kisten voll von diesen geflochtenen und gefalteten Dingern im Keller entdeckt. Man könnte denken, die vermehren sich wie von selbst… Weihnachten ist ja alles möglich. Und wenn die dann noch weiter wachsen und kleine Sterne gebären… nicht auszudenken. Da bleibt mir kein Platz mehr für meine Weinregale.« Er verteilte mit vollen Händen und rechtfertigte sein Tun. »Sonst sind die Leute misstrauisch, aber Weihnachten freut sich doch jeder über ein Geschenk. Also habe ich mit der Anwältin vereinbart, dass Torben mir heute hilft.«

Irene zog die Stirn kraus. »Dafür mussten Sie eine Anwältin befragen?«

»Nicht ganz. Unter uns gesagt, ist es die Mutter des jungen Mannes. Ich habe ihr nicht verraten, dass Torben nicht mehr im Tierheim arbeitet. Und vor allem weiß sie nicht, dass ihr Sohn auf dem Bauhof aushilft, in der Führerkabine von Schneeräumern sitzt, Bier trinkt, Zigaretten raucht und wahrscheinlich auch dann und wann ein Schnäpschen kippt.«

Torben machte sich im Wageninnern zu schaffen. Einige Passanten waren stehen geblieben, wussten aber nicht, über wen der Mann mit der Pelzmütze und die Frau im Steppmantel sprachen. Mit einem Lächeln aber nahmen sie die Sterne entgegen und wünschten allen Schenkenden und Beschenkten ein frohes und gesegnetes Fest.

Mit der nächsten Kiste kroch der Junge aus dem Wagen heraus und verdrehte die Augen. »Erpressung ist das!«, nuschelte er. »Verraten will der mich, wenn ich ihm nicht helfe. Dass meine Mutter das nicht gecheckt hat… Er hätte sich ja auch den Nelson schnappen können. Aber nein, immer ich…«

»Nelson hat sich bisher vorbildlich eingebracht«, warf der Lehrer ein. »Das kann die Frau Doktor bestätigen, nicht wahr?« Er wandte sich an Irene.

»Darf ich?« Sie nahm ein paar handgearbeitete Strohsterne mit zwölf Zacken aus der Kiste. »Wir sind heute zu viert. Kann ich zusätzlich noch für jeden an unserer Tafel ein Exemplar mitnehmen?«

An unserer Tafel… Wie das klang! Verheißungsvoll und vielversprechend.

»Unbedingt! Gern auch zwei!« Horst Mönninghoff war in absoluter Geberlaune. »Nehmen Sie die Fröbelsterne! Die machen was her. Außerdem sind die sehr kompliziert zu falten. Das jedenfalls behauptet meine Frau.«

Zögernd griff Irene zu.

»Dann wünsche ich Ihnen schöne und friedliche Weihnachten und ein harmonisches Fest mit Ihren Lieben«, verabschiedete sie sich von Horst Mönninghoff und Torben Niessing.

»Für mich ist Weihnachten auch deshalb so schön, weil danach die Sternenflut ein Ende nimmt«, gestand der Mann mit der Pelzmütze und wies auf Torben. »Und der findet nun auch etwas unter dem Weihnachtsbaum.«

Irene nickte freundlich. Dabei war sie mit ihren Gedanken schon ganz woanders.

Er hatte ihr bereits vor zwei Tagen am Telefon gesagt, dass er eine gut zwei Meter hohe Tanne in sein Atelier geschleppt hatte, und demonstrativ gestöhnt. »Ich hätte doch helfen können!«, hatte sie eingewandt. »Nichts da, der Weihnachtsbaum muss eine Überraschung sein, das gehört unbedingt dazu«, hatte er geantwortet. Offenkundig plante er sein W-Event, wie er selbst es inzwischen nannte, nach allen Regeln der Kunst. Irene lächelte in sich hinein. Nun gut, er war ein Künstler.

Im Atelier sollten sie demnach unter dem Tannenbaum sitzen, und im Erkerzimmer würde dann gegessen. Sie hatte angeboten, den Tisch zu decken. »Dass Sie mir dazu aber ja nichts mitbringen! Ich habe alles hier. Sogar Geschirr mit Goldrand. Erbstücke«, hatte der Maler erklärt. Kompromisse und Verhandlungen waren vermutlich nicht sein Ding. Aber ein kompliziert gefaltetes Fröbelsternchen durfte sie doch wohl noch auf jeden Teller legen. Falls nicht … im großen Salon stand ein taubenblauer Kachelofen, und der würde notfalls auch die zwölfzackigen Strohsterne schlucken.

Die Sonne schien, und die Stadt lag da wie eine Landschaft im Winterurlaub, aber es taute jetzt deutlicher. In den Gärten neigten sich Schneemänner und Schneefrauen bedenklich schräg zur Seite und würden bald einhellig in die gleiche Richtung fallen, aber nicht aufeinander zu, sondern übereinander her. Noch bewahrten sie das Gleichgewicht, als hielte sie die allgemeine Spannung aufrecht.

Spätestens um sechzehn Uhr wären die Lebensmittelmärkte dicht, die Sonne wäre verschwunden, und hinter fast allen Fenstern würden Lichter entzündet. Auch im Atelier von Lorenz Erlenburg für den Kater Bruno.

Und natürlich auch für mich, dachte Irene. Und für Regina Schlössl, Eckhard Lüthus und unseren heutigen Gastgeber. Sie alle hatten in den letzten Jahren Weihnachten allein gefeiert, jeder für sich, wenn man das überhaupt feiern nennen konnte.

Sie erinnerte sich an eine kaum zu ertragende Tristesse und auch daran, dass sie an jenem Abend entgegen jeder Vernunft eine Flasche Rotwein aus dem Supersonderangebot ihres Supermarkts geleert hatte, und zwar die große Einliterflasche. Und dann war der erste Feiertag von Kopfschmerzen überschattet gewesen. Und das alle Jahre wieder. Den anderen war es anscheinend ähnlich ergangen.

Sie hatten sich auf sechzehn Uhr geeinigt, und als Irene auf dem Kirchplatz parkte, hielt neben ihr Eckhard Lüthus' SUV. Wieder einmal hatte er seinen Chauffeur bemüht, und das an einem solchen Tag! Aber er schien tatsächlich Hilfe zum Hochtragen zu benötigen. Lässig wuchtete Knud von der Heide gerade einen Karton mit Prosecco und einen mit Rotweinflaschen von der Ladefläche sowie ein halbes Dutzend großer Einkaufstüten. Sie fragte Eckhard besser nicht nach dem Inhalt. Neben ihm stand Regina, wieder in ihrem einzigen Kleid, also in elegantem Schwarz, und dazu in diesem ziemlich abgetragenen weißen Mantel. Sie balancierte einen ovalen Bräter aus dem Wagen und verkündete, dass sie darin schon mal die Weihnachtsgans vorgebrutzelt habe. »Gefüllt mit Äpfeln und Kastanien.«

Irene schüttelte sich. Sie war Vegetarierin, auch zu Weihnachten.

»Regina ist nicht nur eine geniale Bäckerin«, gestand Eckhard und leckte sich die Lippen. »Sie kann auch kochen.«

Liebe geht durch den Magen, hätte Irene gern erklärt, fragte stattdessen aber nach den Beilagen. »Rotkraut und Kartoffelknödel natürlich. Und die Vorspeisen und das Dessert hat *er* besorgt.« Sie wies erst auf die Taschenberge und dann auf Herrn Lüthus.

Der angebliche Nachbar und Chauffeur hatte schon damit begonnen, die Sachen ins Haus zu schleppen. »Wo wohnt der Gastgeber denn?«, wandte er sich an Irene.

»Ganz oben. Dreiundneunzig Stufen.«

»Ich fasse es nicht!«

»Ich habe noch ein bisschen Dekoration für den Tannenbaum dabei«, verriet Irene auf halber Strecke.

»Hoffentlich steht da auch wirklich einer.« Eckhard klang besorgt. Aber Irene las in seinem Gesicht, dass er sich freute. Das Kind im Mann. So richtig konnte es sich glücklicherweise doch nicht verstecken.

»Nur ein paar Sterne«, gestand sie und deutete auf ihren gerade erworbenen Vorrat.

»Die finden überall Platz«, wusste er, als sie im zweiten Stock innehielten und verschnauften.

Regina nickte. »Da hat er recht.«

»Klar habe ich recht, immer.« Eckhard keuchte und rang nach Luft.

Innerhalb der letzten Woche hatte Regina bemerkt, dass Eckhard tatsächlich alles wusste. Selbst wenn er sich bei einer Sache nicht ganz sicher war, behauptete er es einfach. Und sie hatte sich gefragt, ob sie das auf Dauer aushalten könne. Einen, der immer alles wusste und sie nie um Rat fragte, nicht einmal beim Kochen und Backen, dem einzigen Gebiet, auf dem er sich so gar nicht auskannte. Das hatte er bedenkenlos und voller Vertrauen ganz in ihre Hände gelegt. Aber dafür kannte er sämtliche Gemüsesorten einschließlich ihres Vitamingehalts und der ihnen innewohnenden Ballaststoffe. Es war nicht leicht mit ihm.

Vor langen Jahren hatte sie mit einem Mann gelebt, der Frederic hieß, der kein wandelndes Lexikon war und der ihr niemals einen Ratschlag gab. »Mach am besten das, was du für richtig hältst«, hatte er zögernd geantwortet, wenn sie etwas von ihm wissen wollte. Er hatte einfach keine Stellung bezogen. Zu nichts! Er konnte sich nicht entscheiden. Eine Katastrophe! Auch nicht für oder gegen sie. »Sind wir nun ein Paar oder nicht? Und wenn nicht, sollten wir uns dann nicht trennen?«, hatte sie ihn gedrängt. »Wenn du meinst, dann machen wir das«, hatte er geantwortet. Und so war es geschehen. Er hatte seine Sachen gepackt und war verschwunden.

Und nun Eckhard, das genaue Gegenteil von Frederic! Dieser Mann hatte sein Leben fest im Griff und würde nun auch ihr Dasein auf den richtigen Kurs bringen. Das war ihr nicht ganz unrecht.

Während eines langen Spaziergangs in der vergangenen Woche hatte er ihr jede einzelne Spur im Schnee erklärt. »Dies ist ein Reh, das dort ein Hase, dort hinten ein Kaninchen. Oh, schau mal, ein Fuchs …« Es folgten Wildschwein, Eichhörnchen, Wiesel, Fasan, Marder und Dachs. Die hatten zwar keine Spuren hinterlassen, aber er zeichnete sie für sie im Schnee nach. Sie brachte schon nach zwei Fährten alle anderen durcheinander. Aber er wusste garantiert auch aufgrund der Pfotenabdrücke, ob es sich um weibliche oder männliche Tiere handelte und wie alt sie jeweils waren. Regina hatte nur vergessen, ihn danach zu fragen.

Er fragte sie nie nach ihrer Meinung, er bestimmte. »Es gibt eine Weihnachtsgans«, hatte er vor zwei Tagen angeordnet. »Und die besorge ich.«

»Irene isst kein Fleisch«, war Reginas Zwischenruf gewesen, aber er ging mit einer abwehrenden Handbewegung darüber hinweg. »Es ist Heiliger Abend! Dazu gehören Engel und Flügel. Eine Gans ist schließlich nur Geflügel, kein richtiges Fleisch. Zur Not kann sie ja die Beilagen essen. Gans gehört nun mal zu einem richtigen Weihnachtsmahl.«

Wenn er es so sagte …

Anfangs hatte sie sich dumm gefühlt, wenn sie ihm eine

banale Frage stellte und er augenblicklich mit einem Vortrag darauf reagierte. Aber es hatte nicht lange gedauert, und sie begriff, dass ihm ihre Fragen wichtig waren. Nur so konnte er seine klugen Antworten an die Frau bringen. Also fragte sie nach den unmöglichsten Dingen. »Wieso haben Hühner keine kalten Füße, wenn sie den ganzen Tag im Schnee stehen?«

»Weil die keine Nerven in den Beinen und Zehen haben.« Das alles klang absolut selbstverständlich, dennoch beschloss Regina, das irgendwann mal nachzuprüfen oder Edda Kallmayer zu fragen. Die kannte sich zwar nicht mit der ganzen Welt, dafür aber mit Tieren aus.

»Ist etwa schon alles fertig dekoriert?«, fragte Eckhard und riss sie aus ihren Gedanken. Regina ahnte, dass er sicher auch ein Experte in Sachen Weihnachtsbaumdekoration war.

»Das werden wir dann sehen«, stellte Irene klar, und jetzt war sie es, die nach Luft schnappte. Dreiundneunzig Stufen waren eine ganz schöne Höhe. »Sonst kümmern wir uns darum.«

»Ich kann mich nicht darum kümmern.« Regina warf Eckhard einen fragenden Blick zu.

»Regina muss kochen.« Eckhard hatte alle Rollen fest verteilt. Irene fragte sich, ob und was für sie übrig bleiben mochte. Egal. Sie freute sich. Sie hätte auch nichts dagegen gehabt, einfach nur still dazusitzen, Kater Bruno zu beobachten und die drei Eventmanager bei ihren Aktionen zu beobachten. Ob Eckhard auch Lorenz bereits verplant hatte? Wirklich höflich wäre das ja nicht.

Sie keuchten weiter hinter Knud von der Heide her, und Irene freute sich auf Lorenz, mit dem sie nun auch per Du war. Am vergangenen Montag hatten sie einen langen Spaziergang unternommen und dann im tiefsten Schnee zwei mannshohe Schneemänner gebaut, außerdem eine kleine Eule, die ihnen unter den Händen fast zerflossen war. Er hatte die Rolle des Bildhauers übernommen, sie die der Materialbeschafferin und große Schneebälle auf ihn zugerollt, ihre Mantelknöpfe für die Augen geopfert und sich auf die Erinnerung gefreut, wenn sie neue annähen würde. Auch dieses Bild war in ihr Album der Glücksschnappschüsse eingegangen.

Die Männer aus Schnee bewachten nun die schlafende Eule aus Schnee. Vier kugelrunde Kulleraugen hatten ihnen nachgeblickt, als sie in den gleichen Fußstapfen zurückstakten, in denen sie auch gekommen waren. Diesmal aber benutzte sie die seinen und umgekehrt. Es hatte sich gut angefühlt, in seinen Fußstapfen zu gehen. Es war ihr auch gar nicht schwergefallen, große Schritte zu machen.

Als sie endlich auf dem Treppenabsatz vor Wohnung und Atelier standen und nach Luft rangen, fischte Eckhard einen Umschlag aus seiner Ledermanteltasche und reichte ihn an seinen Chauffeur weiter. »Das ist für dich und deine Familie. Danke für deine Hilfe. Und beim Abholen wird es auch nicht mehr ganz so schwer sein«, versprach er und wies auf Taschen und Töpfe. »Schließlich wollen wir alle essen und trinken.«

»Wir können doch auch ein Taxi nehmen.« Irene sah dem angeblichen Nachbarn nach.

»Er trinkt keinen Alkohol mehr«, flüsterte Eckhard seinen Begleitern zu. »Ist auch besser so. Wenn ich seiner Frau

Glauben schenke, dann hat er bereits sein ganzes Schloss versoffen. Aber das werde ich noch mal überprüfen. Oder wir beide?« Er lächelte Regina an. »Königinnen lockt man doch mit einem Ausflug zum Schloss, oder soll ich *Schlössl* sagen?«

Regina wurde rot, sah auf die Kasserolle, die sie mit festem Griff allein die vielen Stufen hochgetragen hatte, und wandte sich an Irene. »Gibt es in der Wohnung einen Backofen? Die Gans ist noch nicht ganz fertig gebraten, ich habe zu spät angefangen. Wir mussten erst unseren Katzen ein Weihnachtsmenü vorsetzen.«

Schon mischte Eckhard sich wieder ein. »Nelson und Luna bekamen zur Feier des Tages Leberpastete, und da haben wir ihnen natürlich andächtig beim Schlabbern zugeschaut. Meinem Kater habe ich noch ein Essiggürkchen dazugelegt, aber Regina meinte, das sei nichts für ihn. Unter uns… er hat bisher noch nie eine Gurke gegessen.«

»Habt ihr auch etwas für Bruno dabei?«, fragte Irene vorsichtig. »Das ist der Kater, der bei Lorenz wohnt.«

»Überraschung, Überraschung!«, jubelte Eckhard. Ein großes Kind. Und ein glückliches Kind dazu. Er wandte sich zu ihr um. »Warum haben wir so etwas nie in unserem Institut gemacht?«

»Weil wir Sozialwissenschaftler sind. Und angeblich neigt man ja dazu, genau die Disziplin zu studieren, die einem am fremdesten ist. Dann war es bei uns wohl das soziale Verhalten.«

»Nun ist aber gut!« Regina drückte auf die Klingel und begrüßte den Hausherrn. »Fröhliche Weihnachten und danke für die Einladung!« Sie strahlte den Maler an.

Lorenz verbeugte sich formvollendet und bat die Gäste in sein Reich. Die beiden wussten, wie Zwischenmenschlichkeit ging. Regina und Lorenz hätten nicht Soziologie studieren müssen.

»Ist es nicht eigenartig? Jeder von uns hat eine Katze, und die Frau, die uns zusammengebracht hat, ist katzenlos.« Eckhard strich sich zufrieden über den gefüllten Magen und blickte in die Runde. »Vielen Dank euch allen! Ich weiß nicht, wann ich mich zuletzt so wohlgefühlt habe. Ein wirklich schöner Abend!«

Irene ging es ähnlich, aber so etwas sagte man doch nicht einfach so aus einem vollen Bauch heraus! Das kam ja einem Bekenntnis gleich. Und Bekenntnisse waren immer schwierig zu handhaben. Ebenso wie Geständnisse.

Sie nahm einen Schluck Rotwein und betrachtete die gefalteten Fröbelsterne zwischen den Tellern. In die Mitte des Erkerzimmers war vor wenigen Stunden in einer gemeinsamen Anstrengung von Lorenz und Eckhard der große gläserne Schreibtisch des Malers gerückt und von Lorenz mit einem weißen Tuch bedeckt worden. Er wurde von vier Stühlen flankiert.

Irene hatte es sich nicht nehmen lassen, Stoffservietten von zu Hause mitzubringen. Voller Vorfreude hatte sie die in den letzten Tagen gewaschen, gestärkt und gebügelt. Wer wusste, ob Lorenz so etwas besaß?

Die Strohsterne hingen nun am Tannenbaum im Atelier, und nachdem sie alle dekoriert hatte, war Eckhard mit einer seiner Taschen aufgetaucht, hatte einen CD-Player in Gang gesetzt und die Gäste mit Weihnachtsliedern beschallt.

Kater Bruno war bei allem dabei gewesen und hatte sich abwechselnd auf Lorenz' und auf Irenes Schoß gesetzt. Ganz glücklich war er nicht über die Weihnachtslieder, und erst recht nicht, als Eckhard und Regina lauthals mitsangen. »Da musst du durch«, hatte Irene den Mann an ihrer Seite in das Katerohr flüstern hören. »Aber wir haben es bald geschafft. Versprochen!« Und dann wurde die Musik auch leiser gestellt. Schließlich wollte man sich ja unterhalten.

Sogar mit echten Kerzen war der Baum geschmückt. Daher hatten sie so lange um die Nordmanntanne herumgesessen und Prosecco getrunken, bis die Wachslichter fast heruntergebrannt waren. Mit vereinten Kräften löschten sie anschließend Kerze um Kerze. Ein Geruch, der an ferne Kindheitstage erinnerte, und fast ein magisches Ritual.

»Jetzt geht's zum Nachtisch aber wieder an den Esstisch!«, bestimmte Eckhard, der schon den ganzen Abend Regie führte, aber irgendwie war es den anderen recht.

Regina hatte zum Kochen ihre einzige weiße Schürze getragen, die sie nach der Winterweihnacht auf dem Quellenhof gewaschen und gebügelt hatte. Aber zum Essen und zum Tannenbaum erschien sie in ihrem eleganten schwarzen Kleid.

»Nachtisch?«, fragte Eckhard ungeduldig und holte eine Tasche des örtlichen Feinkostladens vom Balkon. Es gab Profiteroles und weiße Mousse au Chocolat.

Dazu die dritte Flasche Prosecco des Abends. »Ich habe übrigens auch noch etwas für euch«, verkündete Eckhard, als er sie entkorkte.

»Ja, wenn das so ist!« Regina sprang auf. »Da mache ich mit!«

»Und ich ebenfalls.« Mit diesen Worten verschwand Lorenz geheimniskrämerisch im Flur.

Irene kramte in ihrer Handtasche. »Na, dann wollen wir mal!« Genau das hatte sie befürchtet. Sie waren sich darin einig gewesen, sich nichts zu schenken. Und jetzt das! Aber auch sie hatte vorgesorgt. Sich nichts zu schenken, hieß ja nicht automatisch *gar* nichts. Außerdem bescherte sie ebenso wie alle anderen nur die jeweiligen Katzen.

So erhielt Eckhard für seinen Kater Nelson Katzenspielzeug, Knabberröllchen und eine von Regina handgehäkelte und mit getrocknetem Katzengras gefüllte Spielmaus. Ungefähr das gleiche Sortiment, zusätzlich zu einem von Eckhard gestifteten Kratzbaum, ging an Bruno, der sich augenblicklich und ohne Rücksicht auf Etikette über seine Gaben hermachte. Lorenz steckte die Knabberröllchen für Bruno wieder ein. »Nicht, dass er noch Bauchweh bekommt.«

»So wie wir«, stöhnte Regina und freute sich über die Kleinigkeiten für ihre Luna.

»Jetzt habe ich aber auch noch etwas für dich«, wandte sich Eckhard feierlich an Irene. »Schließlich hast du uns alle zusammengebracht.« Er reichte ihr ein Päckchen, das mit einem Schleifchen versehen war.

»Ein Buch? Etwa etwas Sozialwissenschaftliches?« Sie hob die Brauen.

»Das Erste stimmt, aber es ist ein Roman über Katzen und über das Glück, das die Samtpfoten uns schenken.«

»Ich habe auch etwas«, strahlte Regina und reichte Irene ein kleines Etwas in Seidenpapier. Es war ein handgehäkelter wollweißer Spitzenkragen. »Der passt zu jedem einfarbigen Pullover.«

Irene, die heute zur Feier des Tages einen bordeauxfarbenen Pullover trug, legte ihn sich um. »Schöner als jede Perlenkette!«, wusste Lorenz und reichte ihr ein Bild und ein schmales Päckchen.

»Das ist noch mal ein Porträt von Bruno. Damit du nicht vergisst, dass wir beide hier sind und auf dich warten.«

Irene schluckte. Dann öffnete sie das zweite Päckchen. Es enthielt einen Kalender, und Lorenz hatte für jeden Monat den vierundzwanzigsten Tag dick eingekreist.

»Den könnten wir doch zu unserem Jour fixe machen.« Er wurde tatsächlich rot.

Irene spürte, dass auch ihr das Blut in den Kopf schoss, aber vor Freude. »Eine wunderbare Idee, wir sind dabei«, kommentierte Eckhard ungefragt, und Regina stieß ihn sanft an. »Wir wissen doch gar nicht, ob das den beiden auch recht ist.«

»Natürlich!« Irene wischte sich eine Träne aus den Augenwinkeln. Sie sah in die Runde. »Was soll ich nur zu alldem sagen? Das ist ja fast wie Weihnachten!«

Ihre drei neuen Freunde lachten. »Es ist doch Weihnachten!«

DANKSAGUNG

Ein ganz besonderer Dank gilt meinem Mann Thomas für das geduldige und aufmerksame Lesen des Rohmanuskripts.

Ilona Wojahn vom Quellenhof in Passbrunn schenkte mir Zeit und überprüfte den Text auf sachliche Richtigkeit. Danke.

Wie immer hat Herr Professor Dr. Herbert Seibold die medizinisch-forensischen Details einer genauen Prüfung unterzogen.

Ganz besonders bedanke ich mich bei meiner Erstleserin Sigrid Barthel, bei Isabelle Toppe vom Piper Verlag und bei Friedel Wahren, die das Manuskript redigierte.

Cornelia Glashauser ließ mich an ihren Erfahrungen aus der Tierkommunikation teilhaben und überprüfte die Textstellen mit den beiden Nelsons.

Nicht zu vergessen alle meine Katzenfreundinnen und -freunde: Angela Wax-Rüdiger und Roland Rüdiger, Claudia Halbesma, Helga Maria Buchner und Nathalie, Christian und Margret Freitag, die Nachbarn des Katers Nabaka sowie meine Ratgeberin in allen Lebenslagen, egal, ob menschlich oder tierisch, Susanne Pfeiffer.

Die Handlung und die Personen dieses Romans sind wie immer frei erfunden. Bei der Erstellung des Plots habe ich mich auch diesmal wieder vom Tool Beemgee.com unterstützen lassen.